他为她穿上白大褂

余生留白

妗酒。♡

留白

妗酒 —— 著

江苏凤凰文艺出版社
JIANGSU PHOENIX LITERATURE AND
ART PUBLISHING

目录
CONTENTS

愿你忠于自己，不舍昼夜。

——莎士比亚

Chapter 01

潦草荒芜的时光

二〇一八年，夏。

江南镇的傍晚，太阳还散发着余热挂在天边，霞光铺满了大片天空。小溪的流水哗啦啦的，荷花在池子里悄悄绽放，穿堂风吹过，带来阵阵凉爽。

"阿婆，我去给爸爸送饭了哦。"余顾扎着两个松松的麻花辫，穿着白色的棉麻连衣裙，她手里提着蓝色的保温盒，在门口探头对在厨房里收拾的奶奶轻轻地喊了一声。

"囡囡，你注意安全。"木锦还是有些不放心，追出来看了余顾一眼。

余顾最近复查的时候，医生说她的身体好了不少，可以出门多走走了。余顾高兴得不放过任何一个出门的机会，连送饭也要争着去。

余顾被确诊为右心室双出口，这属于先天性心脏畸形，她又是早产儿，身体比别人要弱很多，所以经常去医院。她在四五岁的时候做了一次双向格林手术，前段时间还做了第二次手术，术后休养了三个月，这才堪堪好转起来，被医生"刑满释放"。不像前十几年，她都不能出门，被风吹了着凉都会病很久。

"我晓得的，阿婆。"余顾回头朝着奶奶笑了一下，她一双眼睛亮晶晶的，像是黑色夜空上的星星，瓷白色的脸笑容甜甜的，带着几分天真无邪。

这是余顾第一次去给爸爸送饭，以前都是奶奶或者妈妈去送。她出门前，奶奶跟她说了送饭的大致路线，是比较曲折的一段路程。

江南镇是个水乡，青石板路上还长着些青苔，有些已经干了，有些还是湿答答的。

余顾一边走，一边欣赏着周遭的风景。

牵牛花在这时候已经收拢，好几个小巷口站着或坐着三三两两的老人，他们扇着蒲扇聊天，像是要把镇上的八卦聊个遍。

"哎，这个小姑娘是谁家的哦，怎么以前好像没看到过呀？"一个老婆婆穿着花纹短袖，坐在小巷口，拿着蒲扇指着刚刚走过的余顾说。

"不晓得欸，以前确实没看到过。"几个人定睛看了看，也摇摇头。

"这是老余家那个小姑娘吧？有心脏病那个，一直都不能出门。上次我去老余家的时候看到过。"一旁嗑着瓜子的一位老奶奶说。

"老余家那个啊？现在能出来走了也蛮好，好可怜的一个小姑娘哦。"众人知道是余家的姑娘后，都不由得叹息。

因为不是很熟悉路线，余顾走得有些慢，她的目光流连在各处，看向池塘的花、石板的桥，还有狭窄的巷。

这边老人和小孩居多，生活节奏很慢，像一首慢调的歌谣。几乎每条巷子里都会有人站着聊天或小孩在玩闹，但余顾此时路过的小巷有些不同。

这条巷子里没有聊天玩闹的声音，只有两个人。

一个人身量较高，肩宽腿长，他倚靠着墙，戴着一顶鸭舌帽，看不清脸，只露出一个肤色冷白的下巴，身上的白 T 恤像是被穿了很久，洗了很多次，边角处微微发黄。

另一个人年纪有些小，身高只比旁边靠着墙的那人矮一点，体形微胖。他的声音稚嫩："给，我同学总是嘲笑我，你帮我打到宗师段位就行。"

这显然是一个沉迷游戏的小朋友。

靠墙的人伸手接过写了账号和密码的字条，漫不经心地说："行。"

这人清冽的声音还有些哑，有点好听，余顾想。

余顾离开这条小巷没多久，巷子里传出了一个带着怒意的声音。

"周杨！你在干吗？"一个三十多岁、穿着朴素的女人骑着电动车到了巷子里，电动车撞倒了立在墙边的破扫帚，发出哐当一声。

女人看了看自己儿子，还有站在他对面的江祠，眼里流露出一丝厌恶。她的儿子怎么会和江祠这种人在一起？她顿时怒火中烧。

"你在做什么？"女人恶狠狠地盯着周杨，用粗壮又有裂纹的手指指向江祠。

"你晓不晓得你妈妈每天辛苦地在厂里打工，拿着那么点工资，供你吃、穿、读书，你却和这种人混在一起？！"女人越说越激动，越说越气愤，"你妈妈每天有多累，你不知道心疼是吧？我天还没亮就出去了，晚上还睡不好觉！"

女人的眼神凶狠得像要把两人撕烂，周杨不禁颤抖了一下，他虽然很害怕，脑瓜子却机灵得很，立马想到了一个歪主意。

"是……是他威胁我，对，就是他威胁我，让我给他钱，不然就打我！"周杨的声音颤抖，眼里含着被他妈凶出来的眼泪，他说到后面，连自己都信了几分，脸上还带着委屈。

江祠抬起头，冷冷地看向周杨。

江祠那双眼睛称得上漂亮，却锋利。明明在盛夏，他的眼神却冷得像冬天的冰锥，看得周杨又颤抖了一下，只得心虚地瞟着他。

"呵。"明明是被误会的一方，但江祠并不急着反驳，他的神情带着不屑和嘲弄，连眉头都没皱一下。

周杨知道这种事江祠一般不会反驳，因为不少人经常把惹的祸都推到他身上，以此避免被家长责罚。

周杨本以为他妈妈说他几句就会拉着他回家，可这次事情好像没有他想的那么简单。

"好啊！你个丧家狗没钱就来打劫小孩子的钱是吧？"女人听了周杨的话，气得手抖，"还有没有天理王法了？！"

女人的大声叫嚷引来了不少附近的老人，他们围在巷子口，想知道发生了什么。

"这是怎么了？"

"这个杂种，威胁我儿子让给他钱，真不要脸。"周大姐愤愤道，"你们知道我打工挣钱多累吗？还好被我及时发现了。"

"哦哟，怎么这样子啊？"周围的老人听了，纷纷摇头，"小周，要不算了，你跟他掰扯没意思，他本来就是没人管的野孩子，你的钱没损失就好了。"

"是啊，下次让你儿子离他远一点。"

"哪有这样的道理？既然没人管，那就让警察来管，我就不信了，我还治不了这种垃圾。"

"走，跟我去派出所！"周大姐怒不可遏，拉着江祠就要去派出所，又瞪了周杨一眼让他跟上。

"妈，我没事。"周杨听到要去派出所，心里一慌，有些急了。

"儿子别怕，妈给你做主，今天这事必须有个说法。"周大姐没听周杨的话，拉着江祠就走。

她本以为江祠会不情愿去，所以才拉着他。可她发现江祠很顺从地跟着她走，只是他冰冷的眼神里带着明显的厌恶，让她看到就下意识地松了手。

江祠甩甩手腕，眼里的厌恶不减，他迈着长腿往前走，丝毫看不出惧怕或抗拒。

他真不愧是疯子，竟然不抵抗去派出所，有病。周大姐心想。

到了派出所，周大姐直接大闹起来，非要让他们把江祠拘留几天。

"我就这一个孩子，一个人把他带到大，是让人来威胁的吗？"周大姐拿起桌上他们递过来的水杯，喝了一大口，然后嘭的一声放下，杯中的水激烈晃荡，接着她又一拍桌子，"你们今天必须给我一个说法！"

"是这样的，周大姐，那条巷子里没有监控，仅靠你儿子的一面之词也不能确定啊。"余国安在中间协调着，他拧着眉头，看着双手插着裤兜站在旁边不说一句话的江祠。

江祠到了派出所之后就没说话，像是默认了事情是他做的。周大姐又是他们街坊里公认的难沟通，现在又没有直接证据能证明是江祠威胁周杨，真让人头疼。

"周大姐，等我们查清楚了再给你一个答复，不然你一直在这儿耗着也不是事，对吧？到时候还得耽误你的工作。"

"你这个老好人别给我来这套，我今天就要一个结果。"周大姐软硬不吃，挪了一张凳子坐下，大有不达目的誓不罢休的意味。

"我们再去看看监控。"余国安只能安抚一下周大姐。他转身走到监控室，反复调取那几个路口的监控观看。

"余哥，你先休息，那条巷子没监控，周围也拍不到什么，周大姐就是看不惯江祠很久了，想搞点事情。照我说，干脆让江祠在我们这儿待几天，至少咱们这儿还管饭呢，反正也没人管他。"同事走进监控室，递了杯水给余国安。

"那怎么行？江祠的事，我们不能妄下定论，更何况他年纪还小。"余国安并不赞同这个做法。

余顾离开小巷后，有些迷路了。她走错了一个路口，之后便连续走错了好几个路口，等她反应过来时才去问路，之后绕了好长一段路才来到派出所门口。

她看着派出所门上的徽章，在落日的余晖下闪耀着光芒，象征着正义和热血。她怀着敬意走进去，却听到了一阵嘈杂。

一个女人毫不在意自己的仪态，指着一个少年破口大骂："像你这种人，活着都是给人添麻烦，在这里祸害别人家的小孩……"女人骂骂咧咧的，嘴里没有一句好话，"当初你就应该跟你那个杀人犯的爸一块儿被关进去，不用在这儿碍眼！"

"您说得对，我贱命一条。"一直沉默的江祠此时终于抬起了头，他漆黑的瞳孔看着周大姐，像是很认同似的回应。可当他再开口，玩味的语气就消失了，他神情冷漠，语气如同能刺穿人的心脏："我说过，我爸没杀人。"

"神经病。"周大姐见江祠出声回应，骂道，"那事当年闹得尽人皆知，你真当我们是傻子呢？"

周大姐翻了个白眼，扭头看向门口，刚好对上了站在门口的余顾的视线。

"你是谁啊？"周大姐心情不好，对谁都语气不善。

"我？我来找我爸爸。"余顾声音清澈，她看着乱糟糟的派出所，有点迷茫。

"我管你爸爸是谁，别挡在门口碍眼。"周大姐呸了一声，像整个世界都亏欠了她一样。

余顾正想开口回应，抬头看房间里的其他人时，对上了站在角落的江祠深沉的目光——像是寒冬里屋檐一角垂下来的冰凌，很冷。

随着江祠抬头，少年之前藏在鸭舌帽下的面容也得以显露。他五官立体，眉毛浓密，眼眸漆黑，看着很凶，整个人却有些散漫随性。

　　余顾想说的话瞬间卡在了喉咙口，她看着江祠愣住了，这是刚刚巷子里答应帮小朋友打游戏的人。

　　江祠原本正百无聊赖地听着周大姐骂他的那些话，那些话他听了无数遍，早已经耳朵生茧，所以他眉头都没皱一下，只是在心里暗暗嗤笑。

　　当他回应周大姐关于他爸的事情时，他眼角的余光看到门口突然多了一抹洁白的颜色，在门外黄昏的背景下格外惹眼。

　　哦，是她，刚才路过的白裙子女孩。啧，有意思起来了。

　　彼时余顾穿着白色连衣裙，裙摆被风吹得漾起小小的波浪，干净又夺目，和乱糟糟的小巷格格不入。

　　她不仅格格不入，而且她的行为和别人也不一样。换成别人，看到他在这儿，早就绕道走了。

　　江南镇的孩子们，除了找江祠打游戏通关，或者拉他顶罪，其他时候见到他只会躲得远远的，仿佛他是一尊煞神。

　　想到这儿，江祠不自觉地扯了扯嘴角。但此时突然和她对视，她那双眼睛亮晶晶的，像是明珠，像是盛了太阳，看得人心里发烫。

　　很快，江祠移开了视线。

　　"囡囡，你怎么来了？"余国平从监控室里走出来，看到了站在门口的余顾。

　　"我来给你送饭呀。"余顾拎起手里的保温盒朝余国平晃了晃。她笑起来甜甜的，像夏夜洁白的姜花。

　　余国平只有余顾这一个女儿，向来都是捧在手里怕摔了，含在嘴里怕化了，此时看到宝贝女儿来给他送饭，一直紧锁的眉头都舒展了几分。

"走过来有没有觉得身上哪里不舒服？"余国平接过余顾手里的保温盒，想带她去办公室，却被周大姐拦下。

"吃什么饭？我这边的事情还没解决呢，我晚上还有事，没那么多工夫耗在这里。"周大姐一脸不爽道。

"爸爸，发生什么事了？"余顾看着这个僵持的场面，问道。

周大姐朝余顾翻了一个白眼，指着江祠说："这个垃圾在巷子里威胁让我儿子给他钱，不然就打我儿子。呸，小畜生，跟他那个爸一样。"

"啊？不是你儿子自己给他钱的吗？"余顾看了看周杨，又转头看了看江祠，有些疑惑。

江祠看向余顾，没想到她竟然会为他说话。

"你在胡说什么？你有没有弄清楚事情啊？不懂就滚开，不要来插嘴！"周大姐听到余顾的话，只觉得这小姑娘说话颠三倒四，跟有毛病似的，于是伸手推了余顾一下，言语也极其粗俗。

周大姐粗活干多了，力气不小，何况她还是带着怒气去推余顾的，余顾一下就跟跄着往后退，撞到了茶几上。

"周大姐，这里是派出所。"余国平见此情形，连忙将余顾护在身后，他的声音低沉，带着警告意味。

随后，余国平又回头看向余顾，问："囡囡，你是不是知道些什么？"他知道余顾向来不会说假话，不知道的事从不会多说一个字，既然此时余顾开口了，那她就肯定知道些什么。

"是在姜雨巷那边吗？"

江南镇的巷子有很多，余顾碰到江祠的那条巷子平常也没什么人走动，只在巷子口立了一块很小的铁皮牌，上面写着"姜雨巷"三个字。

"你怎么知道？"这下，不止余国平，周大姐、周杨，还有其他警察都看了过来。

"我刚刚路过看到了。"

余顾看着现在的情况，哪里还不明白。她看着余国平，先指向周杨，随后又指向江祠，她的声音在安静的派出所响起，一字一句说得清清楚楚："他找他帮忙打游戏。"

"你说什么就是什么？"周大姐听到余顾说的和自己儿子说的完全不一样，立刻反驳。她虽然知道周杨经常打游戏，但她绝不相信周杨会做出这种事。

"就凭你的一面之词，就能确定是我儿子说谎？"周大姐没好气道，"那我还说我看到他要打我儿子呢。"

"他给了那个人游戏账号，账号写在一张纸上。"余顾看着江祠，声音坚定，一副正气凛然的样子。

江祠低头笑了一声。

这边余顾一说完，周大姐的眉头就皱了起来，看起来余顾不像是空口无凭。她转头看向周杨，就看到周杨一脸惨白，双腿颤抖。

"周杨！"周大姐大喊一声，"真的是她说的这样？"

周杨从余顾说到游戏的时候，心里就已经慌了。他低下头不敢去看他妈妈，支支吾吾的，说不出一句完整的话。

其他人见周杨这般模样，心中已经了然。周大姐气得闭上了眼，不敢相信真的是自己儿子主动给别人钱。

她看向江祠，眼里好似冒着火："她说我儿子给了你字条，那你拿出来，事情是我儿子做的，总要有个证据，不能被你们空口诬蔑。"

周杨双手攥紧，手心都是汗。他抬头对上了江祠的视线，看到江祠浅浅地笑了一下，那是一种凉薄的、意味不明的笑，让他的心瞬间凉了个透。

江祠把手伸进口袋里，将一张薄薄的纸片拿出来，夹在指间，上面用黑色中性笔写的游戏账号和密码格外显眼。

"喏，你想要的证据。"他拿着纸片朝周大姐晃了晃，说。

周大姐看到那张字条，一张脸顿时被气成五颜六色。她瞪着江祠，没好气地骂道："有字条，早点拿出来不行吗？！在这儿浪费时间。"

"周大姐，事情的始末已经清楚了，既然不存在欺凌事件，我看天色也不早了，你们也辛苦了，早点回去吃饭休息吧。"余国平看事情已经真相大白，便出来打圆场。

"周杨，跟我回家！"周大姐无话可说，憋着一口气，瞪着眼拉着周杨就走了，动作又急又快。

看到这母子俩走出去有一段路了，派出所里的人都松了口气——可算送走了这位周大姐。

余国平看向江祠，温和道："江祠，虽然这件事你是被诬蔑的，但你也不能帮小孩子打游戏，毕竟大人们赚钱就是为了供自己的孩子读书，也不容易。"

江祠在余国平开口的时候，恍惚了一下，这还是他奶奶之外的第二个人用这样温柔的语气对他说话，让他有一瞬的恍神。他默默听余国平把话说完，然后点了点头，低声说："嗯，我知道了。"

"快回去吧，天也晚了，别在外面待太久。"余国平拍了拍江祠的肩膀，让他也早些回家。

等人都走了，余国平才看向余顾，他眼里的笑意漫上来，语气关切地问："怎么样？有没有不舒服？"

"没有，我可好了。"余顾摇了摇头，她的眼里还带着几分兴奋，是对家以外的世界的一种兴奋。

"爸爸，你快吃饭吧，不然饭要凉了。"

"好，好。"余国平笑着回道，又看了看外面被黄昏浸染的天色，"趁现在天没黑，你快回去吧，爸爸今晚值夜班。"

"好。"

余顾点了点头，走到门口，听到余国平不放心地问："知道回去的路吗？"

"我晓得的，爸爸你放心吧。"余顾站在霞光里回头，对余国平挥了挥手。

余顾的话虽这么说，但她还是小孩心性，总想着一口气把这个江南镇的风景看完。毕竟她好不容易出来了，当然要好好看一看这个小镇——这个她从出生到现在就没怎么好好看过的小镇。

派出所不远处有一条巷子，余顾经过的时候，看到了靠在墙边的江祠。

他有些懒散地靠着墙，手里拿着石子往对面的墙上丢，每次都丢在同一个地方，以至那儿都留下了一个浅浅的坑印。

看着一袭白色长裙晃过，江祠出声："喂，等等。"

余顾听到声音回头，问："怎么了？"她稍稍歪着头，少年身后的落日有些刺眼，她便只能看向他身侧的阴影处。

"谢谢。"江祠的声音冷冷的，语调散漫。说完他就转身走了，好像刚才那句谢谢只是随口一说。

余顾对江祠突如其来的道谢有些蒙，又看着对方立马离开，更蒙了。

他怎么突然说谢谢，又突然走了？

她想了下才明白，大概他是在感谢她当时为他解释吧。可是这不是最基本的做人原则吗？她只是在陈述事实罢了。

不过，这人虽然看着像混混，但是一个有礼貌的混混。余顾想。

黄昏时分的天看起来总是格外浪漫一些，像大片的橙黄色颜料在天空铺开，晕染在宣纸上。

余顾摇了摇头，没有再将刚刚的事放心上。她在石板路上慢悠悠地走，看着太阳是如何坠落，月亮又是如何升起。知了哪怕到了夜晚也在卖力地演奏，荷花花瓣被夕阳染上几分暖黄，像是上了妆的美人。锦鲤穿梭其间，一派意趣盎然的景象。

余顾看得认真，像是想把这一路的美景都印在脑子里。

现在虽然是夏天，但当太阳真的落山后，天也黑得快。江南镇的路弯弯绕绕的，巷子也很深，有些地方并没有路灯，天色暗下来后很容易迷失方向。

等余顾回过神时，才发现周遭的环境和来时不一样。她看着眼前这条陌生的道路，有些懊恼地拍了下脑袋——早知道就不贪玩，早点回去了。

余顾走到巷子口看了看，这是一条比较宽敞的路，道路两旁种着香樟树，晚风从树丛间拂过，带来一份清凉。

此时一位老奶奶骑着一辆三轮车在前面两条路的交界处停了下来。

这位老奶奶的年纪看着和余顾的奶奶差不多，只不过头发更白，脸上的皱纹也更多，但脸上笑眯眯的，很慈祥。

余顾看着老奶奶从车上下来，接着走到三轮车后面摆放东西。这辆三轮车明显被改造过，上面多了个隔层，用来放备用食材，下面放了个炉子，炉子上铁锅的锅盖被掀开，白色的热气争先恐后地涌了出来，往上四处飘散。

这是在煮馄饨吧，余顾想。想到奶奶还在家里等着自己，眼下她如果想早点回去，那只有问路这一个办法了，毕竟她出门的时候没带手机，此时联系不到家人。

余顾轻轻地吸了一口气，走到老奶奶身旁，小声问："奶奶你好，你知道余祠弄那边怎么走吗？"

何莲念听到声音，放下手里的碗，双手在围裙上擦了擦。她转身看向余顾，语气温和又慈祥："是不是天黑了找不到路了？"

余顾有些不好意思地点了点头："我今天第一次走到这边，不太认识路。"余顾的脸在热气的蒸腾下有些发热，"那奶奶你知道该往哪儿走吗？"

"我知道，不过现在天完全暗下来了，那边好几段路都是没有路灯的，到时候你又迷路，遇到坏人可怎么办？"何莲念声音温柔，她看着黑漆漆的天，不免替余顾担忧。

余顾皱起眉，不知道该怎么办。

"欸，要不这样吧。"何莲念像是想到了什么，一拍围裙，有细细的面粉在空气中跳跃，"你再稍微等一会儿，我孙子等一下会来给我帮忙，到时候让他送你回去，他对这边的路比我这个老太婆熟。"

思来想去，也没有别的更好的方法了，余顾点了点头，感激道："谢谢奶奶。"

"没事，"奶奶笑了笑，安慰道，"我孙子一会儿就过来，你先去那儿坐会儿吧。"

"好。"余顾点点头，但她没动，而是在一旁看着老奶奶熟练地给几个碗里放好调料，氤氲的白气往上跑，飘来一阵香气。

余顾的目光落在了冒着热气的锅里，一锅白水，旁边放着包好的馄饨，皮薄馅多，明明还没下锅煮，却已经让人馋了。

"阿婆，四碗馄饨。"几个三十来岁的人走过来，说完直接坐到了桌边玩手机。

"好嘞，今天下工这么早？"何莲念一边说话，一边将馄饨放入锅里。

不一会儿，馄饨都浮了上来，一个个像风筝一样漂浮在水面，随后被何莲念的大漏勺轻松一捞，放到了碗里。青色的碗里汤汁澄澈，上面漂着葱花，白净的馄饨放下去，看上去让人很有食欲，香味也很诱人。

何莲念端着两个碗过去，刚放下碗，就听到身后传来一个声音。

"奶奶。"来人的声音带着少年独有的清冽，还有些低哑，像石头掉落空谷，回响在这个小巷路口。

"欸——"何莲念把手放在围裙上擦了擦，看到江祠，双眼一弯，"可算来了啊。"

"小姑娘，我孙子来了，我让他带你回去。"何莲念对余顾说。

余顾听到声音的时候，身体轻轻颤抖了一下。她对上那双漂亮又锋利的眼睛，暗道竟然是之前遇到的那个人。

何莲念转过身，接着往碗里放调料。待江祠走近，她指着余顾对他说："小祠，这个小姑娘找不到回家的路了，这么晚了，我给她指路回去也不安全，你带一下路，送她回去吧。"

听奶奶说完，江祠点头应了下来。他看着余顾，大概是因为走得久了，余顾的辫子变得松散了，一些头发落了下来，和洁白的裙摆一起在风里飘动。

"走吧。"江祠对余顾说。

"好，谢谢啦。"余顾轻声说。

两人起初并排走着，但江祠身高腿长，步子迈得又大，不一会儿余顾就落在了他后面。江祠带余顾走的是小路，一片漆黑，她走在后面，有些看不清。

江南镇多的是不平的石板路，余顾一个没注意，被绊了一下。她没忍住叫了一声，走在前面的江祠才发现两人的距离已经拉开了一大截。

他习惯了不在路灯下走，但不代表别人习惯。

江祠从口袋里掏出手机，打开手电筒，朝余顾走去。

余顾看到前方的路上忽然亮起了一束光，这光将江祠的影子拉长，在地面拖曳。

她看到江祠逆光而来。

"这一路都很黑。"江祠的语气依然冷漠，但说出来的话是完全相反的。

江祠将手机递给她，示意她拿着照明。

余顾不是扭捏的性子，如果她没有手电筒，不知道又要摔多少次。她接过江祠的手机，并说了声谢谢。

"礼尚往来。"江祠言简意赅。两人继续往前走着，江祠有意放慢了脚步。

余顾了然，他在说之前派出所的事。

"那件事本来就不是她说的那样，你也有字条，为什么当时不直接拿出来反驳她？"余顾想了想，还是没忍住把这个她一直好奇的问题问了出来。

他明明有证据，为什么不说？后来他为什么又把字条拿出来了？好奇怪，她搞不懂。

他听到余顾的话时，轻嗤了一声。

"首先，我辩解或者拿出字条，她都不会信的。因为她已经先入为主地认为是我威胁她儿子。

"其次，除了周杨，没人知道那是不是他的账号，他完全可以否认。"

"最后，"江祠说到这儿的时候停顿了一下，他的声音很轻，听着却让人感觉很沉重，像是坠入深渊前的低语，"解释不解释从来不重要，人们想要的只是他们想要的结果、想听的话。"

余顾下意识地皱了皱眉："但是，肯定会有人站出来说的，肯定会有人说的话不是他们想听的。"

江祠没出声，扯了扯嘴角，此时他觉得余顾真单纯。毕竟，这不是一个非黑即白的世界，多的是蝇营狗苟之人、藏污纳垢之事。

两人的话题就到这儿结束了，之后一路上只有聒噪不停的蝉鸣，谁家院子里传出来的电视机播放的声音，还有两人的脚步声、轻浅的呼吸声。不过这一切在热闹的盛夏里，倒也不显得尴尬。

夏夜的晚风很舒服，偶尔抬头还能看到闪烁的星星，周围保留着古镇原有的建筑风格，在月色的映照下，这里美得像是一处世外桃源。

江祠带着余顾在小巷中穿行，终于来到了余祠弄。

"谢谢，今晚麻烦你了。"余顾站在门口，突然想到了什么，又说，"你在这儿等一下好吗？我去拿个东西。"

江祠一只脚已经迈出去了，闻言他又停下来站在原地，看着面前的女生朝屋子里跑去，脑后的辫子微微晃动，发尾划过空气，留下了淡淡的清甜的果香。

啧，这人用的洗发水的味道，怎么和他隔壁那个八岁小女孩用的一样？那是只有小孩子才会喜欢的味道。

不一会儿，余顾走了出来，可能是怕江祠走，她走得有些急，脸都红了，呼吸也有些急促。

"给，这是我奶奶自己做的甜酒酿和绿豆糕，很适合夏天吃，给你和你奶奶，今晚谢谢你啦。"余顾将两盒用塑料盒装好的食物递给江祠。

江祠低头对上余顾的目光，她有一双比月色还要皎洁的眼睛，干净透亮，眼里映着他。

想要拒绝的话忽然卡在他喉咙里说不出来了，他总觉得他如果拒绝了，下一刻月色便会失去光辉，溪水也会随之枯竭。

余顾将东西塞到江祠手里，说："时间不早啦，你也快点回去吧。"她挥了挥手，便转身进屋了。

江祠看着手上的东西，有些不知所措。

他就这样站了两三分钟，拇指在塑料盒盖子上摸索了一下，最终还是拿着两盒食物走进了月色里。

余顾回到家的时候，木锦正坐在沙发上整理衣服，她的头发有些花白，服帖地绾在脑后，看上去很是温婉。

"奶奶，我回来啦！"余顾走上前，帮奶奶一起叠衣服。

"天都黑了，我都准备去找你了。"木锦将叠好的衣服放在一边，"你刚刚急匆匆的，怎么了？"

"我回家的时候走错路了，然后有一个好心人把我送了回来，我就拿了点你做的甜酒酿和绿豆糕去跟人家道谢。"余顾解释道。

"好好好，那是该谢谢人家。"奶奶点了点头，又叮嘱一句，"天黑了，路不好走，以后你要出门，尽量白天出去。"

"真的吗？！"余顾的眼睛亮了几分，她还担心因为今天走错路，奶奶会让她少出门呢。

"医生都'释放'你了，我还能不让你出去吗？"

余顾开心得眼睛冒出了星星，说："好耶！"

江南镇的夏天总是会有几场突如其来的暴雨。上午的时候还是蓝天白云，中午吃完饭就闷热起来，云开始聚拢，乌泱泱的，仿佛要压住这座小镇。

只要一下雨，木锦的膝盖就会痛，这是她年轻时候落下的病根。

今天也是，虽然还没下雨，但她的膝盖已经开始隐隐作痛。

"囡囡，家里没有醋了，你去买一点，晚上做你爱吃的糖醋鱼要用到的。"木锦坐在沙发上想着今晚要做的菜，才想起醋没有了。

"好的。"余顾给奶奶倒了杯水过来放桌上，便准备出门。

"记得带伞，这雨说下就下的，别淋着了。"

"知道啦。"

余顾拿上伞走出门，这些日子她白天一有空闲就会出门逛逛，附近的路已经认得差不多了。

她轻车熟路地来到附近的一家小超市，却发现往常看店的老爷爷不在——估计在里屋收拾东西，或者在外面的巷子里看人下象棋呢。

余顾径自走到调料区拿了两瓶玫瑰米醋，然后走到柜台前要结账时还没看到老爷爷来，便对着里屋喊了几声。

"爷爷，在吗？

"爷爷，要结账啦——"

今天好奇怪，往常她叫一声，爷爷就出来了，今天怎么不见爷爷的身影？

"爷——"

余顾还没说完，就被一声"啧"打断了。

"怎么上来就给我升辈分？"一个冷冷的声音在前面响起，还带着几分困倦。

柜台有些高，挡住了后面的躺椅，余顾之前没注意到那里还躺着一个人。此时那人从躺椅上坐起来，有些不耐烦地看着余顾。

因为吵醒了他，余顾不好意思地问道："爷爷呢？"

"他今天有事，我来帮他看店。"江祠站起来，瞬间比柜台高了一大截，他一边说一边看了一眼余顾手里的醋，"十二块。"

"好。"余顾点了点头，从兜里拿出钱递给江祠。

大概是因为刚睡醒，江祠的头发还有着被躺椅压过的痕迹，头发还翘起了一两撮，显得有些呆。他穿着一件黑色 T 恤，凸出的锁骨在衣服下显出很好的身形，皮肤在黑色的衬托下如同白玉。

余顾观察得仔细，她甚至看到江祠手腕上凸出的腕骨那一侧有一颗黑色小痣，随着手腕动作一晃一晃的。

江祠可以说是她见到的人里最好看的那一个了，就连小时候她觉得长相好看的表哥也没有江祠一半好看。

"还没看够？"江祠指节弯曲，在桌面叩了几下，"要不坐下来慢慢看？"

余顾的心脏猛地一跳，她抬头正对上江祠的视线，他那双眼冷冰冰的，语气玩味，边说边把手往她面前凑。

"不……不用了。"余顾接过找零，然后拎起装着醋的塑料袋，第一次偷看还被抓包，让她多少有些尴尬，"我先走了。"

江祠看着余顾落荒而逃的样子，笑了一声，然后他看了一眼外面阴沉的天色，又坐回了躺椅上。

他昨晚帮人打游戏，现在困得不行。

外面的天色又比余顾出门时暗了一些，闷雷在压下来的云里叫嚣着，蜻蜓低飞，紧接着轰隆一声，雨随之倾泻而下。

豆大的雨珠落在水泥地面，砸起灰尘，不一会儿地上全湿了，屋檐落下的雨珠串联成了线，雨声哗啦啦的。

突然来临的暴雨让余顾后退半步，这雨太大了，哪怕她打了伞，身上也会被淋湿一半。

"现在出去就是去洗澡。"江祠躺在躺椅上，听着外面的闷雷和雨声，"你不如等会儿。"

余顾看了眼外面的雨势，又回头看向柜台，发现江祠已经躺了回去。

"还打算继续看？"江祠突然出声，把余顾吓了一跳。

"你闭着眼，怎么知道我在看你？"余顾反问道。

"你不看我，怎么知道我闭着眼？"

余顾辩论惨败。

江祠睁开眼，似笑非笑地看着余顾。店里太昏暗了，他长臂一伸，摁了一下墙上的开关，把灯打开。但这灯大抵也有些年头了，照射的光也是昏暗的，反倒让店里看着像时光机里的老电影，每一帧都明暗交杂。

"那儿有凳子。"江祠看到余顾有些无措地站在店里，他抬手一指，说道。

"这雨什么时候会停？"店里太过安静，余顾坐到凳子上，找了个话题。

"很快就会停吧，这是雷阵雨。"江祠躺在躺椅上，懒懒地回答。

察觉到对方并不想多说话，余顾"哦"了一声，不再多说。她百无聊赖地将目光移到店外，看着这个正在下雨的世界。

这个场景她看到过很多回，那些不曾出门的日子里，她经常只能坐在窗边，看着这个被木框困住的世界。江南的雨缠缠绵绵，余顾就这样看了一场又一场雨，喝了一碗又一碗汤药。

喵——

余顾正出神，忽然听到一声很微弱的猫叫声。她循着声音，在店外屋檐下的一个角落看到了一只白色小猫。

小猫此时淋了雨，身上被溅上了泥，看着有些脏兮兮的。外面的雨顺着风还会斜着落下来，砸在小猫的身上。

余顾走过去，将小猫小心翼翼地抱进来，让它躲避这一场暴雨。

她把小猫放在地上，发现小猫的一条腿上有血迹，凑近一看，发现有个伤口还在流着血。

"怎么受伤了，疼不疼啊？"余顾和小猫说话时声音轻轻的，她一只手帮猫咪顺毛，一只手摸上小猫受伤的那条腿，看着上面的伤口。

余顾皱了皱眉，起身从货架上拿了条毛巾，又拿了几根火腿肠，走到柜台前。

"结账。"余顾将东西放下，正要叫醒江祠，发现他并没有睡着。他锋利的目光转过来，两人四目相对，天花板上的灯轻轻晃了晃，哗啦啦的雨声像某种背景音。

江祠起身收钱，他的视线轻轻扫过椅子旁边瘦弱的小猫。她还挺善良。

余顾想到小猫身上的伤，有些担心："你知道小猫受伤该怎么处理吗？"

江祠低头看着余顾，她今天梳着低马尾，一些碎发散下来勾勒着她柔和的面部线条，显得很温柔。

这个小镇里的人虽然纯朴，但大多不会对一只猫上心，哪怕是自己家养的受了伤也不会多在意，在小镇的人眼里，动物虽然也是一条生命，但哪里比得上人的生命重要。更何况，那么多野猫，如果每一只猫大家都管，哪里管得过来。

可江祠面前的人，好像并不是这样认为的。

"从这里出去往左转，再往右转，再直走，到下一个路口右转，再到下一个路口左转，那家的男主人是个兽医。"江祠收回视线，淡淡地说。

余顾眨了眨眼，被江祠这一段话绕晕了，她只认识小镇上一些比较有标志性的地方。

她沉默着，手指无意识地摩挲着粉色的毛巾，江祠看她这样子，就知道她没想明白位置。他正想看看她会怎么办，不料对方看过来，直接说："你过会儿关店了，能……"

江祠笑了："你觉得我是这么好心的人？"

余顾点了点头："你是。"

江祠嗤笑一声，说："你刚来江南镇？"

"不是啊。"余顾不明白江祠怎么忽然换了个话题。

"那你的朋友没跟你说过要离我远一点？"

江南镇地方不大，像他这样臭名远扬的人，应该在很多家长教育孩子或者和朋友聊八卦的范围内。

"我没朋友。"余顾虽然不知道江祠为什么会问她这些，但他提到朋友的时候，余顾还是不可避免地因为这个词情绪也低落了几分。

江祠看着低下头的余顾，忽然哑了声，他有些不知所措，便道：

"我过会儿带你去。"

"真的吗？谢谢！"余顾听到江祠答应了她，眼睛立刻亮晶晶的，让江祠觉得她刚才的低落是他的错觉。

其实不是，余顾是真的低落，她从小到大都是一个人，几乎没有玩伴。她只是不习惯将自己的负面情绪展示给别人看，但刚刚江祠突然说起朋友这个事，她一下子没控制住。

夏天的雨来也匆匆，去也匆匆，大概过了半个小时，雨就停了。

余顾用毛巾将小猫的身体擦干，又给它喂了些火腿肠，便坐在一旁给小猫顺毛。

江祠起身收拾柜台，再将放钱的抽屉上了锁，把钥匙藏到老地方。接着江祠走出柜台，单手插着裤兜看向余顾："走吧。"

"好。"

余顾抱着小猫走出来，江祠微微踮脚拉下卷帘门，卷帘门发出哗啦的声音。

余顾歪头看着江祠："这么早就关门吗？"

"嗯，老爷子说没事。"江祠点了点头，直接带着余顾往前走。

余顾跟着江祠绕了很长一段路，终于走到了一扇木门前。

江祠叩了叩门，笃笃笃几声后，里面传来了脚步声。

开门的是一个四五十岁的叔叔，体形微胖，脸圆圆的，看起来很和善。他笑眯眯地对江祠调侃道："哟，稀客啊。"

接着他视线往旁边一移，看到了余顾。这是他第一次看到江祠带女生过来，不免有些惊讶，便看着江祠"你你你你"了好半天。

江祠抱着手臂，微微抬起下巴示意余顾怀里的小猫，声音慵懒："别你你你了，来活了。"

余顾怀里的猫也适时地叫了一声。

"哟，这猫怎么了？"

"叔叔好，小猫的腿受伤了。"余顾礼貌地打了一声招呼，随后将小猫递过去。

"叫我王叔就好，你们先进来，我给小猫看看。"王叔朝余顾点了点头。

三个人走到屋子里，王叔拿出工具给小猫包扎伤口，余顾站在旁边看着，带着好奇，还有对小猫的心疼。而江祠像个局外人一样站在一旁，眼神淡漠。

比起小猫，江祠倒是觉得余顾的反应有趣得多，他站在一旁看着余顾，觉得她那双眼睛湿漉漉的，又亮闪闪的。

少年此时不知道，在往后漫长孤独的年岁里，每当他想起她时，先想到的总是这一双湿漉漉又清澈的眼眸，像下过暴雨后的江南天光。

处理完伤口，小猫的去处又成了问题，余顾没和奶奶商量过，不能把小猫贸然带回家。

好在王叔人很好，他笑着说："小猫的伤口还需要换药，放你们那儿我也不放心，到时候你们商量好了谁带走，再来我这儿带走它吧。"

余顾听了，忙对王叔道了谢，便和江祠一道出去了。她边走边琢磨该怎么和家人说，毕竟她以前从来没养过宠物，不知道家人会不会同意。

江祠对养小猫的欲望不大。他看着余顾心事重重的样子，轻笑一声："走吧，送你回去。"

"谢谢。"大概是想到了那天晚上江祠送自己回去的事，余顾跟在江祠旁边问，"上次的甜酒酿和绿豆糕的味道是不是挺不错的？"

"嗯，还可以。"江祠回想了一下甜酒酿和绿豆糕的口感，味道甜而不腻，入口细腻丝滑，不过他并不喜欢吃甜食。

"我奶奶做这个可拿手了。"余顾听到江祠的肯定，笑得眼睛弯得像月牙，愉悦的语气里还带着一丝骄傲。

两人并排走着，路面湿润，被大雨冲刷后的空气很是清新，道路两侧的树上还滴滴答答地落着水珠。乌云消散后，太阳挣扎着从云层中露出一角。

"你要养那只小猫吗？"

"当然啦！"余顾回答得很快，"我救下了它，不忍心让它再流浪。"

"不过我可能需要说服一下我爸爸妈妈，还有奶奶。"余顾心想，他们应该不会反对吧？她心里有些没底。

"如果见到一只就救一只，养不过来了怎么办？"江祠一针见血地问。

"办法总比困难多啊。"余顾笑了笑，"救下来可以问身边有没有人要养，或者去网上问，总会有人想要养的。"

"但是让我看到它们受伤了，我又无动于衷，"余顾沉默了一瞬，再轻轻地呼出一口气，"那太荒唐了。"

因为她也曾差点失去生命，所以见到这样脆弱的生命，就像是遇见了同类。这后半句余顾没说，毕竟她和江祠也不过几面之缘，没必要和他说这个。

只不过她说完，她感觉身旁的人好像沉默了。

余顾回到家，顾雨也从学校回来了，余国平今天不值班，回来得也早，一家人今天终于可以坐在一起吃饭。

顾雨是语文老师，在镇上的一所高中任教，她最近在当家教老师，所以每天回来得比较晚。

"妈妈，你今天回来得好早！"余顾看到顾雨，眼睛瞬间亮了起来。

"哟，你爸我今天也回来得很早啊，怎么不见你这么高兴？"余国平系着围裙从厨房里走出来，看到余顾黏着自己老婆的样子，心里就跟打翻了醋坛子一样。

"爸爸，你幼稚！"余顾嘟了嘟嘴，表示不满。

吃晚饭的时候，余顾和他们提了一嘴想养小猫的事，她本以为他们可能不会同意，结果全票通过，顾雨和余国平甚至还贴心地问余顾是不是要给小猫买一个窝，以及猫粮等，还说了一些养猫的注意事项。

于是等小猫的伤好了大半的时候，余顾就将小猫接回了家，还给它取了个很喜庆的名字——福福，希望大家都幸福平安的意思。

今年的暑假格外短暂，因为开学就迎来了高三，高三自然比其他年级开学时间要早一些。

开学在即，换作别人大概已经开始鬼哭狼嚎了，余顾却很兴奋，因为她终于可以去学校上课啦！

余顾以前都是靠妈妈在家给她辅导学习，上课的地点永远在自己的房间里，学习的知识其实也有限，所以她现在高三能去学校上课，虽然也面临挑战，但兴奋早就抵过了所有阻碍。

没人知道她有多渴望去学校上课，过上正常的校园生活。

是的，正常的。许多学生十几年来如一日的正常生活，却是余顾许久以来的渴望。

蝉鸣好似不分昼夜，在太阳还未散发威力的时候，夏蝉接着昨夜的奏乐又开演了。

"囡囡，吃早饭了！"木锦将煮好的绿豆粥放到桌上，又去端包子，刚出炉的包子冒着丝丝热气，非常诱人。

"来啦！"余顾拿着书包从房间里出来，她的脸上带着明媚的笑，她坐在桌前闻了闻，感叹道，"哇！我奶奶做的包子就是香！五星大厨都做不出这种味道！"

"就你会说！"木锦笑着递给余顾一杯豆浆，"今天去上学这么开心？"

"当然啦！第一次去学校，肯定很兴奋嘛。"余顾吃着包子，声音有些含混不清。

"高兴就好。"木锦舀了一勺粥，她看向余顾的眼里藏了一丝心疼，但很快就隐匿了。

学校离家不算太远，余顾走路半小时就到了。

因为校服得去学校领了才有，余顾站在校门口，穿的还是自己的衬衣和百褶裙，配上马尾，看上去有朝气又甜美。

余顾看着学校门口"江南一中"四个大字，目光在上面流连，像是怎么看都看不够。暑假时她来过这儿很多次，当时她看着校内高大的梧桐、香樟和银杏，还有巨大石头上的这四个大字，开心得如同在脑海里放了一场烟花。

余顾走进学校，先去办公室找班主任。

十班在三楼，相应地，班主任办公室也在三楼。楼梯上有不少高三学生，站在一块儿聊天。

"欸，李御，你暑假有没有去哪儿玩？"

"没啊，我被我妈拉着报了好几个补习班，请了好几个家教老师，一直在做试卷，都烦死了。"被问的男生耷拉着一双眼，身上的校服松松垮垮的，困倦得很，"看到我的黑眼圈了吗？全是那些题折腾出来的。"

"惨，御哥实惨。"周围人发出了"同情"的笑声。

"欸，御哥，你知道那位还来上高三吗？我听说高二结束的时候学校好像要开除他。"

"而且前两年这人听的课比学校的流浪猫听的都少，估计不会来了。"

前面几个男生都很高大，余顾没法快速往前走，只能跟在男生们后面一步一个台阶慢慢走。

余顾怕第一天迟到，神色有些焦急。此时听到对话，她不免惊讶了一下——竟然还有人听课比流浪猫都少，好神奇。

"等会儿回班里看看不就知道了。"李御懒洋洋地说了一句，他的眼角余光看到后边有一个梳着马尾的女生，有点迈不开步伐的样子，他便顺手拉了一下旁边的人，"你挡着人家路了。"

旁边的男生回头看了眼，对余顾说："不好意思啊。"

余顾摇了摇头，朝对方笑了一下："没事。"说完她加快步子从旁边走了过去，没有注意到和她说话的男生僵在了原地。

李御有些疑惑："你怎么了？"

"我的天啊。刚刚那个女生好漂亮！"男生激动得语无伦次，"就是那种看着单纯又明媚的长相！眼睛看着好干净，笑起来也是！"

李御不知道干净不干净，他看了看手表，只知道距离交作业的时间还剩一个小时。

"嗯，好，但现在，你还有一个小时的时间，你不如想一想这一个小时够不够你抄完寒假作业。"

男生："快，我们回教室和时间决一死战！"

余顾敲了敲三楼办公室的门，里面好几位老师坐在工位前，一位女老师听到敲门声看过来，问："你找谁？"

"老师好，我是余顾，我找徐牧老师。"

"这儿，我在这儿。"一只肉乎乎的手从角落伸了出来，随后站起来的是个中等身材的人，他戴着一副方框眼镜，镜片后面的眼睛有些混浊，但又让人无端地觉得亲近。

"余顾是吧？等会儿你和我去班里做个自我介绍，然后选个座位，之后领校服和课本就好了。"

徐老师看着余顾白净的脸，又想到了她的病，怕她刚来学校不习惯，又安慰道："放心，同学们都很好的，如果你不舒服一定要及时说，需要我帮你向体育老师请假吗？"

"老师，"余顾在徐牧说完后匆忙出声，一对秀眉皱起来，"可不可以不要和别人说我的病？"

她的声音很轻，还带着些祈求的意味："如果我不舒服，我会去找医生的，但老师可不可以别告诉别人？"

很多知道余顾的病的人，每次看她的眼神里都带着小心翼翼和怜悯，她不想在学校也遇到这样的眼神，有一万分之一的可能也不行。

徐牧一下就明白了，他点点头，温和地笑道："好，那你不舒服直接来找老师就行，别的老师不会多说的。"

"谢谢老师。"余顾感激道，她的视线越过徐牧的肩膀落到窗外。翠绿的香樟树在风的轻抚下树梢微动，像是一场无声的欢迎仪式。

"你在这儿坐着，我跟你说说班里的任课老师，顺便了解一下你的学习情况。"徐牧给余顾搬了张凳子，又倒了杯水，跟她介绍起班里的情况。

李御一行人走进十班教室的时候，教室里异常安静，半点没有刚开学那种热闹的气氛。偶尔有人说话也都是压低了声音，像是在忌惮着什么。

看来那个人来学校了啊。

李御的视线落到教室后方靠垃圾桶的位子，果不其然，他看到了一个熟悉的身影。

座位上的人正趴在桌上睡觉，一头黑发比上学期长长了些，衬得肤色更白。哪怕是睡着，李御也能感受到对方强烈的不耐烦的情绪。

整个班级里，不怕江祠的大概只有李御了。

李御走过去，手欠地揉了一把江祠的头，说："江祠，好久不见啊，暑假有没有想我？"

班里也只有李御敢跟江祠开这种玩笑。

只见江祠趴在桌上抬起头，他神色极其冷淡，眼神如同带了刀，感觉能把李御千刀万剐。

"想啊。"江祠知道自己睡不成了，随手拨了拨头发，靠着椅背说道。

还没等李御开口，就听到江祠又补上了后半句："想你死了没。"

周围的同学听到，都轻轻地笑了起来。

李御的脸抽了一下，他叹了一口气："江祠，你这样就没意思了，你把我们的同学情都放哪儿了？"

"黄泉下。"江祠面无表情地回答。

李御气得瞪了江祠一眼，放下书包，说："你清高，你厉害，你把情谊放黄泉下。"

"不过，我还以为你这学期不会来了。"李御坐在座位上转过身，双手抓住椅背，说。

李御这才发现，江祠今天还罕见地穿了校服。

明明大家都是穿蓝白色校服，但江祠穿在身上总是感觉更随性一些，两肩很宽，看着又瘦，校服穿在身上总有种空荡感。可和江祠打过的人便知道，他身上很有力气。

蓝白色校服穿在身上是青春明媚的风格，但配上江祠这厌世又冷淡的模样，却也神奇地意外融合。

"被奶奶胁迫的。"江祠见李御看着他，声音淡淡地解释道。昨晚老太太从衣架上拿下洗得干干净净的校服，给江祠熨烫好放到他房间，还语重心长地和他说了好久的话，甚至还威胁他说如果不去上学，她就守着他，一夜不睡。最后在江祠的再三保证下，老太太才答应去睡觉，第二天又早早地做完早饭等他起床。

这样一来，江祠要是再不来学校，就太不是个东西了。

李御听了，笑道："也就你奶奶治得了你。"

一个小时过去得很快，李御跟江祠有一搭没一搭地聊天，当然主要还是李御单方面拉着江祠说话。

教室其他人聊天的聊天，补作业的补作业，一派和谐。

刘岑的笔尖在试卷上唰唰写着，他的眼睛时不时瞟向手表，终于在指针指向八点半的时候，放下了笔。他呼出一口气："终于写完了。"

刘岑就是在楼梯间看了余顾一眼后非常激动的男生，他写完作业后靠在椅子上揉手腕，因为有些怕身后的江祠，他的动作幅度不敢太大。

上课铃声响起，徐牧踩着铃声踏入教室，拍了几下手掌，大家的注意力瞬间就被吸引了。

"好久不见，开学第一天，我来分享个喜事吧。"

"啥喜事？徐老师你终于要成家立业了吗？"班里有些性格活泼的人总爱拿徐牧大龄单身这件事打趣。

"去去去，用不着你操心。"徐老师被戳中悲伤事也不恼，笑道。

"这学期，我们班要迎来一个新同学了！大家要和她好好相处啊！"徐牧侧身看向教室门口，招招手让余顾进来，"来，拿出我们十班的热情来！"

一时掌声四起。

余顾还是第一次经历这种场面，她的脸有些热。从教室门口到讲台只有短短几步，但她感觉特别漫长，手掌心也都是汗。

余顾走到讲台上，徐牧让她自我介绍一下。她看着下面好多双眼睛看着她，一时不知道视线该往哪儿放，于是她看向教室后面，在视线看过去的时候，对上了一双冷酷的眼。

眼睛的主人在看到她后，有些惊讶地挑了下眉，接着浅浅地笑了一下，似乎有点不可思议。

是江祠，他竟然也是高三生。

看到了眼熟的人，余顾心里便安稳了许多，她挺直腰杆，脸上扬起笑意，笑盈盈地说："大家好，我是余顾，很高兴认识大家，往后请多多指教。"

"好，欢迎！欢迎！"徐牧带头鼓掌，扫视一圈教室，最后指了指江祠旁边的位子，"那里还有个空位，你先坐那儿吧，班里之后还会再调整一下座位。"

徐牧说完，教室里的其他同学都倒吸了一口凉气，除了江祠。

不过余顾并不知其中内情，她只想到在班里她只认识江祠，和他做同桌至少不会太尴尬，还能顺便问问他学校的情况，正合她意。

余顾点了点头，说了声"好"，便在全班的"注目礼"下往江祠那边的空位走去。

江祠坐在最后一排，他旁边的座位靠着墙，旁边桌上还放着一些他的书。江祠慢悠悠地把桌上的书都挪到了自己桌上，给同桌腾出了一块"净土"。

余顾将书包放下，坐到座位上，看着讲台上的徐牧，庆幸自己的视力还不错。

徐牧在说新学期、新气象之类的鼓励语录，班上有些人开起了小差，余顾却听得认真。不过听着听着，余顾感觉到身侧有一道强烈的视线，她转过头，看到江祠正在似笑非笑地看着她。

"怎么了？"余顾朝江祠靠近了一些，问道。

"没什么，就是觉得挺巧的。"江祠的声音听不出情绪。

"是挺巧。"余顾赞同地点了点头。

"我之前还以为你刚初中毕业。"

余顾：我谢谢你。

余顾没发现前面的刘岑和李御两人已经由趴在桌上默契地变成了靠在椅子上，耳朵都竖起来了。

"所以，你是在夸我年轻吗？"

江祠垂眼看着余顾靠近的头，又闻到了她用的果香味的洗发水的味道，他轻笑了一声："你觉得是那就是吧。"果香味的小朋友。

听完全程的李御两眼冒金星：江祠，你的把柄来了。

刘岑更多的是惊讶：看着这么乖的女生竟然和江祠认识？

"好了，废话不多说了，我们开始上课吧，咱们把剩下的新课程讲完，就要开始一轮复习了。高三的任务还是很重的，大家任重而道远啊。"

徐牧是物理老师，带的这个班也是理科班。他点开教学课件，开始讲新的知识点。

余顾从包里拿出自己的课本，江祠瞥了一眼，看到上面满满的笔记，还有错题练习。同时余顾也看到了江祠的课本，那上面可真干净。

江祠看到余顾一直看着自己的课本，忍不住问："怎么？喜欢我这本书？"

余顾摇了摇头，疑惑道："这学期要换新书吗？"

"什么意思？"

"不然为什么你的书那么干净，跟新的一样？"余顾看了眼自己满是字迹的书，说。

江祠："……"

前面两个偷听的人没忍住，埋头笑了笑。特别是李御笑得肩膀一耸一耸的，江祠将脚伸到他椅子下面踢了一下。

江祠见余顾还看着自己，好像真的在思考，便冷着脸说："再不听，这页课件就要过去了。"

好奇哪有上课重要，余顾听了他的话，毫不留恋地拿起笔看着黑板。

一节课就在徐老师的唾沫星子和各种物理题里结束。下课铃响，徐牧收拾了桌上的课本，抱着保温杯出去了，他刚走出去两步又回头看向余顾。

"余顾，你中午和班长于婷去拿一下校服。"徐牧指向于婷。

"好。"余顾点了点头。

课间休息只有十分钟，李御一下课就把头转过来了，和余顾热情地打了个招呼："Hello，我叫李御，要是有什么不清楚的地方可以找我帮忙。"

"你好，我叫余顾。"

"我叫刘岑，你要是有问题也可以找我帮忙。"刘岑看江祠靠着椅子没往这儿看，便也开口和余顾打了个招呼。

"好的，谢谢。"余顾扬起一个笑，是露出八颗牙齿的标准笑容。

"你和江祠认识？"李御迫不及待地问了这个他憋了一节课的问题。

"嗯，暑假见过几面。"余顾老老实实地回答。

"哦，这样。"李御点了点头，听到这个答案有些失望，他还以为能听到别的很有趣的事情。

"对了，如果你有不懂的题可以问我，或者你想做试卷也可以找我，我这个暑假被我妈拉着上课，我那里还有很多试卷，不能浪费。"李御一想到自己那暗无天日的暑假，就一阵"心梗"。

"好呀。"余顾感激地看着李御，她真心觉得，开学第一天的感觉真的很棒！

但幸好，幸好没人问她突然转进这个班的原因。

一个上午过去得很快，余顾记笔记记得快要缓不过来，中途她瞥了一眼江祠，发现他一直在悠闲地看着黑板转着笔，书上依旧一片空白。

上午一共五节课，江祠每节课都是如此，这勾起了余顾的好奇心。在第五节课快下课的时候，余顾问道："江祠，你不用记笔记的吗？"

正在出神的江祠"啧"了一声，他修长的手指在桌面轻敲："你有没有听过一句话？"

"什么话？"

"后排靠窗，王的故乡。"

余顾：这二者是有什么联系吗？

"所……所以呢？"余顾真的蒙了，觉得自己有点跟不上江祠的脑回路。

"所以，王的事情你少管。"江祠四两拨千斤，把话题转移了。

余顾看了看自己身后的窗，还有江祠背后的垃圾桶，疑惑道："可是靠窗的不是我吗？你靠的是垃圾桶啊。"

江祠："……"

他看着余顾干净的眼睛，气笑了："所以你想'谋权篡位'？"

余顾摆了摆手："还是算了，志不在此。"

江祠："……"

下课铃响，于婷走到余顾的位置，说："余顾，我们吃完饭去拿校服吧。"

"好啊。"

"嗯，我顺便带你熟悉熟悉学校的路。"于婷留着学生头，看着特别乖，脸上挂着笑，两个酒窝若隐若现的，看起来特别亲切。

事实也是如此，于婷非常好相处，她成绩又好，深得同学的喜爱以及老师的信任。

"好，谢谢班长。"

"叫我于婷就好，也可以叫我婷婷。"于婷挽上余顾的手，"我们先去抢饭，不然就要没饭吃了。"

余顾看了看教室和走廊，短短两三分钟，班里的同学基本走了，她还是头一回见到这样的场面，有些惊讶："吃饭是需要靠抢的吗？！"

"本来是不用的，但是我们这个校区不是重建了嘛，原本在另一个校区的高一学生也过来了，人一多，那些好吃的菜就要靠抢了，晚一点剩的就不多了，可能只有一些不太好吃的菜。"说到这儿，于婷深吸一口气，露出几分无奈。

"生存环境如此艰难？"余顾吸气感慨。

"是啊！"于婷赞同地点了点头，拉着余顾一路小跑起来，"走，我闻到了，今天食堂有糖醋小排。"

新建的校区里面的设施都很新，瓷砖白净到发亮，空间很大，窗口整齐地放着菜品，里面甚至还开了一个档口，做一些小吃。

于婷带着余顾走进食堂，两人买完饭找座位，食堂的位子几乎坐满了。看来以后不能先买饭，得先占座位。

两人拿着餐盘找了好一会儿，终于在人群中看到了两个空座位。

"余顾，那儿有座位，走走走。"于婷说。

怕余顾刚来放不开，于婷边吃边和她说学校的趣事，余顾听得津津有味。

余顾本来以为班长应该是刻板又严肃的，但于婷与她想象的完全不一样。她心想，和人相处果然不能先入为主。

吃完饭，于婷带着余顾去仓库领校服，顺便带余顾绕了段路熟悉了一下校园的各个地点。

两人从仓库出来，余顾抱着校服跟着于婷往回走。

"我现在要回宿舍了，余顾，你住在哪个宿舍呀？"

"我走读，不住宿舍。"

"这样呀，那你得先回教室休息了，我要回宿舍，需要带你回教室吗？"

"不用不用，我已经记得路啦。"余顾朝于婷笑了一下，"你快回宿舍休息吧。"

于婷看了下手表，距离午睡铃响的时间确实不多了，她点了点头，"那你回教室吧，我先回宿舍啦。"

"好，午安。"

"午安。"

余顾慢慢地往教室的方向走，一路上边走边看，最后得出一个结论：学校的绿化做得还是很不错的。

她本以为教室里没有人，走进去发现江祠坐在座位上。

江祠的一只脚踩着课桌下的横杆，整个人靠在椅子上看着窗外绿意盎然的树木和湛蓝的天。教室里天花板上的风扇飞快地转动，将他的发丝吹起，旁边的窗帘也轻轻晃动。

他俨然是一个在教室偷闲的少年。

余顾出神地看了两三秒，连江祠看过来都没发现。

"站在门口发什么呆？"

余顾被江祠的声音拉回神，摇了摇头："你不去宿舍午休吗？"

"我是走读生。"江祠淡淡地回答。

"你也是走读啊。"余顾走到座位上坐下，将她的课桌桌面整理了一下，"我们学校走读的多吗？"

"不知道，应该不多。"江祠看着余顾耐心地将桌上的笔一支支收好，书本都放到桌面的一角，桌面瞬间空出了一大片地方。

"你不睡——"

"那只猫——"

两人同时出声，又同时停顿。

余顾抬头看向江祠，像是知道江祠想说什么，露出一个甜甜的笑，说："那只猫我后来接走啦，你带我去了一次，我就记住路了。"

"那你挺厉害。"江祠漫不经心地夸奖道，"我后来听王叔说了，小猫乖吗？"

"很乖！"说到福福，余顾的眼睛就亮了，声音听着也兴奋了不少，她开始和江祠讲述福福的近况，包括福福到家里之后发生的一些事。

"福福最近特别喜欢咬我给她买的一个玩偶，我爸妈也给它买了，但它都不咬，只和我的玩偶玩，一玩就是好半天，那个小鱼干玩偶真的超可爱……"余顾说着说着打了个哈欠，声音也随着哈欠弱了几分。

"看来福福过得不错。"江祠看余顾像是马上就能睡的样子，薄唇微微往上扬了下，很快又恢复如初，说，"你不午睡吗？不午睡，下午上课很可能睡着。"

余顾平常在家也会午睡，今天和江祠说福福说上头了才没睡。她也怕自己上课睡着，就回答江祠："嗯，是有点困了，你也休息会儿吧。"

"午安，江祠。"

余顾说完，将手臂交叠，头枕在臂弯处闭上了眼睛。

江祠看着余顾，她脑后的马尾有些松了，毛茸茸的碎发都冒了出来，看起来像孵出来不久的小鸡崽。

江祠看了眼天花板上的风扇，走到后门将风扇调小了一挡。接着他回到座位上，发现余顾不知道什么时候换了个姿势，脸朝向了他这边。

江祠放在桌肚里的手机开始振动，在安静的教室里格外明显。

余顾的眉头微微皱起，像是即将被振动声吵醒。

江祠听到动静，从桌肚里拿出手机挂断电话，给打电话的人发了条消息过去。

江祠：怎么了？

对方像是很急，一连给江祠发了好多条消息。

江祠回了句"等着，马上来"，就收起了手机。他把课桌上的课本和试卷收拾好，又看了眼沉睡的余顾。他将窗帘拉上一半，为她挡住了窗外热烈的日光，他出去的时候还顺手关上了教室的门。

余顾是被午休结束的铃声叫醒的。

因为趴着睡，余顾的脖子有些不舒服，脑袋把手臂枕得有些麻。她坐着缓了缓，揉了揉脸，最后走到阳台上洗了把脸才差不多清醒过来。

她回到座位上，发现江祠不在座位上，她眨了眨眼，以为江祠是去上洗手间了。然而一整个下午过去了，到了晚饭时间余顾也没看到江祠。

奇怪，这人不用上课吗？

晚饭余顾还是和于婷一起吃的，不过这次于婷还带上了她的好朋友陈栖。

"你好呀，余顾，我叫陈栖，耳东陈，栖息的栖，木字旁加一个西。"

"你好呀，我是余生的余，顾此失彼的顾。"

陈栖比于婷活泼点，她扎着马尾，露出光洁的额头，声音洪亮。她的性子很直，曾被班里一些男生称作"泼皮"，见到都要叫她一声"陈姐"。

"哇，你名字真好听，你爸爸妈妈好会取名字。"

"实不相瞒，我的名字是我爸带我去登记时临时取的。"余顾有些哭笑不得，"据说当时他们太兴奋，忘记给我取名字了，等我爸到登记处了才想起来。然后他当场花了三分钟取了这个名字，是结合我爸妈两人姓氏的速成名字。"

"哈哈哈。"于婷和陈栖听完余顾的话,都没忍住笑出声,尤其是陈栖,感觉方圆十里都能听到她的笑声。

"换种思路,你的爸妈还挺恩爱的。"陈栖停下了笑,安慰余顾道。

"确实,恩爱到我像是多余的。"余顾说出一句最真挚又中肯的评价。

她们三人聊得很开心,一边吃一边聊,但说着说着,话题就到了江祠身上。

"余顾,你和江祠做同桌,感觉咋样?"

"好像没什么特别的。"余顾不知道对方为什么要这么问,反问,"难道我们相处得有什么不对吗?但我们只相处了一上午。"

于婷和陈栖沉默了,看着余顾的眼里带着惊讶。

"我距离江祠那么远都感受到了他那'近我者死'的气场,你身为同桌,没有感受到吗?"陈栖小声地感叹。

余顾回想了一下和江祠相处的感受,摇了摇头:"没有欸,可能他只是面冷心善?"

"你没和她说江祠以前的事?"陈栖看向于婷说。

于婷摇了摇头:"没有,主要是都过去那么久了,是非对错谁都没法说清楚,就觉得没必要提。"

"确实,当初谣言传出来的时候我就不信,不过传着传着,江祠不好惹的名声算是洗不掉了。"陈栖想到当初的事,感慨地叹了口气。

余顾咬了一口肉丸子,看着两人,说:"你们在说什么?"

"就是听说江祠以前把一个大厂经理的儿子打进医院了,还说那人被打得直接断了体育生的路,而且江祠的爸爸还因为杀人坐牢了,大家都说有其父必有其子。"陈栖说到这儿的时候皱了皱眉,接着她又吐槽一句,"说得可难听了。"

余顾听了,慢慢皱起眉。

"不过大家都这么传还有个原因，是有不少人亲眼看到，江祠在老师面前又打了人，还一脚把对方踹翻了。"陈栖叹了口气，"这一踹，很多人直接在心里把之前那个谣言坐实了。"

"是啊，之后很多人看到江祠都不敢接近，就怕一言不合被他打，久而久之，大家都很怕他。"

"这样啊，但即使这样，也不能直接说是他的错，毕竟大家都不知事件全貌。"余顾听完，下意识地觉得江祠不是那种不顾是非对错、只会动拳脚的人。

"是啊，不过在这个小镇，谣言一传十、十传百，很多人都会跟着谣言诋毁江祠，加上他得罪的那个经理，听说有钱有权，就更不会有人站在江祠那边了解事情经过了。"于婷也叹了口气。

"那你们知道事情经过吗？"

"知道得也不全。"陈栖摇了摇头，"就是因为知道得不全，所以我们在不知道事情经过的情况下，不想轻易相信那些谣言去诋毁一个人。"

"谣言的力量太恐怖了，我不想成为别人手里的刀。"于婷微笑了一下。

大概是话题太沉重，陈栖为了活跃气氛，不正经地笑道："当然我不相信还有一个原因，我看颜值。"

陈栖想到江祠的长相，第无数次感慨："他真帅啊，我在江南镇没见过比他还帅的人。"

余顾想到当初刚和江祠见面的时候，对他的第一感觉也是帅，整个人又瘦又高，一件简单的 T 恤被他穿着档次都高了不少。

鬼使神差地，余顾又想到了中午江祠在教室的样子，他靠在椅背上看窗外的夏景，窗帘被风吹动，穿蓝白色校服的他占据画面的中心，她后知后觉地发现，少年胜过夏日，大概说的就是江祠这样的。

"江祠今天下午没有来上课，他这样不会被学校处分吗？"

"不知道，感觉老师都会当他不存在，只要他不扰乱课堂秩序，别的时候都不会管他。"

"徐老师也不管吗？"

"其实老徐是这个学期才来我们班当班主任，他之前只是我们的物理老师，我们原来的班主任生病了需要住院，就换老徐上任了。他有一堆事情要交接，估计也顾不上江祠。"

"而且老徐是上学期期末被临时通知来做班主任的，我们都觉得很突然。"

三个人边吃边聊，余顾对班里的了解也更多了些。

高中的生活大多枯燥无味，学生们每天三点一线，上课、做题、听题和考试，有时候时间紧张，甚至连上厕所都是用跑的。

不过余顾适得很快，就这样过了差不多一周，她已经彻底适应高中的校园生活。唯一让她有些不适应的大概就是江祠这一周都没来上课。

明明两人只做过半天同桌，但上课的时候余顾总感觉旁边空荡荡的，像是一堵墙突然漏风——这大概就是读书时代的不安全感之一吧，同桌总是校园生活中极具安全感的一个存在。

因为是高三，学校将这周六上午定为小考，每周轮流考一门课，考完试下午放假，周日下午再返校。

周六有早读，早读结束考语文。虽然不是大型考试，但还是要前往特定的考场。因为一些教室暂时被用来当考场，于是有一批人被安排到了隔壁实验楼的教室考试，余顾就是其中一个。

两个半小时过去，语文考试结束，余顾放下笔等着收卷，揉了揉隐隐作痛的肚子。

她有一种不好的预感。

余顾放慢收拾文具的速度，等其他人都离开了，她才慢慢起身，起身时还低头往椅子上看——还好没染红，血应该没沾到裤子上。

余顾离开教室的时候走廊上已经没什么人了，教室旁边就是厕所，她将笔袋放在外面的窗台上就进了厕所。

身体原因，余顾的经期总是不太准，她也经常忘记日期，加上她以前经常待在家里，经期来了也很方便处理，便没有随身备卫生巾的习惯。

走进洗手间一看，余顾发现她的裤子上还是沾上了些痕迹。校服裤子和上衣一样，也是蓝白色的，所以那一点红色格外显眼。

余顾现在穿的是短袖，她的外套放在教室。现在大家估计都在教室里收拾东西，她打消了现在回教室的念头，决定在实验楼再等等，等教学楼的人都走了再回去。

余顾收拾了一番，当她走出厕所的时候，听到旁边传来了一阵啪嗒啪嗒的声音，像是谁在按打火机。

她转过头，发现江祠靠在栏杆上百无聊赖地玩着打火机，他的眉头皱着，神色颓废、阴沉，脸上闪过一阵忽明忽灭的火光。

银色的打火机上方，火光迅速蹿起又落下，摇曳的火光似是想吞噬黑暗，却心有余而力不足，只能不甘心地挣扎。

从江祠按动打火机的节奏中，看得出他有些烦躁。余顾脑子里只有一个问题：为什么他会这样呢？

江祠注意到了余顾的视线，抬头看过来，目光深沉。

两人的视线碰撞，江祠意味不明地勾了下唇角，他看到余顾正直勾勾地盯着他——她的眼睛里似乎总是有数不完的星星，且带着探究和好奇。

江祠微微挑了挑眉："你还不回教室？"

余顾想到自己尴尬的现状，脸上一热："我过会儿再走。"

江祠有些疑惑，见她靠着墙，一只手摸着肚子，脸色有些苍白，他便明白了。

他对余顾说："在这儿等着。"

余顾不知道江祠是什么意思，但左右自己现在也得在这儿等，也不能去哪儿，便点了点头，说了声"好"。

江祠回来得很快，手上拿着……校服外套?

余顾的心里隐隐约约好像有一个猜测，连带着心跳都一下一下变得快了起来。

"围在腰上。"江祠将他手里的校服外套递给余顾，他的手指骨节分明，白得晃眼，上面还有一道红色的伤痕，"等教学楼的人走完可没那么快，早点回家。"

余顾有些惊讶地抬头看向江祠，她不知道他是怎么发现这件事的，晚霞般的红晕开始在她的脸上蔓延，连她的耳尖都变成了粉红色。

眼下接过江祠的外套是最好的办法，毕竟再等下去血只会越流越多，余顾已经隐隐感受到了。

余顾小声地说了声"谢谢"。

余顾接过外套后，江祠便转过身，看着栏杆外面高大树木上的小鸟，有的小鸟在叽叽喳喳地高歌，有的在树枝上跳跃。

"我好了。"余顾有些不好意思地开口。

"走吧。"

余顾点了点头，往教学楼走去，江祠则离她两步远跟在她后面。

回到教室的时候，教室里还有些人。但他们看到江祠进来后，先是都安静了一瞬，随后说话的声音变小了一半。

余顾不敢坐下，怕一坐下就会在江祠的衣服上留下痕迹。她站着将周末作业放进书包里，接着又对江祠说："你的衣服我洗完还你吧。"

"行。"江祠坐在座位上，将这些天因为他没来堆在桌子上的试卷收好。

"你……这几天怎么没来啊？"斟酌再三，余顾还是开口问了出来。

"怎么？"江祠放下手里的试卷，"我不在你不习惯啊？"

"嗯，感觉旁边空荡荡的，怪怪的。"

江祠本想调侃余顾，然后顺势转移话题，却不想余顾大大方方的，这反倒让他有些不好意思了。

江祠没再出声，两人安静地收拾东西，余顾注意到江祠手上的伤口，从抽屉里拿出了一个东西，然后她拿上书包，跟江祠快速说了句再见就走了——她急着回家换衣服。

江祠慢慢收拾着，很快发现了放在桌上的几个创可贴。他记得之前回来拿外套的时候桌上没有创可贴。

这是谁放的，不言而喻。

江祠拿起创可贴，将手翻转过来，他的手指指节处有道伤痕，应该是昨晚和人起冲突的时候不小心划到的，虽然现在伤口已经结痂了，但他才注意到。

江祠拆开创可贴，贴到伤口处，伤口被土黄色的布料包裹住。他摩挲了一下指腹，有些不太习惯。

想不到她还挺细心。

江祠靠着座椅，看向余顾的桌面。

少女的桌面很整洁，卷子和书整整齐齐地堆在墙边，旁边放了厚厚的一沓便笺纸，江祠微微眯了眯眼，看清了上面的字。

清秀的字迹在牛皮黄便笺纸的衬托下，带上了三分书卷气，配上文字内容，便是最炽热的年少气息。

字条上面写着：

虽然辛苦，但我还是会选择那种滚烫的人生。

——北野武

江祠盯着这行字看了好一会儿，自嘲般勾起嘴角，笑了一下。

江祠从学校回到家的时候，何莲念正在厨房包馄饨。他放下书包，自觉地洗了手，去帮忙包馄饨。

"回来了？"

"嗯，放学了。"

"你这几天真的在上学？"奶奶抬起头，看着正在慢悠悠地包馄饨的江祠。

江祠听到这句话，心知还是瞒不过去，他的眼里划过一抹无奈："你都已经知道了还问我，那我还能骗你吗？"

"你当初不是答应我上学时间不去那儿了吗？"奶奶语重心长，"我知道你想帮我分忧，但是小祠，好好上学，你才有更广阔的未来，不然在这个环境里，你只能庸庸碌碌，浪费一生。"

江祠抿唇不语，他卡在喉咙口的话还是咽了下去。

——可我爸作为当初镇上考上名牌大学的大学生，现在又落了一个什么下场？

——我妈受辱，我爸因打人入狱，最后死在狱中。

江祠不想在奶奶面前提起这些伤心事。

"我知道了，之后会去上学的。"江祠的声音有些沉闷，他又问，"奶奶，你感觉好点了吗？"

周一中午的时候他收到信息，说奶奶有些喘不上气，倒在了家门口，他连忙跑回去，想要带奶奶去医院，可奶奶死活不答应，让他回去上课，说没事了。

"还好，真的没事，我自己的身体自己心里有数。"奶奶叹了口气，"我这个老婆子还想多活几年呢，至少也得看着你考上大学，身边有个值得依靠的人再走。"

"奶奶，你会长命百岁的。"

高三的周末是很短暂的，满打满算不过二十四个小时，回到家在床上一躺，眼睛一闭一睁，就又到了回学校的时候。

余顾中午吃完饭，逗了逗福福，就准备回学校了。

因为家离得不远，余顾出门又早，她到教室的时候还没多少人。

余顾放下书包，将作业都拿出来，再整齐地摆好，随后她将最上面那张便笺纸拿下来，压在最底下，拿起一张空白的便笺纸写了新的句子上去。

写完后，余顾心满意足地笑了起来。

文字的力量真的很神奇，总能于无形中给予她无穷的力量。她小时候不像别的小朋友一样可以出去玩，只能待在房间里喝药。无聊的时候，奶奶会给她讲故事，从格林童话讲到安徒生童话，又从西方寓言讲到东方神话。

她想，她对文字和故事的兴趣便是从那时候埋下的种子。

后来，在妈妈细心的教导下，她识字了，认识拼音了，爸爸每次回家都会给她带有拼音的绘本，有名著类的，也有诗歌类的。再后来，妈妈就将自己看的那些外国传记类的书拿给她看。她经常一看就是一天，看到喜欢的句子就摘抄下来，时间久了，摘抄本都被她写完了好多本。

余顾将便笺纸放下，接着她拿出一本物理习题册，在心里打气：加油，余顾，区区物理，马上拿下！

江祠走进教室的时候，看到的就是这样一个画面：靠窗的女孩盯着面前的本子，一只手握着笔紧紧攥成拳。她深吸一口气，又慢慢吐出，另一只手从胸脯往下顺着气，像是有一场恶仗要打。

江祠不自觉地勾起嘴角，怎么有人可以把做题前的准备做得这么生动、丰富？

江祠拉开椅子，刺啦的声音格外明显，加上身形高大，他站着的时候在余顾桌面上投下一大片阴影。

余顾抬头看着江祠，只见江祠裸露在外的手臂劲瘦且轮廓流畅，凸起的腕骨上有颗黑色小痣，和他冷白色的肤色一样晃眼。

怎么有男孩子可以这么白？余顾以为自己常年不怎么出门，皮肤已经够白了，没想到江祠更白一些，跟皎皎的月光不相上下。

江祠坐下的时候，余顾还在盯着他的手腕瞧，像暑假她在小超市里一样。他晃了晃手："你在看什么？"

"你腕骨上的这颗痣。"余顾回答。

"怎么了吗？"

"没什么，就是觉得它还挺会长，衬得你很白。"余顾感慨，"有一颗能显白的痣，真好。"

江祠听到余顾这番话，饶是他平常再怎么不爱笑，嘴角也控制不住地往上扬了扬。他慢悠悠地开口："有没有一种可能，我本来就白？"

"嗯，有可能，但这颗痣肯定也发挥了它的作用。"余顾老神在在地点点头，这颗痣肯定有它的作用！

江祠觉得余顾就像个幼稚鬼，他的眼里不禁露出几分无奈。他看着她桌上的习题册，好心提醒："你不做题了？"

余顾反应过来，看到自己还一片空白的习题时，心中顿时警铃大作。

不行，她不能闲聊了，要做题了！

江祠看向低头做题的余顾，他一只手撑着头，视线扫过余顾课桌上的便笺纸时，发现便做纸上已经换了另一句话：

只有玫瑰才能盛开如玫瑰，别的不能，那毋庸置疑。
——辛波斯卡《企图》

江祠的心像是被什么东西拨动了一下，他望向窗外的绿枝，脑子里破天荒地有了个疑问。

不是所有人都能当玫瑰吧？总要有人去当野草枯木。

周一下午有一节体育课，上周因为开班会取消了，今天还是余顾上学后第一次上体育课。

课间的时候，于婷和陈栖来找余顾，但她们看到江祠趴在桌上睡觉，便指了指外面，示意在外面等余顾。

余顾点了点头，放下笔，简单整理了一下课桌，就和她们一起去操场了。

江祠原本趴在桌上睡觉，被余顾匆匆收拾试卷和课本的声音吵醒，睁开眼时，罪魁祸首的身影正好消失在后门。

他微微蹙眉，"啧"了一声。

上个体育课，她这么兴奋？

前面的李御从座位上站起来，伸了个懒腰，左右动了动脖子，一边动一边感叹"这题做得我脖子都要废了"，然后他靠在江祠的课桌前说："江祠，走啊，上体育课去。"

江祠趴在那儿没动，他整个人像是睡不醒一样，闻声只是轻轻动了动眼皮，随后带着点烦躁说："不去。"

李御看江祠连头都没抬，有些无奈："行吧，那我自己下去了。"

"嗯。"

李御走后，教室里就只剩下江祠一个人。

江祠闭上眼，打算在安静的教室里好好睡一觉，昨晚他失眠到凌晨，还没睡多久就来了学校，早就已经很困了。

可十分钟后，江祠睁开了他那双漂亮且锋利的眼睛，眼里的困意正在慢慢消散。

他明明那么困，却又睡不着。

他之前听着余顾写作业时笔尖和纸张摩擦的沙沙声睡觉，现在声音没了，反倒有点不习惯。

他直起身，用手按了按眉骨，觉得自己有病。人家在的时候嫌吵，人家走了又不习惯。

他转过头，正想看看余顾今天的句子摘抄是什么，他口袋里的手机就开始振动。

江祠点开一看，就看到李御的消息占了他手机的整个屏幕。

李御：江祠！快帮我带几瓶水到篮球场！

李御：组织需要支援！组织需要支援！

李御：快快快！

江祠：自己买不了？

李御：我们分成两支队伍在对打，战况胶着，我走不开！而且其他人都不在篮球场。（后面李御发了个可怜巴巴的表情）

李御：哥，你是我永远的哥，就帮人家带瓶水嘛，要是能有冰棍的话，就更好了。

江祠：一百一次。

李御：（转账 100 元）

江祠看李御着急忙慌却只为了几瓶水，不由得溢出一声低笑："出息。"

江祠揣上手机下楼，去小卖部买了几瓶水，又想到李御叫嚷着要冰棍的样子，要不给他买能念叨一个星期，就又拿了根冰棍。

买完这些，他一只手提着塑料袋，另一只手拿着刚刚喝过的矿泉水瓶，往操场走去。

操场外围是篮球场，班里的男生分为两拨在那里对打，谈不上多认真，也就图一乐。

李御长得高，脸又白净，在一堆人里格外好认。

江祠站在一旁看了几分钟，觉得没什么意思，转头看着操场上的其他地方。

下午的太阳有些烈，晒得跑道都红了一个度。操场上还有一些男生在踢足球，奔跑着肆意地挥洒汗水。但因为他们是理科班，女生并不多。这么大的太阳，女生大部分都在室内活动，操场上的几乎都是男生。

这时，江祠看到有个女生在操场另一头慢慢往篮球场这边跑，女生脑后的马尾随着沉重的步伐甩动，像是在对烈日抗议。

他仔细一看，笑了。

正在太阳底下跑的，不是他的同桌又是谁？这么热的天，她不待在室内，在外面跑什么？

正巧李御打完球走过来，他搂上江祠的肩膀，说："快快快，我的冰棍呢？热死我了！"

江祠没说话，看着余顾的方向，手将袋子往上提了提。

李御一边拿冰棍，一边顺着江祠的视线看过去，问："你在看什么啊？"

他的视线落到操场上正在跑步的身影上，疑惑道："那不是余顾吗？她怎么还没跑完？"

江祠皱了皱眉，问："什么没跑完？"

"刚才体育老师让我们每个人都跑五圈，跑完再自由活动，还说高三了，休息的时间不多，以后体育课就用来让我们放松，不布置别的任务了。"

李御咬了一口冰棍，冰冰凉凉的，仿佛能透进心里。他发出感叹："不过体育老师看我们跑步看了一会儿就走了，所以很多人没跑完五圈就去玩了，余顾怎么还在跑？"

江祠"啧"了一声，从袋子里拿出一瓶冰矿泉水，随后将袋子一股脑地放在李御怀里，朝跑道那边走去，只留下一句简洁的话："剩下的你分了吧。"

这个时候的太阳格外炽热，余顾看着前方已经被晒得滚烫的红色塑胶跑道，心里算着，还差一圈就跑完了。

她现在的状态并不是很好，额头的汗细细密密地冒出来，沾湿了几缕刘海，面色绯红，唇瓣也因为渴而变得有些干燥。她的脚步也越来越沉重，双腿像是灌了铅，摆动的双臂感受到了越来越大的阻力，而且她的心脏也有点不舒服。

余顾让自己的步伐放慢，试图让自己稍微缓点儿劲，顺便给自己打气。

加油！余顾，还差一圈，你可以的！

余顾低着头在心里鼓励着自己，却发现眼前的地面不知何时多出了一片阴影。

余顾气喘吁吁地抬头，看到了逆光向她走来的江祠。

少年身姿颀长，身上是干净的蓝白色校服，因为太阳刺眼，以致她看不清他的眉目，不过不用想也知道，那张脸一定冷淡至极，漂亮、锋利的眼里没有生机，甚至会有些阴沉。

江祠走到余顾面前停下，她还没开口，他直接递给她一瓶拧开的水，瓶身带着水珠，她还没喝就已经感受到了那股清凉。

"嗯？给我的吗？"余顾有些惊讶。

"不，我洒地上，敬天地神明。"江祠保持着递水的姿势，他一只手插着裤兜，一副懒散的样子。

余顾扑哧一声笑了，因为跑步声音还有点发虚："那就先谢谢我的同桌啦。"

她接过江祠的水，喝了一小口，冰水在灼热的太阳下温度刚好，余顾喝进去的时候，水从喉管往下滑，舒服、凉爽到心尖。

太阳投在余顾站着的地方。江祠看到余顾的刘海已经被汗水打湿，因为跑了好一会儿脸颊变得红扑扑的，倒是看着比平常没有什么血色的样子要健康些。

不过，她的唇色还是偏白，甚至隐隐有些发紫。

江祠皱起眉，看余顾喝得差不多了，他才开口："这么热的天，在外面跑步？"

"老师布置的五圈还没跑完。"余顾盖上水瓶盖子，老老实实地回答。

她也想顺便锻炼一下自己的身体。

江祠笑起来："那别人没跑完的不也休息去了？"

余顾看着江祠似笑非笑的样子，觉得他有点凶，便小声反驳："别人是别人，我是我，而且跑步锻炼身体。"

江祠拿出手机摁亮屏幕："你看看现在是几点。"

"三点，怎么了？"余顾不解。

江祠又伸出一根食指，指了指太阳，说："你见过在这个时间点，在这样的太阳下跑步锻炼身体的人吗？"

余顾说不出话了，她闭上嘴，拿着水瓶，她看着江祠的眼睛清澈得像山泉水，把他看得也说不出话来。

两人就这么沉默着在太阳下站了好几分钟，江祠无奈地问："还跑吗？"

"跑。"余顾点了点头，但她又怕江祠凶起来，便补了一句，"慢慢跑。"

江祠对余顾的执着没办法，只好帮她拿过她的水，他的声音依然懒散："喏，那跑吧。"

刚休息过，余顾觉得恢复了些力气，她虽然还是很累，但慢慢跑倒也还能坚持。

江祠不会傻傻地在太阳底下晒着，他找了个树荫处靠着树干。操场跑道上那抹纤薄的身影还在缓慢移动，江祠伸手一摘，在这棵树的低处摘了片叶子下来，然后把叶子放在唇瓣间抿着。

他的视线跟着操场上余顾的身影移动，但他越看越觉得奇怪。余顾每跑一会儿，就要轻轻揉一下胸口，像是不太舒服。

他听说过女生来例假时胸部会痛，所以是这个原因吗？

等等，那她刚刚还喝了冰水？

江祠想到这儿，有些不爽地"啧"了一声，连唇间的叶子掉了也没察觉。他扫了眼余顾到他这边的距离，估摸了一下时间，转身去了小卖部。

余顾感受到自己的脚步逐渐变得沉重，刚刚她的小腹传来了痛感，她才后知后觉地想起来自己来了例假。

她的脑子里只剩下两个字：完蛋！

她深吸了一口气，咬着牙慢慢坚持着到了之前休息后起跑的地方。

余顾左右看了下，没看到江祠的身影，她以为他去玩了，没有在意，便到树荫下打算休息一会儿就回教室。

余顾靠着树，心脏不舒服的感觉又上来了，她轻轻地揉了揉胸口，然后闭眼休息，没有注意到树后的脚步声。

过了两三分钟，余顾睁开眼的时候，发现江祠正俯下身看着她，甚至还伸出了食指，像是想要探她的鼻息。

余顾："怎么了？"

她看到江祠有些尴尬地收回手，清了清嗓子，冷淡地回答："没什么。"

余顾的眼珠转了转，她像是想到什么，笑着问江祠："江祠，你不会以为我没气了吧？"她不在意这种玩笑，而是自己打趣着，声音也带上笑意，灵动、婉转。

"是啊，来看看我的同桌还在不在。"江祠无奈地笑了一声，锋利的眉眼也带上了几分笑意。

他拿出从小卖部买的暖宝宝和一袋生姜红糖，淡淡地说："刚刚让你喝冰水，赔罪。"

余顾看到江祠手上的这两样东西，脸唰地热了起来，她本来就红的脸更红了，像个西红柿，连带着耳根也染上绯色。她伸手接过，声音很低："谢谢。不过刚刚是我自己没注意，但还是谢谢啦。"

余顾说完，感觉小腹更疼了，连后腰也有疼痛和酸胀感，便说："我有点不舒服，我先回教室了。"

江祠看余顾的唇色还是不太正常，想着她可能中暑了，便问："你要不要先去医务室？"

余顾摇了摇头，浅浅地笑了一下。她并不想让江祠知道自己心脏的事，便说："我现在比之前感觉好多啦。"

江祠点了点头，转身往前走，没有再多问。他迈出几步后，发觉后面没有脚步声，只有树上无尽的蝉鸣，他瞬间有了不好的预感。

江祠转过头，便看到了倒在地上的余顾。

穿着干净校服的余顾倒在地上，双目紧闭，脸上的血色褪去，虚弱得像一只易碎的蝴蝶。

"啧。"江祠大步走到余顾面前蹲下，将她抱起来，还是没忍住吐槽了一句，"你哪里是好了。"

　　余顾是在校医务室醒来的，窗户边白色的窗帘随着风轻轻荡起浪花般的弧度，江祠则靠在旁边的桌子上玩手机。

　　看到余顾醒了，江祠拿起桌上已经泡好的红糖姜茶，递到她手上："喝点。医生说你有点中暑，喝了冰的还剧烈运动，这几天可能都会肚子疼。"

　　江祠的声音有点冷，他面无表情地转达医嘱，不过说话间还贴心地给余顾递上了一张纸巾。

　　"谢谢。"余顾的声音有点虚，"现在几点了？"

　　江祠快要笑了，不懂为什么余顾把学习看得比自己的身体还重要，他的声音有些沉："放心，老师把后面的课改成自习了。"

　　余顾松了口气："那就好。"

　　"为了上课，难道你连命都不要了？"江祠有些严肃地看着余顾。

　　"不是……"余顾抿了抿唇，小声说，"我只是不想让自己看上去太弱。"

　　不论是学习，还是身体。

　　余顾的好胜心就像小孩子一样，江祠"啧"了一声，他不太认同："不论怎样，身体永远是第一位的。想要强大的方法有很多种，但肯定不会是在伤害自己的前提下。"

　　余顾点了点头，柔声回应："知道啦。"

　　她这时候倒是乖巧。

　　"对了，医务室的医生还说让你抽空去医院看一下心脏。"

　　余顾听到江祠说的话，瞬间紧张起来，她含混道："嗯嗯，好。"

　　江祠看出来余顾的反应有些不正常，像是在隐藏什么，但那毕竟是她的隐私，他也不会多嘴去问。

他看余顾喝完红糖姜茶后，面色渐渐红润，不再像刚刚那样虚弱了，还有心情跟他闲聊。

"江祠，你刚刚是不是被我吓到了？在我晕倒的时候。"

"怎么可能？"江祠嗤笑一声。

其实他差点吓死。

江祠和余顾两人回到教室时，老师不在教室里，同学们都在安静地自习，两个人走进教室的动静不算大。

余顾忙着把今天的作业写完，她坐下后立马拿出了一沓试卷，开始做题。

而江祠因为这些天有点失眠，他坐在教室里，天花板上的风扇呼呼转着，给他带来了一阵倦意，他便趴在桌上睡着了。

到了晚上，余顾照例是和于婷、陈栖一起吃饭，她们三人经过这几天的相处，关系好了不少。

余顾回到教室的时候，江祠正坐在座位上玩手机，她想到下午体育课的时候江祠拿出手机给她看时间，忽然想到了什么。

"学校不是不允许带手机吗？"俄罗斯方块掉落的速度越来越快，余顾看着江祠指尖灵活地在手机上点着。

"嗯，我是坏学生，你别学我。"江祠懒洋洋地说。

"哪有人把自己定义为坏学生的？"余顾拿起她的作业，"我要去交作业了，要帮你一块儿交了吗？"

江祠像是听到了好笑的事，抬起头，手指都不点屏幕了，俄罗斯方块很快堆积起来，游戏随后结束。

江祠将手机放进口袋，他的眼神带着点玩味："你觉得我是会写作业的人吗？"

余顾：你一脸无所谓，甚至还有些坦荡，是怎么回事？

"我觉得你看着就是特别会写作业的人。"余顾眼珠一转，清亮的声音里带了几分调侃。

"我建议你还是去医院眼科挂个号吧，同桌。"江祠浅浅地笑了一下，他的手指敲了敲桌面，说。

"我眼神好着呢。"余顾"哼"了一声，将自己的作业拿去交给了小组长。

回到座位后，她拿出课本，准备开始读课文——晚自习之前有晚读时间。

"我准备读课文了。"余顾对江祠说完，便看着课本读了起来。

"浔阳江头夜送客，枫叶荻花秋瑟瑟。"

余顾的声音清亮，她的声音落到江祠的耳朵里，像雨打芭蕉似的。

江祠以前很少上课，所以并不常参加早读或者晚读，也鲜少听别人读书、背书，偶尔听过几次，也都是李御用各种奇奇怪怪的语调在读。

他此时听着余顾读《琵琶行》，一遍、两遍、三遍，愣是感觉她把这首失意落寞的诗读出了不一样的味道，像在告诉世人，哪怕掉落深渊，也依然能东山再起。

当余顾读第十五遍的时候，江祠有些坐不住了。他轻咳了一声，修长的手指在余顾的桌面上轻轻敲了一下。

余顾朝江祠看去，有些疑惑："怎么了？"

"这篇课文你已经读了十五遍了。"江祠说。

余顾点了点头："已经十五遍了啊？"

江祠以为她也觉得读太久了，便"嗯"了一声。

"那我再读十遍，试试看能不能背下来。"余顾想了想，她现在已经读得挺顺畅了，十遍之后应该差不多就可以背下来了。

她之前在家的时候没有考试，因此在课文背诵上下的功夫并不多，现在看着那些要背诵的课文，只觉得头疼。

江祠："……"

有没有一种可能，他的意思是十五遍已经不少了？

江祠放低声音询问："你还不能背吗？"

余顾一本正经地点了点头："是啊，我以前不怎么背课文，所以对这些课文的背诵和默写都还不太熟悉。"

江祠虽然没怎么学过语文，但也知道考试必考默写题，这些课文应该在高一、高二就开始背诵了，怎么会在高三的时候才开始呢？他虽然有疑惑，但也没问出口。

江祠点点头，却没想到余顾反问："你会背了？"

"会一点点。"江祠想到刚刚余顾读了十五遍，他被迫听了十五遍，再怎么难的课文，也应该记得一个大概了。

"你以前也没背过吗？"余顾歪了歪头，问。

"余顾，你是不是对我有什么误解？"

"嗯？什么误解？"

江祠整个人往余顾那边凑近了些，说："不知道别人有没有和你说过我的那些事情，如果没有，我给你概括一下。我呢，不是所谓的好学生。"

江祠扯起嘴角睨了余顾一眼，他觉得这样说余顾就不会再和他多说什么了，说不定还会被吓到。

可现实好像并不像江祠想的那样。

余顾很平静地"哦"了一声，说："你说的是别人眼中的你，不是你自己眼里的你。你为什么要用别人贴的标签介绍自己？"

她的声音干干净净的，一双眼睛也干干净净，江祠的心脏像是忽然被用力捏了一下，连带着呼吸都停滞了一下。

江祠罕见地有了几分狼狈，他舔了舔唇，最后，他像是在回应余顾，又像是在告诉自己："因为，这就是我啊。"一个破败、潦倒、荒芜的我，一个"问题"学生，一个疯子。

铃声响起，晚读结束。余顾和江祠两人都没有再说话，教室里变得安静下来，彼此的呼吸清晰可闻。

余顾看着江祠，摇摇头，用温柔又坚定的声音说："不是的。余顾定义的江祠，是一个面冷心善的帅气踹哥。"

周遭的一切仿佛都被按下暂停键，只剩余顾的声音在耳边环绕，江祠的心脏在短促地暂停后狂跳，鼓点般的心跳带动血液都沸腾起来。

放在桌面上的指尖动了动，他回答："但人的观念会变的。"曾经我是人群中的佼佼者，但并不妨碍我现在臭名昭著。

余顾叹了口气，感觉江祠在执着地让自己当一个大家眼里的人，这是为什么呢？

她"哼"了一声："那你可以过段时间再来问我，看看有没有变。"

江祠垂下眼眸，握拳抵在唇边，轻咳一声："好。"

余顾没有再说话，拿出习题册继续做题。

整个晚自习，余顾都在做题，江祠就趴在桌面上发呆，满脑子都是余顾刚刚说的话。

自从当初那件事之后，江祠便恨极了文弱书生的样子，也讨厌极了无能为力的自己。可是，现在这样真的是他想成为的自己吗？

他不知道。

铃声一响，晚自习下课了。余顾照例收拾东西准备回家，但同样是走读生的江祠还坐在座位上，没有动静。

"你不回家吗？"余顾问。

江祠摇了摇头："我过会儿再走。"

"好吧，那我先走了，拜拜。"

江祠正要点头，却看着外面黑漆漆的天改了主意："等我一下，我也回家了。"

"你刚刚不是说过会儿吗？"

"突然想到有事。"江祠边收拾东西边回答。

"哦。"余顾点了点头，但还是疑惑，"我们同路吗？"

江祠笑了，余顾怎么忽然这么有警惕性了？

"同路，所以你等我一下，我怕黑。"

大概是为了防止学生躲在校外黑漆漆的地方搞小动作，离开学校这条路的路灯排得很紧密，一个接一个地亮着，让黑暗无所遁形。

余顾一脚一脚踩着自己的影子，没有注意到江祠看向她的视线。

江祠将余顾送到家，看着她蹦蹦跳跳走到家门口。他正准备离开，余顾突然回头，马尾辫在空中扬起一个好看的弧度。

"对了，江祠，你的校服已经洗好了，你等我拿给你。"余顾说。

"好。"江祠点点头。

他站在余家门口，这条巷子的路灯有些昏暗，像是年久失修。不过这里比他家那条巷子要干净些，这里放着几盆花花草草，看着也更有生机。

不一会儿，余顾出来了，拿了个纸袋子，递给江祠。

"你的衣服我放里面啦，然后我还放了点零食，上次谢谢你呀。"余顾笑道。

江祠伸手接过袋子："走了。"

"江祠。"余顾又喊了他一声。

江祠在路灯下回头，因为逆着光，余顾看不清他的神色，但他清晰地看到，余顾的眼睛很亮，眼里像有烟花盛放一般璀璨。

"晚安啊，同桌。"余顾挥了挥手。

"晚安。"江祠点点头，走进昏沉的夜色中。

这周徐牧突然有点事，请了一周的假，他的课是由别的老师代上的。班里的好多事务也是于婷在处理，大家都在盼着徐牧回来，毕竟大家都喜欢徐牧的物理课，他能将每个知识点都讲得很有趣。

不过哪怕徐牧不在，班里的秩序也很好，大家都很自觉地听课、复习。

周六考完试，余顾很快就走了，江祠到教室的时候，他的目光落在余顾的桌子上，疑惑她今天怎么这么早就走了。

不过他看了眼时间，距离给奶奶预约的检查时间快到了，他也很快离开了教室。

殊不知，此时余顾也在去医院的路上。

那天体育课后，余顾回到家就和家人简单说明了情况，家人为了以防万一，决定带余顾再去医院做个复查。

医院，心外科。

医生看着余顾的报告，旁边余顾的家人都紧紧盯着医生。

"医生，怎么样？"

"没什么大问题，手术还是很成功的。"

医生说完，余顾的家人都松了口气，余顾紧绷着的神经也放松下来。

"不过还是要注意休息，不要剧烈运动，身体是自己的。"

"好的。"余顾乖巧地回答。

"囡囡，你去给妈妈买瓶水，妈妈有些渴了。"顾雨温柔地对余顾说。

余顾其实知道，妈妈是想支开她和医生单独说话。

"好。"余顾点了点头，转身走向门口。她刚出门，转弯时却撞到了一个人。

余顾不禁小声惊呼，揉了揉鼻子："不好意思……"

她的话还没说完，在看到来人时瞬间哑了声，随后惊讶地出声："江祠？"

"你怎么在这里？"余顾不由得后退半步。

难道他也生病了？

"陪我奶奶来检查身体。"江祠扬了扬手里的检查报告。

"哦。"余顾点了点头，"那检查得怎么样，奶奶身体还好吗？"

"还行，没什么大问题。"说完，江祠看了余顾一眼，"你去买水？"

"嗯。"余顾正要挥手作别，脑子里突然白光一现。

等等，江祠怎么知道她要去买水？他听到之前医生说的话了？

"你刚刚……听到了？"余顾说的虽然是疑问句，但语气肯定。

"嗯。"江祠指了指刚刚余顾所在的会诊室，又指了指隔壁，"我路过。"

余顾的心紧了紧，心中没有被人知道自己生病时的无措、慌乱，相反，有一些小小的庆幸，很清晰地在她的脑海中跳跃了一下。

她听到自己心里有个声音说：幸好是江祠。

她甚至有点想和江祠说这些事。这种感觉很奇妙，好像潜意识里就将江祠划到了她的安全范围内。

江祠看余顾一直没有说话，伸出手在她眼前晃了晃："怎么了？"

余顾被江祠的声音唤回神，轻声问："那你可不可以……"

江祠好像知道余顾要说什么，但他从来都不会主动问身边同学的私事，便说："先买水，路上说。"

"好。"

买了水后，余顾估计妈妈那边也没那么快结束，便和江祠找了张长椅坐了下来。

"我生病这件事，你可以帮我保密吗？"余顾坐下后，看着长椅前方水波平静的湖面，她的心也平静下来。

"不想让别人知道？"江祠的声音有些低，却比平常要温柔。

"嗯，不想。"余顾的声音泛起涩意，她仰头看着灼灼烈日，笑了一下，"今天天气真好，我和你说说我的故事吧。"

日光和煦，树叶摇晃间漏出的光线也随着枝叶微微晃动。余顾的声音没了平常的清亮劲，变得更轻柔了些。

"我是先天性心脏畸形，小时候做过一次手术，第二次手术是几个月前做的。在这之前，我基本都待在家里，很少出门。"

感受到江祠投过来的视线，余顾弯了弯眉眼，说："没错，就是你听到的那样。是不是觉得有点不可思议？"余顾轻笑一声，"我小时候还以为每个小朋友都不能出去，只能待在家里，直到某天我在去医院的路上看到很多小朋友在一起玩，我才知道，原来只有我和他们不一样。"

江祠听到这儿的时候，他的心像被一根针轻轻地戳了一下。

"后来到了上学的年纪，我以为我可以去学校了，但没有，主要是我妈妈教我，她是语文老师，其他科目，她就会让其他家教教我。但因为我三天两头跑医院，每次我再学的时候，跟从零开始也没什么区别。"余顾耸了耸肩，有些无奈地笑了下。

江祠看着面带笑意的余顾，他第一次觉得要是他有一张李御那样的嘴就好了，那样就不至于坐在这儿却一句话都说不出来。

这时，余顾话音一转，她的声音再次清亮起来："不过这都已经过去了，我现在能到学校上学啦，也能随意出门，所以我还是挺幸运的，对吧？"

幸运吗？江祠沉默不语。

江祠从初中结束的那个暑假起，对这个世界就变得悲观起来，此时听余顾说完，他只觉得遗憾和惨淡。

"不遗憾吗？"江祠问，"十多年没有过上正常的生活。"

"按你的说法，是挺遗憾的，不过，换一种说法，前面十多年我想求正常生活而不得，终于在这一年，我抓住了中学的末班车，过上了正常学生的生活。"余顾放松下来，靠在长椅上，"这样听起来是不是很幸运？我从来不觉得遗憾，哪怕只能去学校上一天课，对我来说都是天大的幸运。"

江祠无声地勾了勾唇角，余顾的乐观让他惊讶，他也不得不承认："你说得对。"

"我以前也觉得这世界不公平，我会想，为什么是我生病？"余顾回忆起小时候自己一个人半夜在被子里哭的样子，继续说，"后来我想，在我还没有能力改变这个世界的时候，我先改变一下自己看问题的角度，至少会让自己在当时那一刻好受些。"

丁零零——余顾的手机响了，上面来电显示为"妈妈"。她对江祠说："我出来太久，我妈妈找我了，我先回去了哦。"

"好，拜拜。"江祠点了点头。

"明天见！"余顾对江祠挥了挥手，走出一段路后，她回过头看向江祠，双手合十，中间还夹着手机，做出一副楚楚可怜的样子，"今天的事情还望同桌保密，大恩不言谢！"

江祠被余顾的表情逗笑了，也挥了挥手："嗯。"

余顾走后，这边就只剩下他一个人。

安静的湖对面有护士推着轮椅上的老人出来逛一逛。微风拂过时，湖面的阳光波动，微波粼粼，像是镶嵌了很多碎钻。

江祠望着湖面出神。

他一直以为，余顾从小到大万事顺遂、平平安安，是被爱包围的，可今天才发现，原来她也有那么多的无奈。

余顾的笑容永远阳光明媚，顽强向上的生命力从她的骨子里透出来，她是野火烧不尽，春风吹又生的野草，也是灼灼不灭的日光。

每个人都会丧气，但能快速让自己直面逆境保持乐观的，除了余顾，他没见过别人。

没有谁会讨厌充满希望的太阳，尤其是江祠这种见过太阳又堕入黑暗深渊的困兽恶犬。

人总会陷入欲望的沼泽，当得到过的东西再遇见，那欲念就会不断放大，会让人想靠近、想拥有。

第二天，余顾走进教室的时候，江祠已经到了，正和李御在打游戏。

"江祠，江祠，快快快，来救我一下。"李御盯着手机，神色紧张。

"来了。"江祠啧了一声，面色淡定地移动手指去救李御。

她走到座位放下书包，李御抬头看了她一下："余顾来了啊。"

"嗯，下午好呀。"余顾拿出红糖小馒头，"你们吃红糖小馒头吗？我奶奶下午刚做的。"

"我吃，我吃！"李御目不转睛地看着手机屏幕，嘴上回得倒是快，"好香啊，我打完这把尝一个。"

"好，你们要吃自己拿就好了。"余顾将小馒头放在她和江祠两人桌子的中间，随后就去做别的事情了。

"好。"李御盯着屏幕，眼看着都快进决赛圈了，却发现江祠站那儿不动了，他急起来，"江祠，你干吗呢？怎么不动了？"

李御抬头一看，江祠正拿着一个红糖小馒头慢条斯理地吃着，边吃边说："味道不错。"

"江祠！你打完这局游戏再吃不行吗？！你非得在我们进决赛圈时吃吗？！"李御怨气冲天，恶狠狠地瞪了江祠一眼，"再说了，你什么时候爱吃甜的了？之前让你吃个蛋糕，跟要你的命一样，你现在吃得倒是开心！"

江祠听了，笑了一声，因为在吃馒头，他的声音有些含混："不好意思，暑假时喜欢上吃甜的了。"

李御眼睁睁地看着游戏里的自己和江祠被敌人打死，更气了，拿起馒头用力咬了一口。他一吃，瞬间就转移了注意力："余顾，这个馒头你奶奶是怎么做的啊，也太好吃了吧！"

江祠："出息。"

"啊？"余顾转过头，"我也不知道，我奶奶每次做的馒头我都觉得很好吃。"

"如果你喜欢的话，这些都给你呀。"余顾歪着头回想了一下，"这次奶奶做得挺多的，我明天也可以给你带点过来。"

"如果可以的话……"李御忽然扭捏起来，看着余顾，眼里的暗示意味明显。

"当然可以呀。"余顾笑了起来。

李御正要再拿一个馒头，却被江祠伸手抢了先，江祠语气冷淡，但又理直气壮："我没吃饭，有点饿。"

李御：江祠，你跟我在这儿演苦情戏呢！你要不要脸？

"啊，你没吃饭啊？"

余顾一脸关心地看向江祠，只见江祠微微皱起眉，点了点头："我今天出门急着办事，没来得及吃。"

"那你先吃点馒头垫垫肚子，再过几个小时就能吃饭了。"余顾说完，有些不好意思地看向李御，"李御，我明天给你多拿点馒头，再给你带点别的好吃的。"

"好啊，好啊，麻烦你啦！"李御笑着回完余顾就瞪了江祠一眼。

江祠拿着红糖小馒头慢慢吃着，没理会李御哀怨的眼神，而是将视线放在了余顾的桌子上。

余顾正低着头，将昨天的句摘便笺撕下放到便笺最下面，随后拿着笔下意识地戳了戳脸颊，像是在思考，好一会儿才下笔。

　　但是太阳，它每时每刻都是夕阳，也都是旭日。当它熄灭
着走下山去收尽苍凉残照之际，正是它在另一面燃烧着爬上山
巅布散烈烈朝晖之时。

——史铁生

当余顾写完最后一笔，江祠仿佛看到夕阳西下，也看到了朝晖
烈阳。

那是绝处，也是春生。

一天过去得很快，在余顾奋笔疾书做试卷中，倏忽一下就过去了。

晚自习下课，余顾照例收拾东西准备回家，一旁的江祠也在慢慢
收拾，最后两人一起走出教室。

教学楼旁边正好是操场，余顾走出教学楼后，没有朝大门的方向
走，而是走向了操场。

江祠收回往大门走的脚步，单肩背着书包看向余顾："余顾，你不
回家？"

余顾突然被叫住，有些心虚地转身："回啊。"

她本以为江祠会自己回去，天这么黑，肯定不会注意到她去操场
的，结果他直接叫住了她。

"那你现在要去干吗？"

"去……"余顾支支吾吾的，"去锻炼身体。"

闻言，江祠挑了下眉。

余顾有些紧张，她身边知道她的病的人都不会让她在大晚上去跑

步，更何况江祠见到过她晕倒的样子。

"走吧。"江祠低头看着她，他的声音带着微微的凉意，清冽、动听。

"啊？"余顾一时没有反应过来。

"你不是说要锻炼身体吗？那就早点锻炼完，早点回家。"江祠长腿一迈往操场走去。

余顾愣在原地，看着前面清瘦高挑的背影，心跳声忽然变得很大。她感受到了，江祠在很认真地将她当作一个正常人。如果换成她的家人，在这儿看到她要去跑步肯定会阻止；江祠看到她跑步晕倒过，也知道她的病，却由着她跑。

她像一脚踩进棉花糖里，软软的，有种不切实际的感觉。

走到操场，余顾将书包放在一旁的草地上，江祠则站在一旁。

"那我开始跑了？"

"嗯，跑多少？"江祠双手插着裤兜，逆着光看着余顾。

"慢跑三圈。"余顾乖乖地回答。

"别跑太快，这次我不会抱你去医务室了。"江祠低头对上余顾的目光，脸上的笑冷冷的，带着点调侃的意味。

"放心！"余顾摆着臂跑到跑道内圈，笑着回答。

三圈说长不长，说短不短，不过余顾的速度很慢，大概要跑上一会儿。

江祠站在路灯下，看着操场上那个瘦小的身影慢慢地一圈圈跑着。每当余顾跑到他面前的时候，他都会仔细观察她的脸色，看到没什么异样就放心了。

余顾跑完的时候，感觉脚已经酸得不行了，虽然跑得慢，但跑三圈的威力还是不容小觑。她扶着腰喘气，感觉整个人都要虚脱了。

"好累，好累，好累。"

"那明天还跑吗？"江祠淡淡地瞥了她一眼。

"跑。"余顾边喘气边点头回答。

已经决定的事，怎么能轻易放弃？这从来都不是她的风格。

休息了一会儿，余顾拿起书包，看向江祠："走吧。"

"对了，你刚刚怎么和我一起来操场了？"余顾之前急着来跑步，没有问江祠。

"不然让你一个人晕倒在操场？"江祠瞥了她一眼，似笑非笑道。

"我这不是没晕嘛。"余顾扬起一个笑，蹦跳到江祠前头，手像企鹅一样放在双腿两侧转了个圈，她转身看着江祠，"你看，我还能转圈呢！"

"以防万一。"江祠笑道，"我可不想明天来学校的时候，同桌的位子空了。"

"放心，你的这个担心，这一年是肯定不会出现的！"

江祠被余顾逗笑了，扬了扬嘴角。

回去的路上两人相对有些沉默，路灯下的人影交错又分开，像是摇曳在春风中的花。

"我到啦！你快回去休息吧。"余顾站在门口，对江祠说。

"嗯。"江祠点了点头，"晚安。"

"晚安，同桌，明天见。"余顾的声音在夜晚的巷子里格外清晰，又格外温柔。

"晚安。"江祠转身离开，抬手散漫地挥了挥，白皙修长的手指随便晃晃都很好看。

余顾回到家里，木锦从沙发上起身，问她："囡囡，明早你想吃什么饭？"

"吃奶奶做的米粿吧！"余顾想到米粿的美味，舔了舔唇，像只小馋猫一样，"对啦，我同学说奶奶的红糖小馒头很好吃，我想明天再拿点去分给他们。"

"好好，奶奶明早蒸。"木锦听到有人夸她做的馒头好吃，眉眼舒展开来，"囡囡你早点睡。"

"知道啦，奶奶。"

余顾回到房间，打开书桌上的小夜灯，从抽屉里拿出日记本。她一直以来都有写日记的习惯，虽然不是天天写，但总会写几句。小时候她写日记是为了发泄情绪，那些消极的情绪写在纸上就算化解了。后来她渐渐地转换角度思考问题，就没有那么多情绪要发泄了，她的日记便是记录生活中那些平淡琐碎的事情和自己的心情。

余顾的日记本很厚，是很早以前她的爷爷还在世的时候从外面旅游买回来给她的。

日记本还有近一半的空白页，余顾翻开一页，写下日期，只稍稍想了会儿便动笔。

我遇到了一个特别的人。

虽然他有些特立独行，学校的人都不喜欢他，但我觉得他很好。因为我在他那儿，感受到了一种"正常"。

我从来都不是"正常"人，小时候我就知道。在别人眼里，我是易碎的琉璃，是半枯的古树，生命薄弱得如一张纸是贴在我身上的标签。

可在江祠眼中，不是这样的。

他眼中的我，是一个正常的高三女生。只是得了个小病，生命力依然顽强、旺盛。哪怕他知道了我的"易碎"，对我依然和原来没有差别。

我渴求那种正常的生活，可这十多年的病痛早就让人记忆深刻，大家对我的关心使我背上了一座沉重的大山。

江祠是第一个知道我的病却没有让我感受到沉重的人，和他相处就像是在平原草地上奔跑，春风轻抚，阳光和煦，一切都是惬意的。

这种感觉真的太奇妙了，高山流水遇知音也是这般吗？

他不是别人眼中的正常人，却是我眼中的正常人；我非他人眼中的正常人，在他眼里却很正常。

前几天刚看到亚里士多德的一句话："离群索居者，不是野兽，便是神灵。"

或许，我们都是自己的神灵。

日记写完，余顾觉得脑子都轻松了些，像是把原本乱糟糟的毛线理顺了放到角落里。

等全部收拾好上床的时候，已经十二点多了，余顾轻手轻脚地上床，生怕拖鞋踩在地板上的声音被听见，毕竟房间隔音有些差。

夜色很深，各种梦和愿望藏匿其中，静悄悄地安眠。

这周徐牧只在中途来了学校一天，那天他和其他老师调课，将他们前几天缺的课用一下午补了回来。

那是十班的学生们第一次看到徐牧那么疲惫和憔悴，以往徐牧的状态都很好，可那时候他们觉得徐牧可能上完课就要晕倒在讲台上。他们不知道徐牧这些天究竟发生了什么，但他们知道一定不会是好事。

周六考完试，余顾看着依旧明亮的天色，想了想这时候跑步的可能性，摇了摇头，自言自语："算了，我还是吃完晚饭再出去吧。"

九月傍晚的天像是天仙打翻了颜料，又加水渲染，画出来一幅带着江南气韵的晚霞，绮丽又飘逸。

余顾吃完晚饭出门，这时候风是温凉的，太阳光线也不强烈，还有逐渐显露的月光，四周舒适宜人。

余顾不想被家人发现她在跑步锻炼，便走到了离家有些远的地方，沿着一条小溪开始慢跑。

余顾跑得不快，边跑还边看周围的风景。她经过一条巷子的时候，听到了些异样的声音，像是老人疼痛时的呻吟。

"哎哟，哎哟——"

余顾停下脚步，往巷子里走，便看到一位老奶奶摔倒在地，扶着墙想要站起来，却又起不来。

"您没事吧？"余顾小跑过去将老奶奶扶起来，抬头看向老奶奶的脸时，余顾有一丝熟悉感。

"哎哟，谢谢你了，小姑娘，"何莲念抬头，看到余顾时也愣了一下，有些不确定地说，"你是不是那天晚上问路的那个小姑娘？住在余祠弄的？"

"啊，奶奶是你啊！"余顾终于想起来，这不就是江祠的奶奶吗？

"奶奶，您没事吧？要不要去医院看一下呀？这一跤看样子摔得不轻。"余顾皱了皱眉，帮何莲念轻轻地拍了拍她身上的灰尘。

"没事的，我回家贴个膏药就好了。"何莲念笑道，拍了拍余顾的手算作安慰，"就是可能要麻烦小姑娘扶我回家了，我一个老太婆这么走有点费劲。"

"就算您不说我也会扶着您回家的。"余顾拿起何莲念的竹篮挎在臂弯上，又将她扶住，轻声问，"这样可以走吗？"

"可以的。"何莲念点了点头，"小姑娘，麻烦你了。"

"没事没事，不麻烦的。"余顾按照何莲念指的方向慢慢地扶着她走。

好在何莲念的家离这儿不远，没走一会儿就到了。

余顾扶着何莲念坐到凳子上，又将手里的竹篮放下，蹲下来看着何莲念："奶奶，您的脚还疼吗？实在不行，还是得去医院的。"

"还好。"何莲念看着余顾乖巧的样子，眼里都是笑意，"放心，我要是不舒服了，马上叫我孙子陪我去医院。"

"欸，江祠不在家吗？"说到这儿，余顾问道。

"你认识我孙子？"何莲念看余顾叫江祠名字叫得很熟练，不像是只有一面之缘的样子，"他今天下午出去了，不知道干吗去了。"

"我们是同桌。"余顾弯着眉眼和奶奶解释。

"同桌啊？"何莲念先愣了一下，随后一拍大腿，笑容慈祥，"欸，同桌好啊，看来我们和小姑娘很有缘啊。"

余顾也笑了，一双眼睛亮莹莹的。

"奶奶，你要喝水吗？"余顾站起身想给何莲念倒杯水。

"好，小姑娘，你扶我去客厅的沙发那儿吧，那边有水，你也坐下休息休息，扶我过来肯定也费了不少劲。"

"好。"余顾将何莲念扶起来，"奶奶叫我余顾就好啦。"

"好，余顾，好名字。"

坐到沙发上，何莲念靠着沙发，拿起干净的杯子给余顾倒了杯水，又把桌上的饼干和糖果抓起一把放到余顾的手心。

"不不不，奶奶，不用的。"

"放心，这是我前几天刚买的，想给江祠当早饭，他总是不吃早饭就出门，我起来给他做，他也不要，说是让我多睡会儿，我就给他买了些饼干。"

"奶奶，我现在吃不下啦。"余顾笑着婉拒。

"那之后吃。"何莲念有些不好意思地笑了一下，"家里也没什么东西，你不要嫌弃，拿着吧，不要紧的。"

余顾推托不过，收下，放到口袋里："谢谢奶奶。"

"欸，是我要谢谢你才对。"何莲念笑着拍了拍余顾的手，又叹了口气，"小顾，奶奶能问你件事吗？"

"什么事呀？"

"江祠在学校的表现好不好啊？"

余顾看着何莲念花白的发丝，脸上因操劳而颇深的皱纹，她觉得江祠可能也不想让奶奶担心，便说："挺好的。"

"是吗？那就好。"何莲念松了口气，却还是有些不放心，"我就怕他跟我说去上课是哄我的话，实际上在学校没好好学习。"

余顾抿了抿唇，没说话。

"我们小祠啊，就是命苦。"说到这儿，何莲念的声音有些哽咽，"以前小祠特别优秀，后来经历了那些事，就变成了现在这副做什么都没劲的样子。"何莲念叹了口气，像是找到了倾诉的人，慢慢地说起了往事。

余顾听着，有些不知所措，理智告诉她应该走了，别人的私事不应该了解太多，可感性上，她又不能拒绝一位有些孤单的老人的倾诉。

何莲念拿出一本相册和一个文件夹，将相册摊开给余顾看："你看，这是他以前得奖的照片。他从小就很聪明，回回都考第一，每年三好学生都有他，也被老师带着去参加比赛，得了好多奖。"

何莲念指着照片上拿着奖牌笑得阳光的少年："这是他初一的时候跟着老师去参加一个数学竞赛的照片，听说那时候参赛的很多是前面几届的数学冠军，本来他第一次参加，不指望拿什么名次，就想着先参与一下，见识见识。哪知道小祠特别争气，老师安慰他别紧张的时候，他还反过来安慰老师。"何莲念的语气有些骄傲，"你知道他怎么说吗？他跟老师说：'老师，别紧张，这个金牌肯定是我的。'结果，他还真把金牌拿到了。"

余顾一边听，目光一边流连在那张照片上。

照片是在比赛地点的门口拍的，门口后面是一条红色横幅，江祠拿着奖牌站在人群中间，初中的他还很青涩，但那张脸放在人群中还是第一眼就会被吸引的存在。那时的他看上去很爱笑，照片虽然已经有些泛黄，但上面的笑容和势在必得的傲气从未褪色。

这是余顾从来没有见过的江祠，一个意气风发、志得意满的少年。

何莲念又给她看了其他很多照片，上面的少年无一不笑容灿烂，而那文件夹里，也都是他得的奖状，厚厚一沓，还夹了不少奖牌。

"真的好优秀。"余顾忍不住发出一声感叹。

"是啊，我们小祠从小就不让人操心。"何莲念的语气中带着怀念，趁余顾出神的时候悄悄抹了一下眼角的泪，"就是命不好了点。"

"我现在啊，只想让他好好考个大学，好点差点都不要紧。能离开这儿，过他应有的人生，活得开心点就好了。"何莲念叹了口气，将相册合上。

"会的。"余顾安慰奶奶。

"小顾，奶奶有个不情之请。"何莲念说，"我与你投缘，总是不自觉想和你多说些话。我看你也挺乖巧的，学习肯定也用功，而且你和小祠又是同桌，奶奶想求你件事，你在学习的时候可不可以带着他一起学？不用你教他什么的，你也要高考，时间宝贵，就只要提醒他一下。"

"好。"余顾点了点头，"这也不是什么麻烦事。"

"欸，谢谢你啊。"何莲念面带感激，想要再给余顾塞点饼干和糖果。

"不用啦，已经够多啦！"余顾有些无奈地笑着。

"那下次你来奶奶家里，奶奶给你煮馄饨吃。"何莲念见拗不过余顾，只得将饼干放下。

"好。"余顾答应下来。她侧头看到墙上的时钟，发现出来也有一段时间了，再晚些回去就要来不及做试卷了。

"奶奶，有点晚了，我得先回家了。"

"是晚了，怪我老婆子嘴碎。"何连念看了眼时间，"你快回去吧，外面的天是不是有些黑了？"

"还好，"余顾看了眼外面的天色，"我手机可以照明的。"

"那我先走啦，奶奶，您注意休息，要是不舒服，就要及时去医院！"

"好，下次来玩啊。"

余顾走在回家的路上，脑子里乱乱的，一会儿是江祠意气风发的笑，一会儿是他了无生机的眼睛。

虽然这与她无关，可当她看到江祠原本的春风得意，心情便不自觉地低落下来。

这就如同见过光明的人失明，比先天失明的人要更痛苦些，因为他见过光。

连她一个旁观者都觉得难过，更何况是江祠自己呢？

那张照片上的少年满腔凌云志，有着明目张胆的野心、骄傲、不羁。

余顾觉得那才是江祠最真实的样子，现在的萎靡、颓丧、荒芜，都好像是江祠后来给自己加上去的标签，而非真正的他。

他为什么会这样？究竟是什么打断了那个少年不屈的脊梁？

余顾想不到，也不敢想，更不会去镇上打听，她只听江祠说的。

皎皎月光铺满前路，蝉鸣声渐渐变弱，溪边还能听到一些蛙声，是个静谧又热闹的夏夜。

余顾踩着月光回家，心里生出一种期盼。

他们都会有灿烂的前路的，对吧？

第二天，余顾到学校的时候江祠还没来，教室里也没几个人。她放下书包，脑子还是乱糟糟的。

余顾昨晚没睡好，还梦到了江祠站在颁奖台上领奖牌，画面变换，一会儿是意气风发的他，一会儿是颓丧、倦怠的他。

余顾想了想，在便笺纸上写下新的句子，然后拿出试卷准备做题。等旁边座椅上传来动静的时候，她已经做了小半张试卷。

余顾抬头看向一旁的江祠，眉眼弯弯："下午好哇，江祠。"

"今天来这么早？"

"今天起得比较早。"余顾放下笔，有些关心地问，"对了，你奶奶还好吗？她昨天摔了一跤，我觉得还是得去医院看一下。"

"嗯，今天早上带她去看过了，没什么大问题。"江祠点了点头，"昨天谢谢你。"

"没事，奶奶没事就好。"余顾笑着回答。

余顾看着江祠，想起江祠奶奶和她说的，一时有些不知道该如何开口，又该说些什么。

最后，余顾张了张口，只说："我做试卷了。"

"好。"

说完，余顾提起笔再次做题，江祠则习惯性地将视线落到了她的那沓便笺上。

【今日句摘】

当老天赐给你荒野时，就意味着，他要你成为高飞的鹰。

——简桢

只是看到这沓便笺，江祠就能想到余顾在上面写字的样子。

她一定是低着头，很认真地写着，而太阳刚好从窗外照进来。光影将她的轮廓描上一层浅浅的金圈，马尾扎得利落高耸，额前的刘海弯曲成恰到好处的弧度，鬓角还有些碎发，在阳光下变成透明的金色。她的手指因为用力握着笔，粉嫩的指甲处有些泛白，笔尖在阳光里拖出摇曳的影子。

她在书写希望，她总是这样有希望。

等教室里的学生到得差不多的时候，语文科代表孙昭将上周的默写试卷发了下来。语文老师的目标就是试卷默写题的分数同学们必须全部拿到，所以给他们出了张默写试卷。

试卷发到余顾和江祠的时候，孙昭将试卷放在余顾的桌上，说："余顾，严老师说让你这周来我这儿背书，外加默写，得全部默写对才行。"

余顾看向自己那张试卷，上面满是红色的叉和一个大大的问号，她有些羞赧地说："好，那我什么时候去找你？"

"你准备好了来找我就行，我晚读前的时间比较充裕。"

"好。"

孙昭是语文科代表，成绩是班级前五名，她因为身上总有一股清冷、孤高的气质，特别像天鹅，班里就有同学给她取了个"孙天鹅"的外号。

孙昭发完试卷后，余顾瞥了一眼江祠的试卷，和她的一样惨不忍睹，而且很多地方直接空着没写。

余顾深吸一口气，她此时的任务就是解决这张默写试卷，可要背诵的课文那么多，她实在是有些头疼。

余顾打算先背诵课文，然后将试卷上关于那篇课文的题默写完，再把错误的句子抄十遍，这样效果应该会好一些。

不过，她要从哪儿开始背呢？

"你说，我们先把那些短篇背了，再背长的，这样是不是会容易一些，背得也会快一点？"余顾往江祠身旁靠近了一些，皱着眉，翻着课本嘟囔。

"我们？"江祠听到的时候愣了愣，不解地问。

"不是我们一起去找科代表背吗？"余顾眨了眨眼，她的视线落在江祠的默写试卷上，无声地示意他们要一起完成这件事。

江祠失笑："你没听到刚刚科代表说的是让你去找她吗？"

"那……她可能是把你包含在内了，所以没说？"其实余顾在说出口的时候就在心里否定了这个猜测，她回想起来，孙昭确实只对她一个人说了，而且平常上课、布置作业，老师们好像都将江祠隔绝在外。

难怪之前她总觉得哪里怪怪的。

江祠见余顾沉默下来，她的长睫轻轻颤动，浅粉色的唇瓣抿起，他知道她大概也明白过来了。

"这个班级的老师早就将我当透明人了，所以不会叫我学习的。"江祠一只手撑在额角，另一只手将一个纸团对着后面的垃圾桶轻轻一抛，纸团画出一道完美的抛物线后掉进垃圾桶里。

"这个班级有那么多人能考大学，我是最不可能的那一个，所以没人会把精力花费在我身上，他们觉得只要我不扰乱课堂就好。懂了吗？"江祠又将桌上的矿泉水瓶子扔进垃圾桶，他有些随意地说出这些话。

余顾听着，心就像是被刀片划过。

怎么会呢？换成当初，你明明是最有把握上大学的那一个啊。

余顾皱了皱眉，语气里满是不赞成："不是的，不是这样的。"

"每个人都有可能，都有无限可能。而且，如果真是你所说的那样，那也是老师的问题。

"不过，差距不可避免会存在，那么我努力一分，便弥补了一分和别人的差距，我努力三成，那不仅弥补了一成差距，甚至还超出别人两成。久而久之，这些努力都会为我带来目光和注意，最终，原本偏向别人的天平也会偏向我。

"这就是努力的意义，不是吗？"

江祠微微抬头，看向余顾。她的身后是一扇窗，窗外是葱葱郁郁的树木，鸟鸣和蝉鸣交织在一起，阳光穿过茂盛的树叶时透出了橙黄的光。

余顾说完的时候还歪了歪头，浅浅地笑了一下，哪怕笑容那么浅，笑意也是到达眼底的。

不可否认，她的阳光和积极很有感染力。

就像现在，余顾的话让江祠有些动摇。如果他努力些，正义的天平终有一天也会偏向他吗？他也能为他的母亲翻案吗？

他会吗？可以吗？

江祠皱着眉头，还没回答，就听到教室后门传来徐牧的声音："江祠，你出来一下。"

下午是自习，只有一些小小的讨论声，一些同学此时听到徐牧的声音，也看向后门，发现徐牧虽然瘦了些，但精神比之前好些，他们随后又齐刷刷地看向江祠。

徐牧让大家安静地自习，又看向江祠，对他招了招手，江祠也没有多想，走出了教室。

江祠走出去后，不少人都窃窃私语地讨论起来。孙昭的同桌用手肘撞了撞她，轻声问："老徐叫江祠出去，是不是要让他退学啊？"

"叫他出去总不是什么好事情，如果他能退学那最好了。"孙昭正在写作业，笔尖摩擦纸张，发出唰唰声，听到同桌话的时候笔下动作不停，"这种渣滓留在学校也是阻挠别人学习的。"

十班教室外，徐牧带着江祠上了天台。

天台那儿是一块很大的空地，中间有一座很大并且有些高的建筑，说不出是什么，大概是当初建造过程中废弃的。

徐牧将保温杯放到一边，有些吃力地爬上那座建筑坐下。江祠默默地站在下面，仰头看着徐牧，因为太阳有些刺眼，他看不太清徐牧的神色，只听到对方笑着对他说："你也上来。"

江祠翻墙翻惯了，身手比徐牧好了不止一星半点，轻轻松松地爬上去了。

"你觉得这上面的风景怎么样？"徐牧笑了笑，望向远方，学校的大半风景都被收进眼底。

江祠顺着徐牧的目光望去，能清晰地看到学校湖泊的整个景致，沿湖圈着一圈树，郁郁葱葱，湖面都是高耸的树影，中间镶嵌着橙黄色的日暮余晖。对面空荡荡的实验楼里溜进了几丛余晕，温柔的黄色仿佛将时间暂停。再往远处看，学校外面的一侧是一大块田地，许是快到饭点了，几个戴着草帽的农民拿着工具，在一片青葱茂盛的田野中往外走。

"挺美的。"江祠回答。

"我今天找你来就是想问，你身体还好吗？"徐牧看着远处的湖水，笑着说，"上次你有一周没来，我打电话问你奶奶，她说你身体不舒服，要请几天假。后来我有事，就没能及时关注到你，是我的问题。"

徐牧说到这儿，江祠心里有些怪，这还是第一次有老师对他说这样的话。

不过，上次奶奶发现他没上课的原因原来是这个。

"当然，我知道你没生病，你奶奶肯定也是在我打电话之后才知道你不在学校的。"徐牧的声音很平静，脸上带着温和的笑意。

江祠抿了抿嘴，沉默着。

"别紧张，我不是来骂你的，也不是要给你处分。我想问问，我能知道你逃课的理由吗？"

"抱歉，我不想说。"江祠轻声道。

"好。"徐牧乐呵呵地说，"不想说那就不说，不过如果事情比较严重，你可以来找我。"

江祠越发疑惑了，他不知道徐牧找他的目的是什么。

"是不是在想我为什么找你？"

江祠眼皮一跳，没想到徐牧猜得这么准，便"嗯"了一声。

"哈哈，"徐牧笑了两声，显得有些憨厚、可爱，"我就是来关心一下我的学生，毕竟你莫名消失了一周。"

"我知道你以前的老师从来都不管你在不在教室，也不管你做了什么，把你当个透明人，但他们是他们，我是我，我和他们不一样。"

徐牧说这话的时候还微微扬了扬下巴，有些骄傲的感觉，不过下一秒他就叹了口气："当然，这主要还是我作为班主任的责任。"

"这些日子我虽然不在学校，但也了解了一些你的事情。"徐牧看着远处说出这句话，让江祠不禁侧头。

"那段日子是不是很难熬？没有人相信你们。"

江祠抿唇不语，周身的气场更冷，眼里仿佛有冰锥。徐牧当然关注到了这个变化，但他没有停下，而是继续说："可能你不相信，在没有理性的判决前，我感性上站在你这边。我并不认为事实如大家所传的一样，是你妈妈的错。"

江祠放在身侧的手悄然握紧，他想说些什么，脑子里却一片空白。

"为什么？"

"因为，当初我和你妈妈是同校的。"徐牧感叹，"缘分还真神奇，当时见到你的时候，我就觉得你的相貌有些眼熟，但又记不起来是像谁，这段时间亲人去世，我回家收拾东西的时候，看到一张毕业照才想起来。我记得你妈妈大学时是很多人的'女神'，温婉且一身书卷气，眉眼秀丽。当然，你妈妈也很优秀，靠刺绣撑起了这儿的一片天。

所以基于我对你妈妈的了解，我认为你妈妈不是那样的人，也不会干那样的事。"

"可没有证据。"江祠的喉咙有些干涩，"找不到证据证明不是她的错。"

"江祠，一件事情发生了，那就一定会有存在的痕迹。

"我和你说这些，是想告诉你，我不会通过别人的话去了解一个人，别人对你的评价不会作为我认识你的第一印象。我会用我自己的眼睛认识你。"

"结果你倒好，第一个星期直接给我来了个消失。"徐牧想到江祠消失的那一周，气得哼了一声。

江祠握拳抵在唇边轻咳了一声，说："这两周我都在上课。"

徐牧被江祠的回答逗笑了："怎么，别人按学期上课，你按周？"

江祠也意识到自己刚刚说的话对一个老师来说过于挑衅了，换句话说，如果现在在他旁边的不是徐牧，而是教导主任，那他必然是要被处分的。

"我以后都会上课。"江祠小声改口。

"这还差不多。"徐牧接着刚才的话继续说，"还有啊，你不要想着上课偷懒，该回答问题我还是会叫你的，当然，别的任课老师我也会和他们说的。"

"如果回答问题，你是不是都不会啊？"徐牧问。

"嗯。"江祠点了点头，他确实不会，高一和高二都没怎么学，回不回答都一样。

"这确实是个问题。"徐牧想了想，"这样，我找各科老师，麻烦他们给你补补课，怎么样？"

"不用麻烦其他老师了，太晚了。"江祠眼里的冷淡、厌倦消散了几分，可还是很浓重。

"不晚。"徐牧笑眯眯地说，"非洲女作家丹比萨·莫约在她一部作品的结尾处写道'种一棵树最好的时间是十年前，其次是现在'。所以，冲刺高考最好的时间是高一开学，其次是现在。"

徐牧语重心长地说："只要你想去做，什么时候都不晚。而且你没想过为你妈妈翻案吗？"

"怎么可能？"江祠否认。他怎么可能没想过？他做梦都在想。

"可你现在人微言轻、力量薄弱，就算是有心也无力，对吗？"徐牧一语中的。

江祠的脸色变得更冷了些。

"但如果你往上走，那就不一样了。"徐牧伸出另一只手，做出往上走的姿势。

"当你往上走时，那些原本不属于你的资源也会因为你的价值而向你倾斜，那时候你获得的资源将会更多，资源变多，能力变大，现在困住你的囚笼到那时也只会成为你脚下的一块鹅卵石。

"这就是努力的意义，不是吗？"

余顾的声音此时和徐牧的声音重叠，在江祠的脑子里回荡着。

江祠看着远处，壮丽的夕阳渐渐往下沉，分不清是绝望还是希望。他喉结滚动，小声说："这就是努力的意义吗？"

让原本偏向别人的天平，最终都向我倾斜。

"你当初很厉害，有着大好前程，如果因为那些事而一辈子困在这里，就真的太不值了。我希望你可以慢慢试着往上走，让自己成为一把锋利的剑，让一切都水落石出。"

作为一名老师，徐牧最不忍心看到的就是学生放弃自己的志向，沉沦。他没有多大的本事，但他会尽可能地让他的每个学生都有更好的未来。

江祠沉默半晌，喉间有些干涩，他垂着头，发出一声"嗯"。

"好了，话我也都说了，选择在你，如果你想，老师就会尽全力帮你。"徐牧从建筑上跳下去，让江祠也下来，"回去吧，我还得去处理别的事情。"

"老师再见。"江祠说完，就往回走。

晚霞带了粉调，像是童话里的场景。不过江祠无暇顾及，他脑子里还回想着徐牧的话，他太久没有迈出这一步，高中的知识现在一下子要学起来并准备高考，如果想要考一个不错的成绩，并不容易。

他没有把握，不敢轻易尝试。

回到教室的时候，大家都在安静地自习。余顾正在做题，题大概有点难，她皱着眉，笔杆摇动，在草稿纸上写满了大半页的计算步骤，嘴里嘟嘟囔囔地念着那些计算公式。

江祠浅浅地笑了一下，看着余顾做题的模样，原本纷乱烦躁的情绪也稍稍消散了。

晚自习结束，两人一同回去。余顾还是先去操场跑步，跑完了才和江祠慢慢走回家。

回去的路上余顾还在默背《蜀道难》，背完之后便感叹了一句："李白的诗，读起来真的有一种荡气回肠的感觉，就是有些字不太好写。"

江祠走在一旁，闻言弯了弯嘴角："毕竟是盛世的象征，当然意气风发、荡气回肠。"

"可是李白早年间也受到过挫折，也不是永远一帆风顺、意气风发。只能说，他比较洒脱，能让自己从逆境中走出来。"

余顾有些不认同地反驳，她看着江祠，突然想到江祠那张照片，声音坚定、清晰地说："江祠，你也可以的，也可以意气风发。"

之后回家的一段路上，江祠在余顾说完后一直都没有说话，直到走到余顾家门口，沉默才被打破。

"我到啦，你回去早点休息。"余顾回头看向江祠。

"好，晚安。"江祠点点头，转身踏进黑暗中。

夜晚巷子安静，只有几声犬吠和其他人家的电视播放声，余顾关上门，发出嘭的一声。

她不知道，江祠的"好"，回的是她之前那句话。

"江祠，你也可以的，也可以意气风发。"

"好。"

周一早上，江祠起床的时候，看到何莲念坐在客厅继续缝杨梅球补贴家用。这是新到的一批，昨天邻居拿来让她做，她布满皱纹的手有些颤抖地穿针，穿了好几次才穿进去。

何莲念看到江祠起床了，便说："不要随便逃课，我这边有你王叔照应，你不用操心我，在学校好好读书。"

"嗯，您如果有不舒服，必须和我说。"江祠皱着眉头叮嘱，因为老太太总是有什么不舒服就藏着憋着，也不去看医生。

"知道了知道了，我好着呢，用不着你操心。"何莲念笑骂他一声，"比我这个老婆子还啰唆。"

江祠到学校的时候还很早，他坐在座位上算着三年的学习内容，在想怎么分配自己的时间去学习才能效率最大化。

余顾到的时候，就看到江祠坐在座位上写写画画，像是在算什么东西。

"早啊，江祠，今天来这么早？"

"早，大概是想化逆境为顺境吧。"江祠打了声招呼，但后面的话说得有些轻，早起还有些迷糊的余顾并没有听得很清楚。

余顾放下书包，拿出课本准备背两首古诗，正要开口，就感受到身边好像飘过一阵风。她转头一看，原本坐在座位上的江祠已经不见踪影，从后门跑了出去。

他这么急着去做什么？

江祠看了眼时间，跑到教师办公室，正好碰上提着包走到办公室门前的徐牧。

"嚯，江祠，这么急匆匆，怎么了？"

"徐老师，我想试一次。"江祠说话时还在微微喘气。

徐牧愣了一下，随后反应过来，眼里的笑意渐渐蔓延开来："好，你有这个想法，那我肯定竭尽全力帮你。"

"你先回教室吧，自己把高中的那些知识点都看一下，心里大致有个数，到时候我和各科老师说一下情况，看一下怎么安排合适。"

"好。"江祠点点头，眼里不似平常那般黯淡，像是藏着一抹晨曦的光，在渐渐升起。

回到教室的时候，江祠看到余顾在读诗，他瞥向她便笺纸上的句子，依旧简单又带着力量。

【今日句摘】

最长的路也有尽头，最黑暗的夜晚也会迎接清晨。

——斯托夫人《汤姆叔叔的小屋》

看到江祠回来，余顾放下书本，凑近他小声问："你刚刚怎么了？怎么急匆匆的？"

江祠的心脏不可避免地跳动起来，为即将说出的话，也为即将面对的事情，一下一下，沉稳又激荡。

他看着便笺上的黑色字迹，语气里也带上了几分少年意气："去迎接我的清晨。"

余顾没有理解江祠的意思，但这并不妨碍她感受到了江祠的兴奋、紧张，甚至还有些开心，这是她第一次在江祠脸上看见这么多情绪，和往日的颓丧完全不一样。

　　她感觉好像有什么发生变化了，被江祠的情绪拨动着，她的心脏也不可避免地猛烈跳动起来。

Chapter 02

触摸到了天光

上午的课知识点很多，讲的又都是余顾之前没有掌握的知识点。她只能先将困惑压下，专注于老师的授课。

不过，余顾偶尔能看到江祠在翻书，奇怪，今天的江祠真的很奇怪，转变得太突然了。

到了中午，余顾吃完饭回到教室准备午睡，却看到江祠和徐牧从教室前面走过来。

徐牧拍了拍江祠的肩膀，随后望向她，对她招了招手："余顾，出来一下。"

余顾面露疑惑，徐牧带着她走到教室外的长廊，中午这里没人，所以很安静，旁边高大的绿树形成一处荫蔽，偶有长风吹过，很是舒服。

徐牧笑眯眯地看着余顾："余顾，最近在学校感觉怎么样？"

"挺好的，学习进度也在慢慢地跟上。"余顾点了点头，看向徐牧的眼睛里泛着光。

"那就好，我今天找你来也不是什么大事，就是来了解一下你的情况。"徐牧看着余顾乖巧的样子，心里也很放心。

"那你和江祠相处得还好吗？需不需要老师调一下座位？"

"挺好的。"

"那会影响你学习吗？"

"没有呀。"

"是这样的，接下来的一段日子，老师给江祠安排了额外的课程和作业，让他把高一到高三的这些知识点都重新学一遍，你们是同桌，会有互相影响的情况，如果影响到你了，你就来和老师说，老师调一下座位。"

余顾愣了一下，用力地眨了一下眼睛，又将手悄悄放到身后重重地掐了自己一下，痛感袭来，不是梦。

长廊外的绿色枝叶在风里轻轻飘荡，它们没有被炽热的太阳晒蔫半分，反倒更翠绿，更生机勃勃。

江祠要……好好学习了吗？就像他当初那样吗？

不不不，这些都不重要，重要的是他选择往前走了，而不是停滞不前。

余顾感觉心里有许多彩色气球升起，将整颗心都盈满了。

徐牧看余顾没说话，以为余顾不好意思开口，便安慰道："你要是觉得会影响到你，就直接和老师说，没事的。"

徐牧的声音将余顾拉回神，她抬起头，似乎斟酌了一下："不会影响我的。老师，我可以和江祠一起学吗？"

"嗯？"徐牧有些惊讶。

"我以前都是自己在家学，有些知识基础不是很扎实，一直都是靠做题巩固，所以，可以加我一个旁听的吗？"余顾说完，眼里隐隐带着几分期待。

想到余顾一个人学能到现在这种程度，背后付出的努力肯定不少，徐牧点了点头："好，不过江祠落下的课程太多，所以会频繁地补课，如果你觉得累，也要及时跟我说。你可以问一下江祠对于课程的安排。"

余顾听到徐牧同意，忙不迭地点头："嗯嗯，会的。"

"备战高考固然重要，但也要注意身体，身体才是革命的本钱。"徐牧对余顾有些放心不下，她太懂事，也太拼命，他总担心她的身体吃不消。

"知道啦，徐老师。"余顾乖巧地答应。

"江祠，江祠，我刚刚和徐老师说了，我跟你一起补课！"余顾回到教室，坐下后开心地和江祠说补课学习的事。

江祠正在写学习计划，他停下来，转头看着余顾："你和我一起补课？"

"对呀，因为我之前的基础也不太好，所以就和徐老师说我们能不能一起补课。"

"好。"江祠点了点头，唇角无声地勾起。

"徐老师说补课时间安排在中午、晚自习以及周六周日的下午。"江祠边写边说。

"好。"余顾点了点头，一双眼睛亮晶晶的，"我们一起加油！"

"嗯，加油。"

因为晚自习成了余顾和江祠两人补课的时间，所以他们两人平常的作业就只能在课间写。于是，李御和刘岑两人转过头来的时候，看到的是余顾埋头在草稿纸上计算题，江祠在整理课本上的知识点，旁边还放着高一的试卷，上面有写过的痕迹。

李御很震惊。

这还是平常那个江祠吗？他在干吗？他在做试卷？仅仅过去一个午睡的时间，到底发生了什么？

"我天！"李御发出一声惊叹，在本就安静的教室里格外清晰，不少同学的视线都看了过来。

余顾听到李御的声音，也只是抬头平静地看了眼就继续做题了。江祠听到李御的经典感叹，皱着眉头说："有事说事。"

"你你你……你还是我认识的那个江祠吗？"李御颤抖着手，指着江祠桌上的试卷和知识笔记，有些不可思议。

"怎么？要和我滴血验亲？"江祠有些无奈地看了李御一眼。

"不是，我是说，你是不是受了什么刺激，怎么突然开始学习了？"

"不可以？有意见？"

"没，那倒不是。"李御摇了摇头，"就是有点震惊。"

江祠没再理他，倒是李御一个劲在那儿叨叨。

"这样也好，说不定我们还能光明正大地比一场。"李御想了想，"那你要笔记什么的，或者有不懂的，可以来问我。"

"行。"江祠头也没抬地回了一声，笔尖未曾停下。

江祠和李御两人认识，还要从他们初三的一次数学竞赛说起。那时候江祠风光无限，在竞赛圈里很有名气，而李御那时候在竞赛圈初露头角。因为想和江祠一较高下，李御转到了江祠所在的学校，谁知道江祠高中不参加竞赛了，把李御气得三天两头找江祠不痛快。结果江祠一直都很冷淡，不管李御怎么劝说，他都拒绝参加竞赛，李御就好像一拳打在棉花上。

直到李御有一次想去找江祠比赛谁先做完一套题时，遇到了几个来挑事的，他替江祠挡了一拳，从那之后江祠才对李御没有那么冷淡了，渐渐也会回一两句话。

李御当时能转来这所学校，是因为家里有钱，有不少人想要和他一起玩。但看到他经常去找江祠时，就有不少人劝他，说江祠的爸爸是杀人犯，江祠也是个小畜生，总之就是让李御不要和江祠一起玩。

可李御天生爱唱反调，加上他对比他强的人有强者滤镜，所以并不在意那些人说的话，也没有问江祠发生了什么。

李御本以为江祠只是低落一段时间就好了，可他没想到，江祠竟然颓废了三年。所以今天他在看到江祠重新学习的时候，有些热泪盈眶，当初他想要一争高下的那个人终于决定回来了，他觉得血液都好似开始沸腾。

晚自习的时候开始补课，余顾和江祠拿着课本和笔记本去了一间空教室，没一会儿数学老师就来了。

数学老师敲了敲黑板，说："你们先做一下这张试卷，我看看你们的掌握情况再上课。"

余顾和江祠拿到试卷后看了一下，便埋头唰唰唰写起来。高一的知识点不算难，加上题不多，两人十分钟就做完了。

"嗯，余顾的基础还可以，不过太过死板。"数学老师点评中肯，接着他看向江祠的试卷，上面的字迹龙飞凤舞，"江祠比较灵活，但一看就是预习的水平，不过底子确实不错。"

数学老师是个有趣的小老头，上课时很严肃，但有时候也会突然幽默一下。他推了推自己的老花眼镜，看着坐在课桌前的眉清目秀的两人，笑着感叹："你俩当同桌，还真是绝配。"

"来，我再给你们讲讲这里的知识点，会讲得很快，要是不懂，在我讲完之后可以说。"

时间过得很快，随着黑板上的线条和计算公式越来越多，当数学老师写下最后一个解题步骤的时候，晚自习的下课铃终于响起。

数学老师将粉笔头潇洒地一扔，看向余顾和江祠："怎么样？懂了吗？"

余顾和江祠都点了点头，随后便收到了一张试卷。

"这是高一时我让其他同学做过的试卷，你们明天给我。"

晚上补课结束后，余顾在操场上慢慢跑步。江祠站在一旁，一只手拿着试卷，一只手握笔写，神态认真。

听到喘息声，江祠抬头看向余顾："好了？"

"嗯，你做到哪儿了？"余顾点了点头，问。

"填空题。"江祠盖上笔盖，将试卷放进书包，"这张试卷有点难。"

"这样啊，"余顾若有所思，随后笑起来，"那看来今晚有一场恶战。"

江祠被余顾的形容逗笑了，嘴角浅浅地勾起，看向余顾脑后还在一晃一晃的马尾，没忍住伸出手轻轻扯了扯，说："别熬太晚。"

"知道啦，你也别偷偷熬夜追我的学习进度。"余顾笑着回。

结果，这天晚上，一个凌晨一点熄的灯，一个凌晨三点熄的灯。

第二天早上，余顾到教室的时候，江祠早就到了，正翻着语文课本在轻声诵读。

"早上好啊，同桌。"

江祠的声音并不大，读课文的时候还带着些倦意，在听到余顾的声音时，他停下来，抬头看向朝气蓬勃的女孩："早上好啊。"

余顾放下书包，开始写便笺。

【今日句摘】

生活就是这样变幻莫测，一会儿是满天云雾，转眼间又出现灿烂的太阳。

——奥斯特洛夫斯基《钢铁是怎样炼成的》

江祠没有继续读课文，而是一只手撑着下巴看着余顾写完，又盯着便笺上的字看了好一会儿。

余顾写完发现旁边很安静，转头就对上了江祠的视线。

"你不背书了吗？"

"写这个，会很有力量吗？"

两人同时出声，又同时愣住。

余顾的眼睛弯起，亮亮的，她说："当然啦，看着就让人很有力量和希望。"

江祠点点头，若有所思："你还有多余的便笺吗？"

"你也想写吗？"

"可以吗？"江祠反问。

"当然可以呀！"余顾拿过便笺想要将它撕成两半。

江祠摁住便笺："也不一定要撕下来，我看你写的句子就好。"

"嗯？你不是想写吗？"余顾有些没懂。

"算了，我没那么多句子素材，写不出什么，所以看你写的就好。"江祠淡淡地解释。

余顾闻言，将便笺放到了两人中间，说："其实也不一定要励志的句子，也可以是别的你喜欢的句子，或者一个符号，或者公式，只要是能给你力量的，都可以。"

"这样啊——"江祠拖长尾音，好似有些散漫，目光却落在余顾发顶，看到在光下泛着金色的发丝，心像被太阳晒过的棉被一样软。

江祠垂下眼眸，拿起余顾的便笺，在便笺的空白处画了几笔，一朵玫瑰就勾勒了出来，尽管有些潦草。

"哇！"余顾看到江祠画的玫瑰，惊叹一声，"好厉害，画得好好看！我小时候特别喜欢画画，但每次画的苹果都被说成肥鸟，画的房子被说成地震后的废墟，渐渐地我就不画了，因为我自己都觉得画得很丑。"

"是他们不懂欣赏你的画。"江祠安慰余顾。

闻言，余顾在草稿纸上简单画了几笔，而后有些狡黠地抬头看着他："那你欣赏吗？"

"这只小鸡还挺可爱的。"江祠看着纸上这只肥嘟嘟有些圆润的小鸡，却看不到那两只脚，"但它的脚去哪儿了？"

等等，苹果被说成肥鸟，这该不会是苹果吧？

江祠看着面前的画，声音渐渐小了下去："这不会是……苹果吧？"

余顾叹了口气："看吧，我就说我的画技很烂的。"

她指了指白纸上的那只"小鸡"，说："它其实是梨。"

这下，江祠彻底沉默了。他看了一眼纸上的画，又看了眼余顾，如此重复了三四次，慢慢吐出了几个字："你挺有抽象主义天赋的。"

余顾一听笑疯了，绞尽脑汁也要把自己的话圆起来的江祠好可爱。

江祠被余顾笑得脸颊有些发热，耳朵也悄悄泛了红。他轻咳一声，敲了敲桌子："我背书了。"

两人聊了也有一会儿了，余顾也赶紧拿出课本，把今天要背的课文多读了几遍。

余顾和江祠的补课持续了一星期，课讲得很快，两人相较之前也有了不小的进步。余顾在做题的时候明显感觉到自己思路顺畅了很多，而江祠做题的正确率也更高了。

这周六要考物理，同学对此一片哀号，有人吐槽太难，前面的题计算也太复杂，以致大题都来不及写。

余顾走进教室的时候，就看到李御和江祠在争论着什么，而江祠神情冷淡，甚至有些不耐烦。

这时，孙昭正好走到教室后门丢垃圾，有些不解地看着和江祠对答案的李御："李御，你怎么和他对答案？"

李御开口回击："我就想和江祠对答案，怎么，有意见吗？"

孙昭翻了个白眼："随便你吧。"

他跟疯狗混在一起，只会变得跟疯狗一样。

"江祠，不是我说，你是欠了她的债吗？三年了，她对你的态度怎么还是这么差？"

"鬼知道。"江祠似笑非笑地扯了扯嘴角，没有在意。

一旁的余顾蹙起眉头。虽然知道这和自己没关系，但余顾还是有些不解，她不明白为什么孙昭要这么阴阳怪气，明明她平时看着还挺好相处的。

班级里有些人虽然也讨厌江祠，但明显更多的是害怕，而孙昭的神态，好像江祠是十恶不赦、罪该万死的。

他们之间，有过什么过节吗？

周六下午补完课，余顾和江祠还是一起回家。他们回去的路上互相抽查背单词，余顾没想到江祠的记忆力这么好，她一连选了好几个长单词，他都背出来了。

看到家门的时候，余顾还有些惊讶，她眨了下眼睛："竟然这么快就到了吗？"

江祠被余顾有些蒙的样子逗笑了，抬手看了眼时间，说："不快，都到饭点了。"

"好，你也快回去吃晚饭吧。"余顾对江祠挥了挥手，笑着说，"明天见。"

"明天见。"江祠插着兜对余顾挥了挥手，等她进去才转身离开。

木锦看到余顾回来，笑着说："快来帮奶奶把厨房的菜端出来。今天的作业是都在学校做完了吗？"

"好。"余顾将书包放到沙发上，就去厨房端菜，"对，都在学校做完啦！"

"刚刚我好像听到你在外面和人说话，怎么了吗？"

"哦，我和我同桌一起回来的，路上我们在背单词。"余顾笑着说，"他背得好快，记忆力很强。"

"我们囡囡也很厉害的。"木锦嘴角含笑。

余顾说："奶奶，我去上学了才发现，大家都很努力，而且都好厉害，比如坐在我前面的两个男生，一个英语作文很牛，一个物理和化学很厉害，我在他们面前，没有很厉害。"

菜都端得差不多了，木锦将碗筷拿出来，随后坐下，温柔地看着余顾："囡囡，虽然高三是冲刺拼搏的阶段，但我们也不要把自己逼得太紧了，身体最重要，而且每个人都有自己的长处，我们囡囡当然也有。你要相信自己，囡囡在奶奶心里就是最棒的！"

奶奶总是能第一时间察觉到余顾的情绪，最近余顾看到别人的学习方式和复习情况，内心不免有些焦虑。

余顾抱了一下奶奶："好！我一定不会让奶奶失望的！"

"不让自己失望就好了。"奶奶拍了拍余顾的背，安抚道。

江祠回家的时候，何莲念正艰难地抱着一捆柴，搬到厨房后面的灶口。

江祠连忙走过去，接过柴火，说："奶奶，下次要搬这些，你等我回来再搬，别一个人搬。"

"等你回来，我的馒头都蒸不熟了。"何莲念笑起来，"再说了，就一捆柴而已，我还不至于抱不动。我以为还有很多柴，结果刚刚去拿的时候发现不多了，过两天还得去砍点柴。"

"奶奶，你上次摔了的腿刚好，还是别去了，我去吧。"江祠有些担心。

"没事的，我还没那么老。"何莲念见江祠将柴火放下，便说，"小祠，你生个火，我去拿馒头来蒸，今天做了好多馒头，还是得用土灶来蒸，煤气灶蒸出来的不够香。"

"好。"江祠摸出灶洞里的塑料打火机，摸出一手灰，太久没生火，呛了一脸烟。

等何莲念将一蒸屉的馒头搬过来，他脸上多了好几块灰斑。

"不太好生吧？这个灶有段日子没用了。"

"怎么今天想起来做馒头了？"江祠一边将柴添进灶里，一边看奶奶将蒸屉放上去。

"就是想做了，你早上能当早饭吃，我晚上拿出去卖也能卖一点钱。"何莲念笑着说，"最近在学校怎么样？"

"挺好的。"

"你这孩子，多说几句话能把你噎死是不是？"何莲念笑骂，"挺好的，那也有个具体说法，不然谁知道你是不是在骗我。"

"真的挺好的。"江祠有些无奈地笑了一下，"每天上课做题，和同桌一起学习。"

"那还差不多，你同桌叫余顾，对吧？"

"嗯。"

"下次你可以带她来家里玩，小姑娘很乖巧，看着就知道学习认真，你多跟着人家学习。"奶奶说到余顾，便想起余顾一双眼睛亮亮的，笑起来像个小太阳。

"你还没看人家在学校的表现呢，就知道她认真学习了？"

"我看到她心里就开心，我喜欢，所以她肯定是个好孩子，不行吗？"何莲念被江祠这么一问，哼了一声。

江祠听了，想给余顾发消息，刚拿起手机又停住了。他才发现，他好像没有余顾的联系方式。

吃完晚饭，江祠借口出去散步，去了王叔家。

王叔的家在巷子深处，他闲着没事的时候编了两个灯笼，灯笼中的蜡烛点着的时候灯笼红彤彤的。两个灯笼上写了"酒肆"两个字，在晚风里轻轻飘荡，倒真像古时候藏在人烟深处的酒肆。

江祠敲了敲门，因为身量够高，他伸手拨了两下灯笼，烛火摇曳的影子在薄薄的灯笼纸上格外清晰。

吱呀一声，门打开了。

"你今晚怎么有空光临寒舍？"王叔晚上会喝点酒，给江祠开门的时候身上还有些桃花酒的酒气，他看着站在门口的江祠，笑道。

"进去说。"

"怎么了？发生什么事了？"王叔被江祠一句话说得严肃起来。

"严储他们是不是来找过我奶奶了？"

"你不知道？"

"奶奶没和我说。"江祠的脸色骤然一变，"今天奶奶说要卖馒头多挣点钱的时候我才觉得不对劲。"

王叔说："我当时路过你家那边，看到有人从你们家里走出来，后来我过去问你奶奶，才知道是他们。我以为你奶奶跟你说了。"

"她大概是不想影响我学习，就没说。"江祠拧眉，声音沉了下去，"严储估计来催钱了。"

"你要是不够，我这儿还有，你拿去应急。"王叔说着就要去屋子里拿存折。

"够的，但我不想给。"江祠的声音像带了冰块，"他们不配。"

"孩子，那也没办法，如果现在不给，到时候他们威胁你的奶奶怎么办？影响你的学习怎么办？在有证据之前，我们只能忍。"王叔有些心疼地看着江祠，叹了口气。

"嗯。"江祠艰难地说，"等他们找我了再说吧，我把钱都已经存起来了。"

"唉，也好，咱不去主动受他们的气。"

这夜注定是无眠的，江祠离开后就回到家开始做试卷，天边亮起一抹鱼肚白的时候他还没结束。他捏了捏眉心，又拿出一张试卷做起来。

天越来越亮，金色的光线将树叶的影子映在了窗户上，像是早上的问好。

江祠做完试卷，又对了答案，看了解析，终于有些撑不住，揉了揉眼睛，在桌上趴下了。

何莲念叫了好几声，没听到江祠回应，就上来喊他吃早饭。她打开门，看到江祠趴在桌上睡得很沉。何莲念拿起床上的毯子，轻轻盖在江祠身上，悄悄关上门出去。

她回到厨房把早饭温着，又回到沙发上继续缝杨梅球。

江祠重新振作，何莲念比谁都高兴，可看到他读书这么辛苦，又心疼。

人大抵总是如此矛盾。

小镇上的一家台球馆中，灯光晃眼，烟味和喧闹声混在一起，染着一头红发的梁雾嘴里叼着烟，在打台球。

"去，把你严哥伺候开心了，这笔钱就是你的。"梁雾塞了几张红钞票给身旁的短裙美女，眼神示意后面沙发上闷头抽烟的男人。

女人拿着钱，转身向沙发上的男人走去。店里不少女人的目光都似有若无地落在他身上，眼里带着些蠢蠢欲动，不过没人敢上前。

男人留着寸头，眉毛很粗，眼睛里像是蛰伏着一头困兽，闷声抽烟时烟雾缭绕在他周围，看着就不好惹。

男人吐出一口烟，看了一会儿手机，觉得有些无聊，将手机丢到了沙发上，整个人懒散地靠在沙发上，一口一口地抽着烟，看向外面。

女人刚坐下往男人靠去，对方就很嫌弃地往旁边一挪，声音低沉，非常不耐烦："滚。也不看看自己是什么货色。"

男人甚至没有用正眼看她，话里的鄙夷和嘲讽毫不掩饰。女人讪讪地走回梁雾身边，梁雾看到这情形，放下杆子朝沙发旁走去。

"严哥，你行不行啊？来这儿就一个人抽闷烟，多没意思。"梁雾笑着，"你打算催老太婆几天？"

"两三天吧。"严储将烟头在烟灰缸里碾了碾。

"他们不是会往卡里打钱吗？而且也没到还钱期限，你怎么突然想来这里讨债？"梁雾跟着严储来的时候，就很疑惑。

"你别管。"严储皱着眉。

"不过能让那个老太婆和杂种不好过一段时间，也挺好的。"梁雾抖了抖烟灰，"要不是他们，你这腰也不至于变成现在这副鬼样子。"

梁雾的话刚说完，严储便一个眼神扫过来，像是下一秒就要打他。

"行行行，我不说了。"梁雾举手投降，"你这个月去医院了吗？"

"嗯。"

腰伤一直是严储心里的一块疤，只要想到自己的体育生涯断在了这儿，他心里就抑制不住地愤怒、烦躁。

他往窗外瞟去，却突然顿住了。

"我记得你在这里是不是还认识一个女孩子？"梁雾重新拿出一根烟咬在嘴里，偏头时却看到严储没影了。

伴随着外面路上一声男子的惨叫，梁雾看到严储正拽着一个男人的手压在身后，脚踢着对方的膝盖窝，一拳一拳像是下了死手。

"什么情况？！"

梁雾丢了烟跑到马路上，上前想将严储拉开的时候被他的手肘顶了一下。围观的人越来越多，但大都只站在那里看，并未阻止，好像对他们来说这只是一场现场表演。

此时，梁雾才注意到，一个身形很瘦的女生在一旁拉着严储的手臂，可严储动作不停，明明可以甩开女生的手，但严储没有，只是一下一下打着，拳头和肉碰撞的声音非常大。

"严储！"孙昭大喊了一声，才堪堪将双目猩红的严储唤回神。

严储转头看向孙昭，是他熟悉的眼角眉梢。他看了眼自己手下鼻青脸肿的男人，自己手上也沾着血迹，才反应过来自己刚刚下手有多重。

他吓到她了吧？他从来没在她面前展露过这么暴戾的样子。

目光对视，周围的建筑、人声仿佛全都倒退，远去，世界仿佛安静得只剩下孙昭和严储。在昏黄破旧的小镇，满身是血的男生和穿着陈旧的衣服却高傲得像天鹅的少女重逢了。

"他要偷你东西，还想偷拍你。"严储有些慌张地解释。

他不是随意打人，他也不会随便打人。他答应过她的。

"所以呢？"孙昭挺直身体，冷淡地反问。

"什么'所以'？"严储喉咙发涩，他感觉寒风瞬间穿透全身。

"所以这就是你把他打成这样的原因？"孙昭直视严储的眼睛，她的脸上没有多余的情绪。

"他偷东西，还想偷拍你。"严储重复了一遍。

"那跟你有关系吗？"

"你就当我见义勇为。"

"不需要。"孙昭看了看被严储打倒在地的人，又看了看周围的人，语气更冷，"有什么好看的？都散了吧。"

众人看孙昭和严储两人认识，又指指点点说了些什么，就都走开了。

"孙昭……"严储喊了一声，他很慌，当初那个女孩好像正在离他远去，他们之间的距离好像越来越远，他快要抓不到属于她的那阵风了。

"有事吗？没事的话，我先走了，人是你打的，事情你自己处理。"孙昭蹲下身，看着躺在地上奄奄一息的男人，轻声说，"记住，打你的人是严储，跟我没关系。"

孙昭说完就转身离开了，梁雾见此情形，人都傻了，严储在这个女生面前，像一条狼狈、卑微的流浪狗。

看来严储在这里认识的女孩就是她了。

这时，严储转过身，看着躺在地上的男人说："别去找她麻烦，不然我让你一辈子躺在床上。"

他指了指地上的男人，看向梁雾："兄弟，帮忙处理一下，我先去处理点事。"

"行。"

梁雾刚说完，就看到严储往刚刚那个女生离开的地方追去。

梁雾不知道，严储一秒都慢不起。可严储不知道，快一秒慢一秒，对他和孙昭来说早已没有分别。

孙昭走在路上的时候，脚是冰冷的，手在发抖，无人知晓她看到严储时全身的血液仿佛凝固的感觉。

孙昭起初以为是幻觉，后面过了好一会儿才缓过神来。

"孙昭。"一个低哑的声音叫住她。

心上忽然有电流通过，孙昭停下脚步，却没回头。

孙昭听着脚步由急到缓，最后停下，身后的人都没有说一句话。

两人就这样沉默地站着，像是在暗中较量，谁先开口谁就输。

时间变得有些慢，孙昭的下唇已经被咬得绯红，她闭了闭眼，冷声问："叫我干什么？"

"这两年你还好吗？"严储小心翼翼地问。

空气闷得很，乌云聚拢，沉沉地压下来，不知道何时会落下大雨。

孙昭等了半天，却只听到这句话，不由得轻笑了一声。

你总是这样，离开便离开，回来就回来，从不解释原因，现在问怎么样，有意义吗？

"跟你有关系吗？"

孙昭的话还是和之前一样冷漠，严储像是被打了一棒，姿态卑微："我就是……想关心一下你。"

"关心什么？离开两年，现在突然出现来关心我？"孙昭转身，眼中嘲讽意味明显，"严储，没意思，真的。"

空中响起一声闷雷，气压更低。

"所以，你还好吗？"严储放在身侧的手握成拳，他固执地想要得到这个问题的答案。

"好与不好，都与你无关。"孙昭看了眼严储，一脸烦躁，"别跟着我了，烦。"

豆大的雨开始落下来，在地上带起飞尘。

"严储，当初说不会再回这个地方，放弃我们的约定的人是你。"孙昭看着面前的人，哽咽道。

"可我回来了。"

我后悔当初的决定了，我从未完全离开。

"那又怎样？"孙昭很瘦，哪怕下雨，哪怕难过，她的背依然挺得很直。

"严储，是你先放弃了。"孙昭的声音很轻，她一遍遍重复，"是你放弃了我们的约定，是你放弃了。"

孙昭的眼泪顺着大雨滚滚落下，仿佛烫在严储心尖。

严储本能地走上前，当初那个小女孩长高了不少，可还是很瘦。雨水早就将两人的衣服都打湿，他抬起手，停顿片刻又无力地垂下。他看着孙昭，眼角滑落滚烫的泪，只一遍遍低声重复："对不起，对不起。"

两人在雨中站了很久,大雨落下,浇不灭江南镇盛夏的炎热,也浇不灭两个身躯的炙热。

谁都知道这场重逢的意义,但谁都闭口不提。

学校教室。

下午暑气正盛,乌压压的云带来了一场雨,本以为能凉快点,却不想越下越闷热。教室的空调今天又坏了,电风扇被开到最大,扇叶哗哗哗地划破空气,但成团的热气还是没有被吹散。

李御抖了抖校服,拿了本薄薄的练习册在那儿扇,他的额头还是有了细密的汗珠。

快四十摄氏度的高温闷得人也变得浮躁,李御扔了笔,往后一靠:"我整个人都要热化了,这破导数还这么难,谁顶得住啊?"

"是啊。"刘岑放下手里的生物书,"这遗传大题我是半分钟都做不下去了。"

"好想吃雪糕啊,可进来了就出不去了。"李御哀叹一声,头放到了江祠的桌上,书往脸上一盖,一副生无可恋的样子。

"去小卖部啊,小卖部有。"刘岑半死不活地趴在桌上回道。

"小卖部的哪有外面的种类丰富,而且我馋校门口那家店的冰粉和绿豆冰沙了。"李御说到这个,就吞了吞口水,"要是现在来上一碗,那多消暑啊。"

李御转头看向正在做题的余顾。他仔细一看,是化学题。

余顾此时也深陷其中,在草稿纸上写写画画。

"完蛋,我们三个今天是跟生、化、数这三座大山过不去了。"李御的语气里全是被学习折磨的无奈。

余顾抬头,用手在脸旁边扇了扇:"是啊,真的好难,这天也

106

好热。"

说到热，提醒了李御正事，他看向余顾："余顾，江祠是不是还没来呢？"

"是啊，他今天比以往迟了好多啊，再不来就快迟到了。"

"你想吃校门口的冰粉和绿豆冰沙吗？"李御压低声音，像是要密谋大事。

余顾被带得也放轻了声音："好吃吗？"

李御瞪大双眼，说："好吃极了，我愿称之为这边最好吃的夏季消暑甜品！"

余顾眼里放光："哇，但我晚上回去的时候，应该都关门了吧？"

"没事，我有办法。"李御胸有成竹。他悄悄掏出手机，悄悄给江祠发消息。

李御：江哥哥，你是不是还在校外呀？

江祠：……

江祠：说人话。

李御：我想吃校外何爷爷家的冰粉和绿豆冰沙。教室空调坏了，热得不行了。

说完，李御还加上了几个表示可怜的表情，直接把江祠一身的鸡皮疙瘩都抖掉了。江祠"啧"了一声，皱着眉打字。

江祠：不买，拿不下。

李御：可是不止我，就连余顾也热得不行，脸都热红了，我们都要中暑了呢。

江祠划了下手机屏幕，"呵"了一声，想直接走进学校，可双腿不听使唤。他无奈地叹口气，转身朝何爷爷糖水铺走去。

因为天气太热，怕手上提的冰化了，江祠回教室时走得很快，坐下的时候还在喘气，额角也都是汗。外面的雨虽然小，但他的头发、衣角、裤脚还是被打湿了。

"你来啦！"余顾看江祠来了，发现他满头是汗，身上还被淋湿了，她连忙给江祠递了纸巾让他擦擦，又拿着小本子给江祠扇了扇风。

"今天可热了，结果教室空调还坏了。"

"谢谢您。"李御谄媚地扬起一张笑脸，想要接过江祠手中的东西。

不料江祠将手举高，躲过了李御的手。他把东西放在他和余顾桌子的中间，再慢慢拿出来，边拿边瞥了李御一眼，说："说了是给你的吗，就拿？"

李御看江祠一下子拿出好几个甜品，除了冰粉和绿豆冰沙，还有草莓绵绵冰、杧果绵绵冰、蜜瓜绵绵冰，甚至还有喝的酸梅汁。

李御："你买这么多，你一个人吃得完吗？不如我来帮你分担点。"说完，他的手又伸过去，想要拿那杯绿豆冰沙，却被江祠狠狠地拍了一下。

"我一个人吃不完，但这不是还有一个？"江祠往余顾那儿看了看。

"我？"余顾指了指自己，又看向桌上那一堆东西，不可思议道，"这太多了吧。"

"是啊，这么多，你们两个人哪里吃得完。"李御表示赞同，"而且酸梅汁买了不止一杯，这不就是把我们也算在内了吗？"

"别害羞，知道你心里还是有我的。"李御故作娇羞地朝江祠抛了个媚眼，"为了不让你对我的心意浪费掉，我和刘岑就来帮你分担点吧。"

刘岑忽然被叫到名字，心忽地一下提起来。他还是很怕江祠的，连忙摆手："不不不，我就不用了，你们吃吧。"

江祠看李御理直气壮又不要脸的泼猴样，轻笑一声："出息。"

他将东西都摆出来后，在每一份甜品旁边都放好叉子，问余顾："你想吃哪个？"

"哪个比较好吃？"余顾感觉到这些甜品冒出的凉气扑面而来，感觉体温瞬间降了下去。

"冰粉和绵绵冰不错，不过绵绵冰有点甜，绿豆冰沙会淡一点，酸梅汁也不错。"江祠边说，边将东西挪到余顾那边。

余顾挑了草莓绵绵冰，江祠又将别的东西递给刘岑。刘岑十分惶恐，连连道谢，江祠淡淡地说了句"没事"。

李御早就自己拿起了绿豆冰沙，他舀了一大勺绿豆冰沙吃到嘴里，还不忘喝口酸梅汁，冰凉的感觉瞬间蔓延到全身，说话都冒着冷气。

李御感叹："啊，这才是夏天该有的味道。"

江祠喝着酸梅汁没有说话，一旁的余顾也是，她慢慢吃着草莓绵绵冰，入口的冰凉让她不禁眯起眼，像只被抚摸的小猫一般，惬意又舒服。

李御虽然不在意别人说江祠的事情，但也知道江祠家里有些困难，他边吃边说："多少钱，我转你？"

"一个亿。"江祠也没客气，挖了一勺绵绵冰。

"你真不该坐在这里，你就应该去黑心市场，那里面绝对没有比你更黑心的。"李御没好气地说，但他还是估摸着价格给江祠转了钱。

"御哥，你把我那份也给一下吧，回头我转你。"刘岑吃完抬头说。

"行。"李御又发过去一笔转账。

余顾听到了，也开口："那我——"

"我们加个微信吧。"江祠打断了余顾，觉得有些突兀，轻咳了一声，解释道，"之后有事可以用手机直接商量。"

"也行。"余顾点了点头，觉得江祠说得有道理，两人每天补课，肯定也会有问题要沟通，"那我回去加你？"

"你报号码吧，我现在加。"江祠打开微信加好友的界面。

"好。"余顾又吃了一口绵绵冰，说，"16222222473。"

江祠输入号码，点击搜索，余顾的头像是一只小猫，就是那天受伤的那只小猫福福。

头像里的福福比当初胖了许多，脸圆圆的，像是一个福袋，一双眼睛亮莹莹的，跟它的主人倒是有点像。

江祠勾了勾嘴角，说："回去记得通过我的申请。"

"好。"

晚上回到家，余顾吃了碗夜宵，简单将餐桌收拾一下，便回到房间。她拿起书桌上的手机通过江祠的好友申请，点开他的朋友圈，背景是干净的黑色，像是黑夜，也像极了当初遇见的时候江祠给她的感觉，阴郁、颓丧。

江祠的朋友圈也很干净，只有干干净净的一条黑线。

余顾：**晚上好呀，同桌。**

江祠回得很快。

江祠：**晚上好。**

随后他又很快发了两条消息过来。

江祠：**早点休息。**

江祠：**晚安。**

虽然看到江祠的三条消息有点蒙，但余顾还是很认真地说了晚安，随后便放下手机拿出试卷开始做题。

殊不知，另一边，江祠回家的一路上都打开着手机的微信界面，看到余顾通过好友申请后却不知道该说什么。

以前都是别人主动加江祠，他冷淡地回复。后来中考结束发生那件事之后，加他的人几乎没有了，而他更不会主动加别人，久而久之，他更不知道怎么找话题了。

余顾发来消息时，江祠匆忙回应。他盯着手机界面上的"晚安"好一会儿，越看越觉得自己有些傻，侧过头轻笑了一声。

每周一最让人期待的就是下午的体育课，但今天的体育课要准备体测，不再是自由活动。所有人先是绕着操场跑两圈，休息一会儿后便是仰卧起坐。

因为每天晚上都会练习跑步，余顾匀速跑完两圈后，也没有以往那么喘。她找到阴凉处靠着大树坐下，看到孙昭朝她走来。

"余顾，过会儿仰卧起坐我们一组吧。"孙昭坐到余顾旁边说。

孙昭这人虽然看着有些冷漠、严肃，但接触下来就会发现她其实还是挺和善的。余顾找孙昭背书的时候，也会有背得不太熟练的地方，她指出来之后还会和余顾说一些背诵的技巧和方法，对余顾的帮助不小。一来二去，两人也会在空闲的时候聊会儿天，也还算熟悉。

想到陈栖和于婷应该会在一组，余顾点了点头，也没在意为什么孙昭会突然找她组队，便笑着说："好啊。"

孙昭坐下后，和余顾有一搭没一搭地聊着，随后又状似不经意地提了一句："余顾，你和江祠的关系很好吗？"

"我和我同桌的关系还可以呀。"

"那你想和他当同桌吗？如果不太想，你可以直接和徐老师说的。"

余顾微微皱了皱眉，没有明白孙昭的意思："为什么要换位子？"

"难道你不是因为和江祠是同桌，才迫不得已和他交流的吗？"孙昭问。

余顾摇了摇头，说："不是，我和他接触多了觉得他为人挺好的，所以我们关系还可以。"

也不知道是余顾的哪句话戳到了孙昭，她开始笑，觉得不可思议："你觉得江祠为人挺好的？"

"你刚来这个镇上还不知道吧？"孙昭大笑起来，"江祠在我们这儿，可是出了名的疯狗一条。你看班里的人都怕他，不敢接近他，你随便去镇上的一户人家问问，问他们江祠和他爸怎么样，你看看他们会怎么说。"孙昭的声音里带着不屑和嘲讽，甚至还有些自得。

余顾的眉头紧皱，她不赞同道："我不需要问，也不想问。我不需要别人来告诉我江祠是一个怎样的人，我自己可以判断。"

"你自己判断？"孙昭像是听到了笑话般，她看向余顾，"那你知道江祠的爸爸杀过人吗？你知道他妈妈是'人尽可夫'的吗？你知道他也差点坐牢吗？"

孙昭的话太过刺耳，余顾忍不住辩驳："孙昭，在没有任何证据时，我不认为可以给他人贴上那样的标签，用那些侮辱性极强的词去形容别人。"

"你想要什么证据？你去大街上随便找个人问问，看哪个人不是这样说的，你问学校里的人，也都是这么说的。一个人说可能是带有私人见解，那一群人都这么说，难道是谁买通了口径吗？"

"所以，你是因为大家都这么说，才讨厌江祠的吗？"

"你知道严储吗？"孙昭没有直接回答余顾的问题，而是提起了另一个人。

"他是谁？"余顾虽然不知道为什么孙昭说起了另一个话题，但还是顺着她的话问下去。

"严储以前也住在这个小镇上，他的爸爸是这边一个工厂的经理。我第一次见到严储是在山上的水库那边下来的小道上，我刚捡完柴火，就看到严储和他的朋友们开着摩托车，一路疾驰。因为那条路很窄，我背着柴火要避开的时候，没注意脚下的滑坡，摔到了田里，柴火也撒了一地。

"我当时挺生气的，觉得严储这群人真没素质，但他们看着就有钱有势，我要是骂了他们，那肯定没好果子吃，所以我爬起来，一个人在田里把柴火捡起来。"

当时田里有些湿，虽然孙昭穿的是黑色的衣服，但背上几乎全都沾上了泥。孙昭在摔下去的时候手掌摁在了田里的一块小石头上，被硌得挺疼的。

孙昭顾不得那么多，因为时间不早了，回去晚了她的爷爷会担心，便只能加快捡柴的速度。忽然，一双干净的手闯进了她的视野，帮她一起捡柴火。

孙昭抬头，面前是刚刚把车开在最前面的男生。

男生留着寸头，五官有种野性的感觉，和江南这边秀气的长相不一样，他眉毛浓密，耳朵还打了两个耳洞，各挂着一枚银质耳钉。

戴耳饰在这边明明是很女性化的一件事，可在他身上，孙昭看不见半点秀气，反而整个人看着更具野性，更不好惹。

"刚刚开太快了，不好意思。""寸头"帮孙昭将柴火都捡起来后，站起身，微微低头看向孙昭，"这些柴火我帮你送回去，你带路。"

"寸头"的朋友觉得不可思议："老大，你都下去捡了，没必要再送人回去吧？再说了，是她自己不看路。"

孙昭听了气不打一处来，马路就这么宽，他们的车开得这么快，她还能躲到哪里去？

不料身侧的人说："路就这么宽，你让人家往哪里躲？不想送人回去那就滚，以后也别让我看见你。"

这一瞬，孙昭说不出是什么感觉，她觉得这个人好像和她印象里不学无术的混混不一样。

刚刚说话的那个男生打了几句哈哈："我没那意思。"

可"寸头"没理，他看到孙昭衣服上都是泥，"啧"了一声，将自己的牛仔外套脱下来，递过去："把你的外套换了吧，不然容易感冒。"

这件衣服看着就价值不菲，孙昭不敢接。

"寸头"像是看出了她的想法，直接将衣服披到了她身上，衣服的熏香混着烟草味一起钻入她的鼻子，"寸头"的声音在下一秒响起：

"不用还，送你了。"

说完，他长腿一跨跨上去，将柴火抱到了他那辆发亮的摩托车上，他身旁的那群朋友见状，也都纷纷上前接了一些柴火放在车上。

"寸头"屈起的长腿被包裹在工装裤下，他侧过头看向孙昭："上来，带路，送你回去。"

孙昭慢慢从另一侧走上去，却在车前踌躇不前："我走回去吧。"

"那谁带路？""寸头"笑了一下，"上来，脏了也不要你赔的。"

还是初中生的孙昭就这样犹犹豫豫地坐到了寸头男的车上，小声给他指路。

油门踩下的时候风很大，凉凉的，很舒服。但随着车速加快，孙昭的心也提到了嗓子眼，呼吸也不由自主地屏住，手心全是汗。

"寸头"大概也察觉到了孙昭的紧张，车速稍稍慢了下来，风仿佛化成了一双手，温柔地理着孙昭的头发。

"寸头"那些朋友也都跟在"寸头"后面，不敢说一句话。

这大概是一个很壮观的场面，拉风的摩托车上放着沾满泥的柴火不说，车速还很慢，气势十足地往村里的一处人家驶去。

孙昭到家的时候，发现爷爷不在家，寸头男便把车上的柴火都搬了下来，又问她柴火放在哪里，帮她整整齐齐地堆好。

孙昭看着"寸头"重新坐上了车，她放在身后的手攥紧，声音很小也很急切地问："你叫什么名字？"

"寸头"笑了起来，露出八颗牙齿，笑容明朗："严储。今天的事我很抱歉，有事你可以去诚严工厂找我。"

说完，"寸头"摆了摆手就带着身后的人骑车离开，油门踩下的轰鸣声掩盖了孙昭的声音，只剩下一下比一下明显的心跳声。

"我叫孙昭。"

听孙昭说完，余顾斟酌着开口："我不明白，这和江祠有什么关系？"

"当然有关系。江祠他爸爸杀的就是严储的爸爸。而江祠将严储的腰打伤，断了他的体育生涯。"

这时，老师点了名，说仰卧起坐轮到了余顾和孙昭这组。

两人各怀心事地往前走，谁都没发现后面另一棵树后还站着一个人。

江祠拿着刚买来的矿泉水，水瓶上面的水珠顺着瓶壁滚落，流过掌心，一滴一滴落在草地里，悄无声息。

太阳不遗余力地展示着自己的炽热，可瓶壁的凉意像是从掌心顺着血液往上，凉到了心坎。

江祠很难描述那一瞬间他听到孙昭说的话的感觉，他想上前反驳，又想知道余顾的回答，最终没有站出来。

余顾知道这个镇上的江祠是个怎样的人后，她会怎么做？会像那些人一样吗？对他厌恶、远离、谩骂。

他有些害怕。

孙昭怎么都没想通为什么余顾一点都不吃惊，或者是害怕。忽然，她脑子里闪过一个念头，随后恍然大悟，心里开始有些不屑。

老师的哨声一响，时间到了，孙昭喘着气坐起来，在余顾耳边轻声说了一句话，却激起余顾心中的千层浪。

"余顾，你这么维护江祠，该不会是喜欢他吧？"

"喜欢这样一条疯狗，可不是什么好事。"

"祝你好运。"

之后，余顾下午和晚上整个人都不在状态，像是踩在云上、走在雾里，江祠叫了她好多声她都没有回应。

"啊——"余顾感觉手臂被很用力地扯了一下，整个人踉跄着撞到江祠的怀里，一辆车从她身侧疾驰过去。

"走路不看路？"江祠的声音有点沉，抓着余顾手臂的手很用力。

余顾心有余悸地拍了拍胸脯，对江祠笑了一下，说："幸好你拉了我一把，要不然我的小命就要不保了。"

江祠"嗯"了一声，语气依然很冷淡："你刚刚在发什么呆？叫了你那么多声都没听见。"

余顾当然不能说她在想孙昭说的那些话，她把手臂从江祠手里挣脱出来，说："没什么，就是发一下呆，放空一下自己。"

手里的温度突然消失，江祠虚虚握拳，觉得余顾在体育课下课之后，整个人都不太对劲。虽然他的心里已经有了猜测，也想对余顾说些什么，他的喉咙却像被一团棉花堵住了。

他能说什么？没有证据，一切都是空谈。

"记得看路。"最后，江祠只说了这一句话。

两人一路上都很沉默，到家的时候，江祠正想对余顾说晚安，就看到余顾进去后就嘭的一声将门关上了，只留下了微凉的空气似在震颤。

江祠在门口看了会儿，在月色下转身，门前本就昏黄微弱的路灯闪动了一下，这里彻底陷入黑暗。

余顾回到家，木锦问她要吃些什么，她摆了摆手："奶奶，我先上楼休息了。"

"好好好，囡囡辛苦了，那快去吧。"木锦虽然觉得余顾今天似乎有些不一样，但想到这丫头给自己的目标和压力不小，累了也正常，也就没再多想。

回到房间，余顾将书包一丢，整个人呈"大"字躺到床上。她感觉脑子里好似有许多小鸟在叽叽喳喳地叫个不停，吵得她头疼。

余顾揉了揉太阳穴，叹了口气，坐起身。她走到书桌前拿出日记本，想要通过写日记来理清自己的思绪。

余顾记事录：

今天上体育课，那么热的天，树叶却比往常更绿，我要被晒蔫了。

体育课上，孙昭说了江祠家里的事。

我不信，哪怕很多人都这么认为，我也不信，更不怕江祠，不会和他划清界限和保持距离。事情肯定另有真相。越是有流言包裹，我便越是想撕开这重重流言蜚语的外衣。我想听江祠亲口说，他是个什么样的人，而不是通过别人的嘴了解他。

只要江祠愿意说，我就愿意相信，我只相信江祠的说辞，只相信我自己的感觉。

我想，我大概是个感觉主义者，而江祠正中感觉的靶心。

那天晚上江祠想了很久，最后决定，远离余顾也挺好的，总不能因为自己，连带着别人对她的印象和态度都变差。

之后的一段日子，江祠有意和余顾慢慢拉开距离。

这天，江祠正提起笔做题，突然感觉手臂被什么凉凉的东西戳了一下。他扭头看去，就对上了余顾那一双水灵清澈的眼睛。

江祠用眼神示意：怎么了？

现在是自习时间，教室里很安静，余顾让江祠凑过来，又把自己的草稿纸挪到江祠面前，轻声说："这个地方我算了五次了，还检查了很多遍，但就是没算对，你有算吗？我能不能看看你的计算步骤？"

江祠瞥了一眼这道题，默默拿过草稿纸开始算题。写完计算步骤后，江祠在余顾的计算步骤上标记了有问题的地方："这里，这里，还有这里。"

余顾看到江祠一下子就找到了她的错误，小声赞叹："哇，江祠，你真厉害。"

"嗯。"江祠冷淡地应了一声，开始做自己的试卷。

余顾解决了这道大题，舒坦地靠在椅子上喝了口水。她看到江祠神色冷漠，将背挺得笔直，她后知后觉地意识到，江祠最近好像变冷淡了，对她有一种似有若无的疏离。

想到"疏离"这两个字，余顾忽然就慌了，他是在疏离她吗？为什么？

想着想着，余顾的心情渐渐地沉重起来，一只手支着头看向窗外。

外面的天蓝蓝的，云朵如同一块块白色棉花糖，或许吃一口云是甜的也说不定。

余顾这些日子都在全心全力准备第一次月考，对别的人和事关注很少，现在考完试稍稍放松，她后知后觉，这段时间的江祠很冷淡，比初见时还要冷淡。

晚上回去的时候，余顾终于没忍住，在路上问了江祠。

"江祠，"余顾看着地上两人忽长忽短的影子，问，"你最近是不是有点不开心？"

"没有。"江祠冷淡地回答。

"真的？"余顾嘟囔着，"但我怎么感觉好像我们之间有点冷淡？"

江祠知道余顾会看出来，但没想到她会直接问。从前很多人疏远他，都是渐渐疏远，他主动疏远时对方也不会多问什么，彼此都默认了这样的行为。

江祠的脚步停顿了一下，心里仿佛有只气球被忽然戳破，有夏夜的暖风灌进来。

江祠状似有些随意地想要转移话题："那你觉得我们之间该有多火热？"

余顾被江祠的"火热"说得卡了壳，嘴巴张了半天，一句话也说不出，最后失笑："倒也不能用火热来形容啊。"

"冷淡的反义词，难道不是火热？"江祠放松下来，有些不着调地问。

"对人际交往来说，还可以是舒适呀。"

"为什么不能是火热？"

"因为短暂的火热会带来后续的冷淡，但舒适，可以更长久一点。"余顾想了一会儿，很认真地回答。

江祠却忽然停下了步子，看向身侧的余顾，原来她是害怕相处不长久吗？他低头对上她的视线，心里只想确定一件事。

"那天上体育课，我听到了孙昭对你说的话。"

余顾听到这句话的第一反应就是担心，担心江祠因为孙昭的话难过，虽然孙昭说的话镇上的人说过千百次，他应该也听到过好多次。

"江祠，她说的你不用在意。"

"不问问我是不是真的？"

"真和假有分别吗？"余顾反问，"我要自己去认识你。"

江祠想到那日在天台上徐牧也说过这样的话，他心下动容，不知该作何回答，只能沉默。

余顾的声音轻轻的，却很温暖："我和你当朋友，是因为你值得。"

"嗯。"少年放在裤兜里的手在轻颤。

说完这些话，余顾的脸有些热，她的双手在脸颊上搓了下，随后她给江祠扮了个鬼脸。

她想让他开心点。

江祠被余顾突如其来的鬼脸吓了一跳，从心底漫出的愉悦开始疯狂地往上奔涌喷发，带动心脏一下又一下热烈地回应。

余顾扮完鬼脸又觉得自己这样好像怪傻气的，于是也没看江祠的反应就往前快步走："快点走，回去晚了，奶奶该担心了。"

江祠心里的石头终于落地，前些日子的郁闷、烦躁等情绪全都消散，只剩下欢喜。

两人在路上有一搭没一搭地聊着，没一会儿就到了余顾家的门口。

余顾挥挥手准备进去时，站在灯下的江祠忽然开口叫住她。

旧灯灯光昏黄，可落在江祠脸上时，又好似上了层复古滤镜，描摹得他眉眼柔和很多，眼角的锋利不再，只剩下如玉一般精雕细琢的漂亮。

"嗯？怎么了？"余顾回身看着江祠，水灵的眼里带着疑惑。

"火热地相处也可以长久。"江祠在昏黄的灯光下很认真地说，"相信我。"

余顾看着江祠，心中有大片的野草，经春风一吹，猛然生长，随风而荡。

她一直将身边的关系都维持在舒适的范围，不敢跟人太过亲近，怕一段关系变得过于短暂。

"好，但我不知道……"

余顾还未说完，江祠就打消了她的顾虑。

"就和平时的相处一样，我们分享彼此积极或消极的情绪，并给对方力量。"

"就这样？"余顾有些惊讶，不过让自己主动和人分享情绪，也是一件很困难的事情。

"嗯。"江祠点点头。

只要你有需要，我就会随时出现。

“好。”余顾答应，眉眼和天上的月亮一样莹亮。

那晚的月色很皎洁，路灯很昏暗，少男少女之间的约定美好、干净。

Chapter 03

山雨欲来风满楼

高三的生活依旧忙碌，考试一场接着一场，余顾从考试中找到自己的不足，积极地跟着老师的进度复习。

江祠的学习也有了很大进步，因为他悟性高、底子好，高一的知识都学完了，高二的知识也学了小半，做题速度比以前更快，而正确率也更高。

自从江祠答应徐牧好好学习后，十班的任课老师也会在课堂上叫江祠回答问题，班里不知内情的同学们看到时都一脸震惊，尤其他们发现课间江祠还在看书做题时，张大的嘴巴仿佛能塞下十个鸡蛋。

不过久而久之他们也都习惯了，只是还不敢接近江祠，每次江祠去科代表那儿交作业，科代表都会屏息凝神地点头说好，其余的话半句不敢多说，李御他们见了差点笑疯了。

忙碌的高三生活虽然充实，但余顾偶尔也会低落，看着漫天的晚霞感到迷茫，不知道这段日子什么时候会结束，自己又会考到哪所大学。

每当这时，江祠就会在余顾的便笺纸上画一朵花，有玫瑰、郁金香、向日葵，还有姜花。

余顾看到姜花的轮廓时，并没有认出来是什么花。江祠勾勒完最后一笔，声音有些懒散："是姜花。"

"哇，没听过。"余顾看着江祠简单勾勒在便笺纸上的线条，有些好奇。

江祠再度开口："姜花原产地在印度，在夏天盛开，形似蝴蝶，香味清甜，所以欧美地区喜欢把它叫作蝴蝶百合。"

"蝴蝶百合，名字真好听。"

"你猜她的花期是什么时候？"江祠撕下一张便笺纸，灵活地将它对折又翻折。

"六月？"余顾猜测。

"是夏天的七月和八月。"江祠摇摇头。

"好短啊。"余顾不免有些遗憾。

"所以，姜花的花语是将记忆永远留在夏天。"江祠手里的便笺纸此时已经变成一只千纸鹤，他将纸鹤放到余顾的桌面上，随后安慰她，"迷茫很正常，过好当下就好了。"

"高三的记忆会像姜花一样停留在这个夏天，供你以后回忆。"

说完，江祠揉了揉余顾的头，少女的发丝和她的人一样柔软。

余顾看着窗外的银杏叶，打了岔："不过现在好像要到秋天了。"

余顾的思维实在跳脱，江祠失笑，顺着她的视线转头看向窗外，一片黄色的银杏叶在风中摇晃后飘落，他的声音不自觉地轻柔起来："是啊，秋天来了。"

十月底的时候下了场连绵的雨，一场秋雨一场寒，大家都穿得厚实起来。但江南的冬天没有暖气，偏那冷气还专往人的衣服缝里钻。

屋子里很冷，何莲念因为用火灶做饭，那些木柴烧完的炭就正好做火盆，给晚上回来的江祠取暖。她又怕江祠在学校写作业的时候冻着，闲暇时就抱着一团毛线开始织手套。

"奶奶，还不睡？"江祠刚下了晚自习回来，走到沙发旁，拿起桌上的杯子，倒了杯水喝。

"我织完这部分就去睡。"何莲念的手冻得红红的，上面遍布苍老的皱纹。

"对了，小顾喜欢什么颜色？"

"不知道。"江祠放下杯子，有些疑惑地看了何莲念一眼。

"你怎么对自己的同桌都这么不上心？"何莲念有些责备地看了江祠一眼，"那就紫色吧，紫色好看，适合小姑娘。"

"您在给余顾织手套？"

"放心，你也有。"何莲念笑着说，"我瞧着小顾乖巧懂事，我喜欢。过两天我织好了，你带给她。"

"好。"江祠点了点头，"这天越来越冷，您记得也戴上手套。"

"知道了。"

周五，江祠去学校的时候把何莲念织好的手套带给了余顾。

教室的门窗都关着，生怕一不小心就让冷气钻了进来。江祠开门进去的时候余顾正在背单词，两只手捂着耳朵，手指的骨节处还有些红红的。

江祠将手套放在余顾的桌上，随后坐下。余顾背完单词睁开眼时就看到了一双浅紫色的手套，上面还点缀了一朵白色小花。

余顾有些惊讶地拿起手套，问："江祠，这副手套是你放这儿的吗？"

"嗯，我奶奶给你织的。"江祠点了点头。

"哇，奶奶好厉害，织得也太好看了吧！"余顾摸着暖乎乎的手套，眼睛弯得像月亮。

"你喜欢就好。"江祠眼角沾上笑意，"奶奶还让我问你什么时候去我家里吃饭。"

余顾想了想，她之前就答应过奶奶去吃饭，奶奶还送了她手套，那就明天放学去吧："明天放学怎么样？"

"可以。"江祠点了点头，嘴角微微勾起。

晚上回去的时候，江祠和何莲念说余顾明天来，结果老太太急得直接进厨房准备明天的菜去了。

"奶奶，你明早再准备也来得及，现在这么晚了，还冷，早点睡吧。"江祠看着何莲念在厨房一会儿翻冰箱，一会儿看菜篮子，嘴里还念叨着菜名。

"糖醋藕她吃不吃？春卷呢？要不把后面院子里的鸡杀了炖个鸡汤吧，还是做酸醋鸡？"

江祠走过去，将何莲念推出厨房，话里有藏不住的笑意："明天再想吧，我今天问了，她没有什么忌口的。"

"行行行，那我明天一早去买点新鲜的菜。"何莲念看着江祠煮水饺，"你吃完别学习到太晚，早点睡。"

"嗯。"

第二天放学后，余顾先去花店买了束花，才和江祠回家。

"其实不用买花的。"江祠插着兜带余顾往他家的方向走，余顾的怀里捧着一大束花，向日葵和月季搭配在一起，有一种别样的美丽。

"不行，奶奶看到花心情也会好呀。"余顾笑盈盈地回答。

到了江祠的家时，厨房里很热闹，鸡汤的香气飘了出来，还有下菜时油锅里发出的噼里啪啦声。

"奶奶，我们回来了。"江祠放下书包，挽起袖子准备去帮忙。

"奶奶。"余顾跟在江祠后面叫了一声。

"欸，还有两个菜，马上就好了。"

何莲念正在炒菜，她翻炒几下盖上锅盖，才转过身。她看到余顾手上的花，眼里闪过一丝惊喜："哎哟，怎么还买了花！"

"就是想送奶奶花呀。"余顾歪着头笑答，"奶奶喜欢吗？"

"奶奶喜欢，很喜欢。"何莲念走过去，让江祠注意锅里的菜，"奶奶去把它插在花瓶里，这样能活得久一点。"

江祠听到这句话，很自觉地围上围裙，准备下一道菜的配菜。

"好。"余顾将花递给奶奶，想过去给江祠打下手，何莲念却拉着她的手，将她带到客厅里坐下，"小姑娘不要进去，里面油烟味很重的。江祠会做，你过会儿尝尝他的手艺。"

何莲念小心翼翼地把花束拿出来，换到装了水的花瓶里，放在客厅的茶几上。灿烂的黄色很夺目，是朴素的客厅里最明亮的一抹颜色。

何莲念将花摆好后，看了一会儿，忽然红了眼眶，声音很小，却不难听出其中的哽咽："这儿真是好久没有过这么好看的花了。"

"什么？"余顾听得不真切，下意识地问。

"没事，你这花一摆上，我们整个客厅都亮堂了不少呢。"何莲念趁余顾不注意，悄悄擦了一下眼角的泪，笑着说。

"奶奶喜欢就好，下次来的话，我还给你带花。"余顾笑盈盈地说。

"你把钱留着，给自己买好吃的，你和小祠开心，奶奶就开心。"何莲念拉着余顾的手，声音温和地说。

"说起来，奶奶还得谢谢你呢。自从上次你答应奶奶提醒江祠学习之后，这孩子还真就好好学习了，以前每天都在外面混，现在每天回来都学习到很晚。"

"奶奶，可能是因为我们的班主任，他人可好了，给江祠安排老师补课，监督江祠学习，我没发挥多大的作用。"余顾有些不好意思。

"那你也是我们小祠学习的榜样，他要向你学习呢。"何莲念从包里掏出一个红包，要往余顾兜里塞，"这是奶奶给你的一点祝福和感谢，收好，平时饿了可以去买点好吃的。"

"奶奶！"余顾推开何莲念的手，"奶奶，我不能收，您自己留着。"

"小顾，拿着。你在这儿吃饭我就很满足啦，我拿着钱也没用，平常不怎么用钱的。"

余顾将红包塞回何莲念的口袋里："就算您给我了，我也会还给江祠的。"

何莲念有些讪讪的："你这孩子啊，就是太懂事。"

"真的不用，我已经感受到奶奶的祝福了！"余顾的双眼笑得像月牙，"红包我肯定不会收的，那下次我再来找奶奶吃饭！"

"好好好，只要你想吃，随时来，不过要提前和奶奶说，奶奶才能给你做更多好吃的。"何莲念笑着应下。

两人还没聊几句，厨房里就传来了江祠的声音："菜做好了，可以吃了。"

"走，我们吃饭去。"何莲念拉着余顾的手，带她去吃饭。

这顿饭很丰盛，有红烧鱼、鸡汤、糖醋藕、春卷、酸辣大白菜、红烧土豆丝，好多道菜，各个色香味俱全。

"这么多菜？"余顾看着一桌子的菜，口水差点哗哗直流，同时也在想三个人究竟吃不吃得完。

"不多不多，你看看有没有你喜欢吃的。"何莲念从厨房里拿出碗，放在余顾面前。

"看着都好香，我都爱吃！"余顾非常捧场，引得江祠都忍不住看了她一眼。

"小顾，吃鱼，吃鱼会变更聪明。"何莲念指了指鱼，让余顾夹。

"好。"余顾吃了一口鱼，味道好得她的眼睛都眯了起来，"好嫩好鲜的鱼啊！"

余顾又夹了一筷子土豆丝和大白菜，赞叹："都好好吃！"

"这个土豆丝和大白菜是我们小祠的拿手菜呢！"何莲念有些骄傲地说，"下次你还想吃，就让小祠做给你吃。"

"江祠，你的手艺太棒了！"

其实余顾还是个隐藏的吃货，以前因为生病，她吃的食物也有限制，整个人也是越吃越瘦，手术之后，才渐渐吃得多起来。

突如其来的夸奖让江祠有些不好意思，他吃了两口饭，才淡淡地说："喜欢就多吃点。"

"是啊，喜欢你就多吃点。"何莲念看余顾吃得欢快，脸上的笑意更深。

吃完饭，何莲念让江祠送余顾回去。

余顾今晚吃得很饱，还破天荒地吃了两碗饭，走出去的时候她摸了下自己的肚子，都快鼓成气球了。

江祠和余顾的家之间还是有些距离的，因为吃了很多，正好慢悠悠地散步回去。

这个时候住在附近的一些老人也都吃完饭了，他们聚在家附近的巷子口聊天，看到江祠和余顾一起走，不少人都很惊讶，看江祠和余顾两人刚走出几米远，立马对这两人指指点点起来。

"这两个人是怎么走到一起去的？"

"不晓得，平常没见到过，不过听我孙子讲，这个小混混在学校开始好好学习了，每天跟他同桌混在一起，估计就是这个小姑娘。"

"这不是老余家的小孩嘛。"

"老余这个老好人惨咯，自己的女儿跟罪犯的儿子玩一块儿去了，啧啧啧，真可怜啊。"

江祠听力不差，能听到那些人说到了自己的名字，虽然具体说了什么没听到，不过想想也知道还是那些不好的话。

往常那些人说什么，他无所谓，可现在余顾在旁边，他便下意识地想要和余顾保持距离。

他不希望余顾因为他受人非议。

"江祠,你怎么越走越慢?"余顾站在前面回头,有些不解。

这条路上已经没什么人了,江祠开口:"和我走在一起,你会被别人说闲话的。"

"所以呢?"

"你不怕吗?"

"为什么要怕?"余顾笑起来,"再说了,如果我因为会被别人说闲话而不和你做朋友,那我也太不够义气了。"

余顾的话就像一颗定心丸,江祠忽然笑了起来。

她还从未见过江祠这样笑。他眼里的笑意像星星一样细碎地浮着,让人觉得连他的发丝都沾染了他的愉悦。

这一刻,余顾觉得江祠是真的高兴。

第二天早上,江祠将书包收拾好,拿起后院的刀,准备去山上砍柴。他叫了何莲念好几声,也没听到她的回应。

奶奶大概去摘菜了,江祠想。

咚咚咚,江祠家的门突然被敲响。

江祠皱眉,奶奶肯定不会敲门的,那敲门的会是谁?难道是余顾?

想到这儿,江祠的眉头舒展开,带上了一些笑意去开门。

吱呀——门打开,门外是一张熟悉的脸,却不是余顾,而是严储。

江祠的脸色唰地沉下来,他立马关门,但严储直接用手抵着门不让他关。

江祠锋利的眼里如同含着冰锥,他语气冷漠地问:"干什么?"

严储是和梁雾一起来的,他咬着烟还没开口,梁雾就先替他回答了:"干吗?你自己欠了什么债不知道吗?我寻思你爸死了也没多久啊，怎么，你已经忘了这件事了？"

江祠自从上次打了严储后，就被奶奶告诫过，无论如何都不能再轻易动手，不然再惹上麻烦就不好了。

江祠抓着门的手青筋凸起，他想让他们在何莲念回来前赶紧走。

"有你这么对待客人的吗？"梁雾阴阳怪气地喷了一声，"更何况严哥还是你的债主，不把我们请进去给我们倒杯茶吗？"

"谈谈。"严储大概是抽了不少烟，声音嘶哑。

"行，找别的地方。"江祠把刀顺手放到门后，"别在家里。"

严储点了点头，让江祠带路。

江祠不知道严储这次找上门的目的是什么，明明距离交赔偿金还有一段时间。他将严储和梁雾带到旁边一条略微偏僻的小巷，问："谈什么？"

"我说你小子是不是真的记性不好啊？"梁雾拿出一根烟叼在嘴里，又掏出打火机点燃烟，"当初协调后的话你忘了？赔偿金是一回事，你诬蔑严储他爸强奸，到现在都没道歉，你忘到九霄云外了？"

这句话直接让江祠心中的怒火飙升到极致，他说："我不会道歉，死都不会。"

"哟，这嘴还硬着呢？"梁雾伸手拍了拍江祠的脸，江祠却只是瞪着他，没有动手，"哟，学乖了？"

说完，梁雾狠狠地打了江祠一拳："当初你打得不是很狠吗？严储的体育生涯就这么被你断送了。听说你开始学习了？怎么？想要拿回'学霸'称号啊？你配吗？"梁雾嘲讽道，"毁了别人的路，还想自己走上正途？我告诉你，永远不可能，杀人犯的儿子，永远不配。"

江祠不再像当初那么容易被激怒，他现在很清楚，先不说他打不过这两个人，如果再将两人打伤，只怕到时候牵扯的事会更多。他不想再陷在这个泥潭里了，他想脱身。

可当梁雾那样说的时候，江祠还是咬牙挤出声音："我妈是被你爸强奸的，我爸也不是杀人犯。"

严储听了，抬脚狠狠地踹了江祠一下，将他直接踹倒在地。

"人人都说你妈勾引我爸，怎么到你这儿就不一样了？"严储的声音阴沉、狠厉，"你凭什么颠倒是非？"

"你爸拿着酒瓶砸我爸，导致我爸死亡，那么多人都看到了，你还想抵赖？

"江祠，你和你的爹娘一样坏。"

江祠捂着肚子，吐出一口唾沫，里面夹着点血丝，他说："严储，你和你爸也一样。体育生涯断送了？腰落下病根了吧。"江祠冷笑一声，"父债子偿，应得的。"

"你还敢嘴硬。"梁雾听江祠提到严储的腰伤，心头躁意更甚，又狠狠踹了江祠两脚。

江祠咬着牙没再哼一声，慢慢地扶着墙起来。

"你不想道歉也可以，"梁雾朝江祠吐出一口烟，"只要你现在选择退学，别让我们知道你还在学校上学，否则——"

"不可能。"梁雾还没说完，江祠就打断了他的话。

"这不行，那也不行，江祠，你以为你是谁啊？"

"江祠，是你们一家子犯错了。"严储盯着江祠。

江祠呼出一口气，同样盯着严储："总会有真相大白的一天。"

"真相大白？"梁雾笑起来，觉得江祠真的很可笑，"这就是真相。"

这时，江祠兜里的手机突然响了起来。他刚拿出来，还没来得及看，就被梁雾夺了过去。

"我们在跟你说话呢，还想看手机？"

像是忽然想到什么，梁雾挂断江祠的手机来电，转而在他的手机通讯录里查找："你应该存了你们老师的电话号码吧？既然你不肯退学，那本少爷就动动手指帮你退个学吧。"

江祠不为所动，他当初嫌学校的人烦，根本没存徐牧的电话号码，后来他每天都去学校，也就没有存徐牧电话号码的必要了。

梁雾找了半天都没找到，冷笑一声："怎么，好学生连老师的电话号码都不存？"

刚刚的电话一个接一个地又打了过来，梁雾不耐烦地全都挂断，叼着烟说："烦死了。"

梁雾说着又点开微信，看到江祠的微信置顶是一个小猫头像，没有备注，他正要点开，江祠就将手机抢了回来。

梁雾笑了一声："这就是你那个新同桌吧？你说，你要是跟她说了这些，人家还会想和你做同桌吗？"

江祠没有听，他不想再和两人耗下去，此时王叔的电话打了进来。

"喂，王叔。"

"江祠，怎么一直在挂我电话啊？"

王叔的语气有些着急，连带着江祠的心也跟着紧张了起来："怎么了？"

"你快来水库的山脚这边，你奶奶从山上摔下来，快不行了！你快来！"王叔声音哽咽。

江祠整个人都愣住了，两秒后他用尽全力往水库那边跑去。

"哎，你这人跑什么？！"梁雾丢下烟想要追上江祠，刚抓住江祠的衣袖，就被江祠甩开并挨了江祠一拳。

"滚开！"江祠的声音是吼出来的。

梁雾被打了个猝不及防，他用舌尖顶了顶腮帮，见江祠已经跑没影了，忍不住跳脚："等下回，你看我不打死你。"

严储看了一眼梁雾，转身往外走："走了，去处理一下你的脸吧。"

何莲念早上把缝好的一批杨梅球送到邻居家，回到家的时候，叫了几声"小祠"，没人应，走到后院看了看，发现砍柴的刀已经不见了。

"这么早就上山了啊？"何莲念抬头看天已经大亮，只是云层笼罩着，看不见太阳，倒像是随时都要下雨一般。

何莲念笑着埋怨了一句："这孩子也不晓得等等他奶奶。"说完，她换了双鞋往靠着水库的山上走去。

前些日子下了雨，山间小路上的泥滑得很，何莲念担心江祠一个人没法把柴火从山上拿下来。她慢慢往上走，走到她和江祠经常捡柴的地方。但山路实在是滑，何莲念年纪大了体力跟不上，每走一段路，就停下来歇会儿。

山上有不少坟墓，村里的人去世了就会立个碑葬在这里。何莲念路过江祠妈妈的墓碑时，拿起墓碑旁边的一把竹条扫帚扫了扫，又蹲下来慈祥地看着墓碑上的照片。

照片上的女人很年轻，仅仅是一张黑白照片都能看出她身上那温婉动人的气质。

"既然路过这儿了，就给你打扫一下。"何莲念知道自己的儿媳妇生前爱干净，就用衣袖把墓碑上的照片擦了擦，又将沾在上面的碎草和灰尘擦去，"知道你喜欢干净，给你擦一擦，你就是这片山头最漂亮、干净的姑娘。"

何莲念一直想养个姑娘，她生了江祠的爸爸后本想再生一个，不过丈夫不想让她再吃苦，不打算再要一个。后来江祠的爸爸娶了冯熙雪，那是一个很有气质的姑娘，她就把冯熙雪当女儿养。

只可惜，造化弄人啊。

何莲念看着墓碑上的照片笑了笑，她的嘴角明明是上扬的，眼里的泪却在打转，最后还是没忍住流了下来。

"熙雪，是我们江家对不住你。"何莲念哽咽道。

不过何莲念不想让自己儿媳妇看到自己这副难过的样子，便笑着说起江祠："我和你说，小祠现在可用功了，每天都很努力，比初中的时候还要用功呢。"

"江洲，"何莲念说到这个名字的时候停了一下，"江洲去外面工作了，说是留在这儿太伤心。他走了也好，小祠以后也是要离开的。不过你放心，他肯定会来看你的，他要是不来，我揪着他耳朵带他来。"

何莲念站起来，拍了拍衣服上的尘土，说："熙雪，我今天没带东西，还得陪小祠砍柴，我过两天再来看你。"

何莲念捡了一根竹竿撑在地上，继续往山上走，一边走，一边喊"小祠"，却没人应。

竹竿戳在泥地里，弯出一个较大的弧度，何莲念撑着竹竿使劲往坡上抬腿时，啪的一声，竹竿从中间折断，何莲念整个人直接朝后仰倒，从斜坡上滚了下去。

斜坡又滑又陡，何莲念滚下去时撞在了冯熙雪墓碑前的那块水泥砖上，汩汩的血涌出，一部分流在灰色的水泥砖上，一部分融入了泥土中。

这时正好有个人上山，听到这阵动静后便往上多走了两步，就看到一个穿着墨绿色雨靴、身上穿着一件黑色外套的人倒在了墓碑前。

这人当下就跑下山去把家里人叫来了，不一会儿，山上墓碑前死了人的事情就传开了，一些老人都聚到了这儿，他们走近一看，发现是江祠他奶奶。

"咦，老太婆怎么倒在这里了，现在怎么办？"众人看老人额角还流着血，面色已经看不分明，大家都下意识地后退了一步，有些不忍心看。

"救护车叫了吗？"

"叫了，发现的时候就叫了。"旁边有个胖子说，"我刚看到就跑下去叫救护车了，也报警了。"

"赶紧让她孙子来吧，我们在这儿看着也不是个事啊。"一个五六十岁长得有些贼眉鼠眼的男人摇了摇头，说，"谁有那个混混的电话号码啊？赶紧叫他来。"

"没他号码，只有那个兽医有，他跟老太婆他们一家走得还算近。"有人回答。

"也行，总之赶紧把人叫过来。"有人一看这幅场景，摆了摆手，扭过头不想再看。

王城接到电话后，连忙往山上跑。

"阿婶，阿婶！"王城跪在何莲念身边，伸出手颤抖着在她鼻子前探了探呼吸，发现还有微弱的气息后，眼泪夺眶而出，"阿婶，阿婶，你再坚持一下，医生马上就来了！阿婶，你别睡过去啊！"

"啊，没死啊？"

"不死估计也残咯，照我说，就他们家这个情况，还不如死了，减轻点负担呢。"

周围的人交头接耳，王城顾不得其他，颤颤巍巍地掏出手机给江祠打电话，江祠一直没有接，不过何莲念倒是醒了。

"阿婶，你醒了！"王城整个人都快趴到地上了，"有没有哪里特别不舒服？"

"小王，"何莲念抬起手，轻轻地摇了摇，"来不及了，我要走了。"

"阿婶，你别胡说，医生马上就来了，小祠也马上来了。"王城眼里的泪止都止不住，"你再坚持一会儿。"

"我想……想……和小祠说……说几句……话。"何莲念的声音断断续续的。

"好，阿婶，你坚持住，我在给小祠打电话。"王城的泪水模糊了双眼，将手机屏幕都打湿了。

　　这次江祠终于接了，王城没忍住号出来："你快来水库的山脚这边，你奶奶从山上摔下来，快不行了！你快来！"

　　说完，王城便挂了电话，看向何莲念："阿婶，小祠马上就来了，你一定要坚持住。"

　　天空飘起了毛毛细雨，云层越积越厚，江祠距离水库有很长一段距离，怎么跑都跑不到尽头，他的脑子一片空白，不停回荡着王城的话。

　　江祠不肯相信，这肯定是王城和别人的恶作剧，可他又比谁都清楚，王城是小镇上出了名的老实人。

　　风混着雨拍在脸上，像刀割一样冷、一样疼。可江祠全然没有知觉，只是竭尽全力地往前跑去，像在和生命赛跑。

　　何莲念刚闭上眼睛就被王城叫醒，她听到王城在她身旁一遍遍地喊着，让她别睡，让她再坚持坚持，说小祠一会儿就来了。

　　可是，小祠，你来的那条路是不是很长？奶奶有些撑不住了。

　　何莲念感觉头越来越晕，耳边的声音也开始变得模糊，身体也开始慢慢变冷，她知道，自己撑不了多久了。可她还有一些话没和小祠说，她还没再看小祠一眼呢。

　　何莲念挣扎着睁开眼，问："王城，你们……手机，能不能……能不能把我的话录……录下来。"

　　王城忙打开手机录音功能："可以的，阿婶，你说，我录着呢，你说完再坚持坚持，小祠马上就到了，到时候你再亲口说。"

　　"我坚持不了了，还是对着你手机说吧。"何莲念说得很轻、很慢。

　　王城将手机递到何莲念嘴边："阿婶，你说。"

　　何莲念虚弱地开口："小祠啊，是奶奶。奶奶没用，不能……不能陪你很久了。"

"答……答应奶奶，好好活下去，好好……好好学习，离开这里，做你想做的。

"不要……不要恨，不要怨，小祠，去做你自己。"

说完最后一句话，何莲念感觉自己浑身的力气都用完了，仿佛还隐约看到了自己的老伴和儿媳的身影。

王城看到何莲念的手直接垂落在一旁，眼睛慢慢闭上。眼前的画面就像慢速播放的电影，他知道，何莲念真的走了，再也醒不过来了。

王城哭了一嗓子，周围的人看到这样也都摇了摇头。

造化真真弄人，就在何莲念去世的下一秒，江祠的声音从人群后面响起，他推开旁边的人群跑进来，跪了下去。

江祠看到何莲念躺在地上，双膝用力地爬到何莲念身边，他用力握上何莲念的手，却发现是冰冷的。他瞬间不敢呼吸，颤抖着伸手试探她的呼吸，却探不到一丝温热的气息。

心里似乎有座塔正在崩塌，一向沉默的江祠用尽全力喊了声"奶奶"，他抱起何莲念一遍遍喊，却得不到任何回应。

这场赛跑，他还是输了。

不一会儿，警车和救护车的鸣笛声同时响起，和江祠的声音交织在一起，惊起了山间不少鸟，它们扑棱着翅膀往山外飞去。

它们不知道，这里上演了世间最痛苦的一场死别。

派出所派来的人里有余国平，他和医生一起往山上走。蒙蒙细雨变大，淅淅沥沥地落下，山路变得更不好走，一行人到的时候，还有不少人围在那里看着。

余国平将周围的人群疏散，又叫人拉起警戒线。医生走上前摸了下何莲念的脖子，又看了下眼睛，对余国平摇了摇头。

余国平看向江祠，少年将老人的身躯紧紧搂在怀里，用脸颊贴着她额头，他身上的黑色连帽卫衣被雨打湿，头发也湿漉漉地贴着额头。

余国平有些不忍："江祠，你奶奶已经去世了，带她回家吧，别在这儿淋雨了。"

听到声音，江祠朝余国平看过去，眼尾泛着深红色，一副绝望又倔强的模样。

江祠沉默着，没有开口。余国平带着人检查现场痕迹，王城失神地坐在一旁，手上尽是泥和血。

江祠转头看向墓碑，照片上的女人一如既往地用温柔似水的眼睛看着他，眼里还带着他熟悉的笑意。

妈妈……我没有家了。

余国平看了一下山坡上的痕迹，又看到插在泥土里断了半截的竹竿，心里大概有了判断："江祠，你奶奶应该是从那里摔下来撞到这块水泥砖才去世的。"

余国平看着江祠这副样子，心里也不是滋味。他知道江祠家里的情况，一个死一个坐牢，江祠这几年一直和奶奶相依为命，可现在……

"江祠，先回家吧。"

"是啊，小祠，咱们先回家。"王城用袖子擦了擦眼泪，"后面还有很多事要处理。"

王城想让江祠先放开何莲念，让警察带走她，可江祠抱得很紧，一声不吭，用行动表达他的抗议。

王城看着也非常难受，他换了个说法："小祠，再淋下去，阿婶要感冒了，我们带她回家，换身干净的衣服，好不好？"

江祠这才从嗓子里挤出很低的一声"好"。

说完，江祠将何莲念的头放到膝盖上，他将身上的卫衣脱下来，身上只剩下一件白色长袖。他动作轻柔地用卫衣裹住何莲念，随后才抱着奶奶起身，一步一步往山下走去。

余国平跟着江祠回到家，一路上江祠一句话都没说，他安静地将何莲念放在床上，又拿出被子给她盖上，接着他坐到地上，看着何莲念发呆。

"江祠，你一个男生也不方便，我让我妈来给你奶奶收拾一下。"余国平看了看江祠，"你淋了雨，记得吃点感冒药，身体不能垮掉，还得给你奶奶处理后事。"

"谢谢。"江祠看了余国平一眼。说完，他又看向何莲念，像是要把她的每条皱纹都刻进记忆里。

余国平见江祠这样心里也不好受，看了眼旁边的王城，说："那你俩先收拾收拾，我先回派出所，我刚刚和我妈说过了，她一会儿就来。"

木锦来的时候，江祠还保持原样一动不动，王城则先回自己家洗澡去了。

何莲念的屋子不难找，木锦走过去便看到了江祠的背影——仅仅一个背影，就让她忍不住落下泪来。

都是有儿孙的人，她也是实打实地心疼江祠。

当初江家的事情她知道，只是那件事苦于没有证据。江洲的媳妇她接触过，温婉大方有气质，谈吐也不俗，哪里会干出勾引人的事。后来她明里暗里帮着江祠他们一家，何莲念还发现了，送了新鲜的鸡蛋和馄饨过来，笑眯眯地说："老木，这些日子我家后门的鸡蛋都是你放的吧？"

木锦当场否认，但她实在不是撒谎的料，结结巴巴一句"不是"，直接被何莲念戳穿了。

"得了吧，我就知道是你。以前你也总给我儿媳妇送鸡蛋，说鸡蛋补身子，我还能不知道？"

"是是是，是我，送你鸡蛋你还不乐意。"

"乐意，如果你是想给我和我孙子补身子，我当然乐意；如果你是在可怜我，那我就不乐意。"

"老木，只要还有人相信我家熙雪是清白的，就够了。我江家，从来都不需要人怜悯。"

"以后别给我送鸡蛋了，我家的鸡比你的肥，不差这几个鸡蛋，不过心意我领了。"

何莲念老太太风风火火地来，又风风火火地走，同样只留下一个背影。

后来两家的来往渐渐少了，不过能帮的时候木锦还是会帮一下。

"江祠，我是余国平的妈妈，来给你奶奶收拾的。"木锦的声音有些哽咽，她很轻柔地哄道，"我给你奶奶用水擦一擦身子，给她换身干净的衣服，让她睡得舒服点，好不好？"

江祠红着一双眼看她，点了点头。他站起来，从身后的衣柜里拿出一件何莲念很喜欢又舍不得穿的衣服。

这件衣服何莲念穿着去卖过一回馄饨，当时来吃馄饨的人都夸她穿着新衣服显得年轻了好几岁。

深冬氤氲的馄饨热气里，何莲念穿着蓝色的羽绒服，笑得像个小孩。

不过煮馄饨的时候水溅到了衣服上，何莲念心疼了半天，第二天就把衣服收起来，没有再穿了，只是放在衣柜最显眼的地方，一眼就能看到。

此时江祠把这件衣服拿出来，用手摸了摸羽绒服，将它放到床上，出去之前他轻声说："我去烧水。"

天太冷，他们家里没有装热水器。江祠知道，虽然平常奶奶总是用冷水洗东西，但其实奶奶很怕冷。

江祠将水烧好放到盆里，又拿了块毛巾，把盆端进房间。

"好孩子，你也去洗个澡，别冻感冒了。"木锦心疼地看着江祠。

江祠没有说话，走出去关上门，随后笔直地跪在门口。

木锦将何莲念的身子擦干净，又换上她喜欢的衣服，便打开了门，就看到了跪在门口的江祠。

"江祠，你……"木锦看了看面前的少年，他穿着有些脏的白色长袖，头发也还是湿漉漉的，整个人潦草又狼狈，就知道他一直在这儿跪着。

"你快去洗澡呀，不然要感冒了。"木锦心疼地劝说。

江祠摇了摇头："我在这儿守着我奶奶。"

如果江祠继续这么下去，身体肯定会垮掉，木锦语气温柔地劝他："江祠，我看着你奶奶，你去洗个热水澡，你奶奶要是知道你没有好好照顾自己，她只会更担心。"

"我今晚陪着你和你奶奶，你去洗完澡再来陪你奶奶，穿得干净、暖和，你奶奶才会放心，对不对？"

江祠好像说不出别的话，他的喉结艰难地滚动，最后勉强挤出一声"好"。

木锦看着江祠拖着沉重的步子去洗漱，想到这个孩子大概还没吃东西，便进厨房看了看，厨房里馄饨和水饺最多，她就煮了碗馄饨给他垫垫肚子。

家里现在没有热水，江祠也不想去烧。他打开花洒，任由冷水冲到身上，但他没什么感觉，只是机械地进行着洗澡的步骤。

江祠目光呆滞，他洗完澡穿衣服的时候，看到了衣柜里何莲念在去年给他买的红色秋裤。何莲念说他冬天总是不穿秋裤，时间长了对身体不好，可他只是拿了丢在衣柜，一次都没穿过。

红色秋裤，他才不穿。

江祠现在脑子里一片空白，他匆匆地穿上衣服，有些狼狈地关上衣柜，想要逃离，就好像看到那条红色秋裤，他就能想到何莲念关心地看着他的眼睛。

江祠来到客厅，看到桌上有碗馄饨。王城和木锦一块儿坐在沙发上商量着葬礼的事宜，看到他出来了，木锦柔声对他说："江祠，快来先吃点东西。"

江祠坐到桌前，看着碗里的清汤馄饨。他吃得慢，想要从这碗馄饨里吃到何莲念煮的味道，但没有，一点都不像。汤里放了榨菜，撒了葱花，但何莲念会放紫菜。

木锦在早年她丈夫去世的时候操办过葬礼，由于江祠家里情况特殊，有些环节可以省去，剩下的流程她都熟悉。她和王城商量完后就和他准备去买东西。

江祠吃完，洗了碗，又跪到了奶奶床边，跪了一天。

王城和木锦忙起来后便顾不上江祠了，江祠跪在床边，也比跑去其他看不见的地方要好。

两人一直忙活到晚上。天黑沉沉地压下来，雨下得也更大，屋子里的凄冷更多了几分。

夜很深了，王城和木锦相继离开了这里。于是，这偌大的屋子里只剩下江祠和奶奶两个人。

江祠跪了一天，他恍惚觉得，今天发生的一切是一场梦。他来到何莲念床边，而她正在安然熟睡。

"奶奶。"江祠开口，声音很哑，他想，大概是因为睡久了没喝水。

或许何莲念今天太累了，才睡得熟了点，过会儿就会醒了，然后她会慈祥地拍拍他的头，问："小祠怎么了？做噩梦了是不是？"

"奶奶。"江祠又叫了一声。

"奶奶。"一片寂静中，江祠有些嘶哑的声音在夜里格外明显。

"奶奶。"

"奶奶。"

"奶奶。"江祠喊了一声又一声，却还是无人应答。他握住何莲念的手，她的手不再干燥而温暖，只剩下冰冷。

江祠将头贴在何莲念掌心，渴求对方再拍拍他的头，对他说："小祠，心里别闷着事，有事和奶奶说，说完就好了。"

可没有，什么都没有，只有冰冷的温度和空气。

就这样依偎了何莲念很久，江祠才站起身，因为跪了很久，他起来的时候还跟跄了一下。他扶了下床头柜，待站稳后，给奶奶盖上被子，安静地走出去，小心翼翼地关上了门。

江祠搬了个小板凳坐到院子的屋檐下，把今天发生的事都回顾了一遍，他才明白一个事实：何莲念真的去世了，去世时间在今天早上十点左右，在他妈妈的坟前，是从山上摔下来的。

啪——

一个清脆的巴掌声在安静的夜里响起，江祠给了自己一巴掌，扇在脸上是疼的。

他不敢去想以后，母亲去世，父亲在监狱中去世，奶奶去世，他现在一无所有。

如果情绪有颜色，那江祠现在的心情一定是白色的，融合反射了千万种颜色，最后只剩下一片空白。

他的喉咙很疼，心脏像是被无数的刀片插进去，血液奔涌而出，疼痛到后面只剩下麻。

他想到当初，他和奶奶说要长命百岁。

他想到妈妈去世时浴缸里被染红的水，以及妈妈闭上的双眼。

他想到那个夜晚爸爸拎着酒瓶出门时眼里的绝望和恨意，和被人压着打时眼里的痛苦和不甘。

他开始怨，他们家缘何至此？

雨哗啦啦地越下越大，庭院里的花花草草没来得及收，风雨声遇上花草，就像是夜晚悲怆的哭号。

余顾今天在学校没看到江祠，隐隐约约有些担心。晚自习下课后回到家，余顾也没看到木锦的身影，妈妈给她煮了碗水饺后，在桌上批改作业。

"妈妈！"余顾放下书包，问，"奶奶呢？"

"奶奶这几天有事，所以回来得会有点晚。"顾雨不知道余顾的同桌是江祠，余国平只是简短地和她说了一下，让她晚上给余顾煮夜宵。

"阿顾，最近学习累不累？"顾雨平常忙着管学校里的学生，没有太多时间关心自己的女儿，她每次想到这里的时候就会不好受。

"不累！我的学习在进步，有进步就很开心。"余顾吃了一口饺子，乖巧地回答。

"高三压力还是很大的，如果有什么不开心的事情，一定不要憋在心里，说出来会好一点，和爸爸、妈妈或者奶奶说，都可以。"顾雨的声音就像淅沥的雨一样温柔。

"嗯嗯，我会的。"余顾用力地点点头，心里却情不自禁地想到了江祠。

她一直记得的，当初江祠说过，他们之间可以分享情绪。

余顾第二天去学校的时候，还是没有见到江祠，一直到周五他也没有来学校。

身旁的座位一直空着，原本整洁的书桌也被一张张试卷堆满。原本和老师约好的补课也只有余顾一个人去，可老师们好像没有半点疑惑，照常给她上课，甚至连徐牧都没有过来问江祠为什么不在。

"李御，你知道江祠去哪儿了吗？"余顾这几天都会在手机上给江祠发消息，但江祠没有回复。

"我也不知道。"李御摊了摊手，"我的手机上周被我妈没收了，所以没带来学校。"

余顾趴到桌上，看着江祠的位子出神。

江祠，你去哪儿了呢？

余顾看向外面多云的天，这几天明明已经不下雨了，可她总是胸闷。她想：可能是因为太阳还没出来吧？

周六考完试，余顾决定吃完饭去找江祠，她回到家，突然看到木锦又像往常一样坐在沙发上看着报纸等她回来，只是神色有些憔悴。

"奶奶！"余顾神色有些惊喜，"你这些天都去哪里了，怎么看着好累？"

"奶奶的一个好朋友去世了，她家只剩下她孙子一个人了，奶奶去帮忙处理了一下。"木锦的声音里带着疲倦和悲伤。

余顾上前抱住奶奶，想要给她一点安慰。

木锦拍了拍余顾的肩膀，轻声说："到了奶奶这个年纪，对生死看得已经没有那么重了，被遗忘才是真正的死去。倒是那个孩子，瞧着和你一般大，家里却只剩下他一个人了。"

余顾一听，不免想到江祠，他好像也是和奶奶相依为命，想到他一周没来上课了，她的情绪也不免低落："我同桌一周没去上课了，也不知道怎么了。"

余顾虽然和奶奶提过自己的同桌，但一直没说是谁，木锦并不知道余顾口中的同桌是江祠。

听到余顾这么说，木锦安慰道："可能只是突然有事，别太担心了。"

木锦想到江祠这一周也没去上课，每天待在屋子里，也不说话，默默给他们帮忙，便自言自语道："江祠好像也一周没去上课了，也不知道会不会影响他的学习。"

正在给奶奶捏肩的余顾动作却忽然停住了，她听见自己问："江祠？奶奶认识江祠？"

"是啊，我就是去帮江祠的奶奶处理后事了。囡囡也认识他吗？"木锦问。

余顾的声音带着她自己都没发现的颤抖："江祠就是我同桌。"

说完，余顾整个人像被抽干了力气般瘫坐在沙发上。

木锦心下一惊，看到余顾一瞬间低落下来的样子，没有多问，只是拍了拍她的背，叹了口气。

余顾站起来，说："奶奶，我去找一下江祠。"

"不吃饭了？"

"过会儿回来吃。"

余顾匆匆拿上手机就跑出去了。

余顾往江祠家里跑去，阴沉沉的天压得她胸闷，江祠一周没去学校，也就是说江奶奶去世一周了。

前几天江奶奶还给她做了一桌好吃的，慈祥地拉着她的手和她说笑，怎么会……怎么会这么突然？

连她都觉得难以接受，那江祠呢？他又该怎么办？

余顾鼻尖泛酸，她只想跑快点，再快点，跑到江祠家里，跑到他身边。

可当余顾赶到江祠家的时候，并没有看到江祠，屋子里还有办丧事的物件，却没有一个人影。

余顾四处找了找，看到了客厅墙壁上何莲念慈祥的面容——她变成了照片，还跟平常一样，笑盈盈的。

余顾的眼泪唰地一下流了出来，她对着墙上何莲念的照片深深鞠了一躬："奶奶，我先去找江祠。"

来到后院，余顾看到一些锄头、桌椅之类的物件横七竖八地放在地上，眉头蹙起，绕着院子转了一圈，却还是没有找到江祠。

余顾心里更着急了，她给江祠打电话，却没有人接。

余顾跑出江家，先去了平常何莲念摆摊的地方，那里几乎没有人，只有几辆车驶过。

江南镇仿佛变得非常大，余顾在弯弯绕绕的巷子里穿梭，时不时叫一两声江祠的名字，却始终没有得到回应。

余顾扶着墙大喘气，双腿已经跑得没有力气了，脸色因为跑得急而有些泛红，唇色却有些白，还有点发紫的趋势。

"哎，快去看，听说那个人要在大庭广众下道歉呢。"

"嚯，这可真难得呢。"

"快过去看，可热闹了，咱们去占个前排。"

余顾听到这些话，一种惴惴不安的感觉萦绕在她心里，她下意识地往声音传来的方向走去。

"江祠，你是不是有病？"梁雾气急败坏地骂，"说要道歉的是你，结果道歉没有，还掀了我们的桌子，把我们当猴耍是吧？"

随后，周围看热闹的人纷纷小声惊叹："打得真狠。"

余顾在听到江祠的名字的时候就满脸担忧，她听到那一声闷哼，更加着急——那是江祠的声音，她不会听错的。

"哟，还敢拿酒瓶？终于要还手了是吧？"严储坐在椅子上，梁雾踢了江祠一脚，道，"等你还手可真不容易啊，来来来，我们光明正大地打一场。"

余顾铆足了劲往里冲，周围的人被撞得猝不及防，往旁边闪躲，她就直直冲到了梁雾面前。

梁雾看到余顾，不耐烦地啐了一声："哪里来的小屁孩？滚远点，到时候伤到你，别赖在我们头上。"

"快点啊，磨叽什么？要打赶紧打。"梁雾的视线再次落到拿着酒瓶的江祠身上。

余顾终于见到了江祠，他的背脊比以前更瘦削，明明都是直的，可他现在的背脊更像是轻易就能摧折的枯草。

"不愧是江洲的儿子，连打架的花样都是一样的。"梁雾嘲讽道。

江祠握着酒瓶的手已经举起，梁雾完全不怕，对他来说，江祠要是也进去坐牢了，那就再好不过了。

余顾不想让江祠干傻事，忙叫住他："江祠！"

下一秒，江祠将酒瓶砸在了自己的脑袋上。

这下周围看热闹的人都震惊了，梁雾看着面前碎了一地的酒瓶碎片，半晌没回过神，连严储也蒙了。

余顾看见江祠转过身，他穿得很单薄，头发凌乱，脸色苍白如纸，额角的血流下来，滑过他的脸颊。

此刻见到余顾，江祠后退了一步。

何莲念去世的第二天，王城和木锦很早就来了江家，先将何莲念放进棺材里，又约了火葬场火化的时间。江祠跟着王城和木锦干活，亲手将何莲念送进火葬场，又亲手抱着她的骨灰盒上山。

他们给何莲念选的墓地在江爷爷旁边，原本古旧的墓碑旁边立了一块崭新的墓碑，江祠将墓碑旁边扫了扫，烧纸、烧香、跪下叩拜。

江祠跪了很久，磕的头又响又重，额前碎发遮住了额头中心的红肿。

回去的时候，江祠向王城和木锦道谢，表现得像个正常人，只是话少。不过在王城和木锦眼里，江祠原先也不怎么爱说话，他们只当是江祠太伤心。

大概只有后院的花草知道，江祠病了——他不想活了。

何莲念去世的第六天，江祠约了严储他们出来。他想砸了严储和梁雾两个人的脑袋，再砸自己的脑袋。

江祠听不见梁雾的骂骂咧咧，听不见周围人的窃窃私语，他们的嘴巴不停动着，但这些都与他无关。

很快，江祠的手已经举起，酒瓶即将落下——他马上就要解脱了。

可就在这时，江祠听到了一个声音叫他"江祠"。

一瞬间的错愕让江祠下手的角度偏了几分，力度也弱了几分，酒瓶砸到他的额角，他好像又有了感知，额角是疼痛的，脸上的液体是温热的，周围的人声是嘈杂的。

江祠慢慢地转过身，看向余顾时眼里带着惊讶，还有下意识的闪躲。他本能地不想让余顾看到他现在这副鬼样子。

虽然江祠并不知道自己现在是什么样子，但这些日子他浑浑噩噩，不知今夕何夕，和鬼又有什么分别。

太阳挣扎着在天上露出一角，光落在余顾身上，将她的发丝都映得金黄，她像个天使一样出现在这一片废墟里。

江祠从未如此清晰地发现他和余顾的距离，她永远站在阳光下，而他永远处在废墟里。

他们不在一个世界。

余顾没有注意到江祠的退避，她看到江祠满身狼藉的样子，没有在意其他人的目光，直接上前拉过江祠的手。

江祠的手很冰冷，像冰块一样。

"还能走吗？看得清吗？头晕不晕？"余顾急切地问道。

"能，不晕。"江祠想要收回手，却发现余顾抓得很紧，他努力地发出声音，却发现自己的声音格外喑哑。

"那我们去医院，再坚持一下。"

江祠看余顾拿出手机要拨打 120，对她摇了摇头。

"好，那我们跑过去。"

余顾静静地看了江祠两秒，拉起江祠的手，冲出人群，朝医院跑去。不过她不敢跑得太快，她担心江祠额头的伤口，手机还是输入了120，以防江祠晕倒。

江祠感受到掌心传来的温热，周围的世界仿佛在飞速离他远去，少女带着光的发丝在他眼前飞舞着。

到医院后，医生说江祠额头的伤口得缝针，江祠面无表情地坐着，任由医生和护士为他处理伤口。

余顾看在眼里，压在心里的石头越来越重。她不敢想象，如果她晚来一步，江祠就真的……

等江祠包扎好，余顾拉住他的衣袖，拉着他往他家走。

回到江家，余顾开口："吃过东西了吗？"

江祠摇了摇头。

余顾卷起袖子，去厨房看了看，决定给江祠煮碗水饺。

江祠怕余顾看到后院的满地狼藉，便拿扫帚和畚箕去清理。他本能地不想让余顾看到他崩溃痛苦的一面。

等余顾煮完水饺出来，江祠已经清扫完后院，坐在桌前。他拿过碗和筷子，吃了一口水饺，问："你吃了吗？"

"没有，你先吃，吃完我们去趟小超市。"

江祠点了点头。

余顾出去给奶奶打了个电话，说她今晚想留在江祠这边，因为江祠状态不对。木锦虽然有点不放心，但想到江祠的遭遇，还是同意了。

"那等会儿奶奶给你把被子拿过去，别冻着了，有事给奶奶打电话。"

"好。"

江祠吃完后自觉地把碗洗了。他走到后院，发现余顾正在弄那几盆濒临死亡的花，见他站在那儿，便放下手里的东西朝他走去："走吧。"

两人一同去了小超市。余顾拿了个篮子，在里面放了好几罐饮料，货架上摆的饮料不少，余顾拿了好几种口味的，随后去结账。

江祠有时会帮小超市的老爷爷看店，他进去后靠着柜台，哑声喊了声爷爷，算是打了个招呼。

老爷爷本来就不喜欢多说话，此时看到是江祠来了，从旁边的棒棒糖盒里拿出一把棒棒糖，递给江祠。

"吃。"见江祠不拿，老爷爷便强势地把棒棒糖放进他手里。

老爷爷平常特别抠门，连他自己用店里的东西都付钱，更别提主动给别人了。可他今天主动给了江祠这么多棒棒糖，江祠怎么会不知道他的意思？

老爷爷在安慰江祠呢。

回到江家，余顾看到沙发上放着暖和的毛毯和被褥，还有一个枕头。显然木锦已经来过。

余顾跑出去将前后院门关上，又将客厅里的灯都打开。屋子里很冷，余顾呼出一口气，都是白白的雾气。

"江祠，家里有火盆吗？还有热水袋就更好了。"余顾问。

"家"这个字眼让江祠愣了下，自从何莲念去世后，他好像下意识地就将这个概念从他的生活里除去了。

"嗯。"

江祠先去烧水，又到厨房将火盆取出来，铺上炭，将这些炭烧红。接着他将火盆和热水袋都放到客厅，就看到余顾将茶几挪到一边，将沙发的垫子铺到地上。

沙发垫子足够大，余顾铺完，竟有点像一张小床。

余顾看着自己的成果，又觉得垫子有点薄，看向江祠："那种垫在床上的棉花垫有吗？"

"我家有间空房，你别睡这儿，会感冒。"江祠皱了皱眉。

"不是，我不睡在这儿。"余顾摇了摇头，"而是我们晚上坐在这里会冷，得再铺厚实一点。"

江祠不知道余顾的意图，但还是照做了。

余顾收拾客厅的时候，江祠抽空回房间冲了个澡。等全都收拾好，江祠来到客厅，余顾在沙发垫子上坐下，将被子分给江祠一半，然后关上了灯。

两人披着厚厚的被子，身后垫着枕头，中间放着一个热水袋，腿上盖着毛毯，前面放着炭火盆，身侧则是一大袋饮料。

瞬间客厅就没那么冷了。

"要干什么？"江祠喉结轻滚，声音有些干涩。

"当然是深夜谈心。"

"谈心？"

"是啊。"余顾从茶几上拿了几个橘子放到烧红的炭上，又拿出一罐饮料，手指从环扣间穿过，用力一拉，发出咔的一声。

余顾两只手捧着冰冷的易拉罐猛喝了一口，又忙不迭地将手放在火盆上烘着，嘴里念叨了几声"好凉"。

江祠问："为什么？"

"没有为什么，就是想和你说说话。"

江祠忽然讲不出话来。他看着炭火盆里的点点火星，拿起一罐饮料，一口接一口闷声喝着。

"江祠，我想要你和我分享情绪。你不用怕，我记性不好。"余顾晃了晃手里的易拉罐，"睡一觉我就什么都忘了。我只是不想让你把情绪一直憋在心里。"

"余顾，"江祠终于开口，"你确定吗？"

"嗯。"余顾轻轻回应，声音好像还带着酒味，"在医院碰到你那天就确定了。"

"江祠，我相信你，无条件相信。"余顾对上江祠犹豫的神情，坚定地道。

盆里的火星噼里啪啦地发出声音，像易拉罐里的汽水泡沫，咕嘟咕嘟的，聚拢又消散。

"我的故事版本，和外面传的不一样。"江祠淡淡道。

"我只听你说的。"

"你觉得这里有没有空荡的感觉？"江祠看着屋内，问余顾。

"有点。"余顾老实地点了点头。

"这里以前不这样。我初三以前，家里很热闹。"江祠顿了顿，又补上一个词，"美满。"

"我妈妈是一位刺绣大师的传人，她平常就在家做刺绣，我爸爸是厂里的员工，负责财务，他们的感情很好，两人的工资加在一起，足够在这边过上还不错的生活。

"严储的爸爸是工厂的经理，我爸爸在他手下干活。

"他就是个禽兽。"江祠说到这儿的时候，声音明显颤抖起来，"我在我妈妈自杀后才知道，他骚扰我妈妈，却被别人说成是我妈妈主动和他牵扯不清。"

余顾下意识地攥紧了被子，火盆里的橘子烤得有点焦，香气飘出来，橘子的汁水落到炭上，发出滋滋声。

江祠拿起钳子拨了拨，将橘子拨到一旁，继续说："初三暑假，那天我回到家……"

江南镇的夏天很热，江祠和朋友从游戏厅出来后，就跑回了家。

太阳很烈，少年的身影如风，纯白的 T 恤衣角在风里飘荡，带着干净清爽的香味。

回到家后，江祠直冲厨房，从冰箱里拿出一根棒棒冰叼着，打算回房间睡个午觉，上楼时突然听到楼上传来奇怪的声音，有挣扎声、抽泣声，还有闷哼声。

江祠下意识地皱紧眉头。他放轻动作上了楼，看到爸妈房间的门正开着。再往前走，他看到了此生都难忘的一幕。

冯熙雪头发凌乱，手腕被一根粗绳绑着，嘴里塞着一团她平常绣的丝织品，雪白的肌肤上布满红痕，身上的衣服被撕成几块破布，凌乱地盖在身上。

一个肥头大耳的男人衣衫不整地站在旁边，给了冯熙雪一巴掌，声音猥琐又油腻："你说你挣扎什么呢？整天穿着旗袍勾引谁呢？"

男人的一巴掌将冯熙雪打得偏过头，正好对上门外江祠的目光。

冯熙雪那双漂亮、清秀的眼里含着太多的话语，江祠没法一一读懂，但他知道，一定有一个词是绝望。

冯熙雪看到江祠的时候，原本已经绝望麻木的她，眼泪瞬间溃不成军。她不想让她的儿子看到自己这般不堪的样子，可又不得不让儿子来解救。

江祠浑身的血液都在这一瞬间凝固，寒意从脚底升起，手里的棒棒冰掉在了地上。

严致正在兴头上，江祠一脚踹到房门上的时候他吓了一跳。他怒气冲冲地看向江祠，又笑出声道："哟，你儿子回来了？"

江祠手上的青筋凸起，拿起身旁的椅子就朝男人砸去。

不料严致反应很快，直接拉起冯熙雪挡在他面前，见江祠停手，就把她往旁边一推，让她撞在了床头柜上。

"敢打我？也不看看你算什么东西！"男人狠狠踹了江祠一脚，将他踹倒在地上。

江祠闷哼一声，看到旁边茶几上的水果刀，他将刀鞘取下就想朝严致刺去，还没出手，就听到一个微弱的声音对他说："小祠，停下。"

"去……去给我拿件衣服。"冯熙雪看着江祠，声音哽咽，"听话，去给妈妈拿件衣服，长袖的。"

听到冯熙雪哽咽的声音，江祠手里的刀颤抖着掉落，他起身走到衣柜前给冯熙雪找衣服。

严致看到这母子俩的样子，仗着他们不能把他怎么样，笑了一声，大摇大摆地走了出去。

房间里很亮，没拉窗帘，每一束光仿佛都在记录着罪行，每一束光都充满恶念。

江祠拿了衣服，闭上眼将衣服递给冯熙雪。

"你先出去吧，妈妈洗个澡。"

江祠点了点头，出去时关上了门。

冯熙雪穿上衣服，忍着疼痛将床上的床单、被子都扯下来丢在一旁，又拉上了窗帘。

拉完窗帘，冯熙雪就体力不支崩溃地坐到地上，抱着膝盖保持一种自我保护的蜷缩姿势，一只手还放在小腹上轻轻揉着。

冯熙雪强撑着站起来走进浴室，将花洒的水流开到最大，拿过沐浴球，挤上沐浴露，开始用力地搓，白嫩的肌肤被搓得红红的，可那些痕迹怎么都洗不干净。于是她换成用手挠，将身上抓出一道道红痕，和那些痕迹混在一起才能不被察觉。

冯熙雪浑浑噩噩地洗了一遍又一遍，手指因为泡在水里太久已经发白、发皱，但她还是没有停下，直到江洲回来了才停下。

江洲回家时照例在路上买了束花，他还记得上午妻子给他打电话，语气很欢快，说让他早点回家，有个好消息要告诉他。

江洲笑着应下，本来中午就应该结束的工作硬生生被拖到下午，他是有些不耐烦的，但想到那个好消息，就开心起来。

除了买花，江洲还买了一些甜甜的糕点，冯熙雪平常很爱吃。

"小祠。"江洲回到家就看到在院子里对着树拳打脚踢的江祠，江祠的手已经破了，带着血痕，可他好像不知道疼似的，一直不停地打着。

"小祠，怎么了？发生什么事了？"

江洲将手里的花放下，拦住江祠不停打树的动作。他看了一圈没看到妻子冯熙雪的身影，以往他回来的时候，冯熙雪都会在后院给花浇浇水，或者做手工。

"妈妈呢？你是不是惹妈妈生气了？"

"妈妈，妈妈被……被……"江祠还是无法说出那个词，指了指房子，"妈妈在房间。"

江洲连忙往楼上跑去。他打开房门，虽然床单、被套已经被换下，可还是不难看出凌乱的痕迹。浴室的水声哗哗，江洲打开浴室的门，看到冯熙雪蹲在墙角，身上的痕迹不用问都知道发生了什么，他瞬间就被刺红了眼。

冯熙雪听到声音抬头："江洲……"

江洲上前抱住花洒下的妻子，轻轻地拍着她的背，轻声说："我来了。"

冯熙雪像是终于找到了依靠，拉着江洲的衣服开始哭起来，哭声像刀子戳在江洲的心上。

"是谁干的？"江洲感受到自己的声音在颤抖，光天化日的谁敢做这种事！

"是严致，他今天直接闯了进来。"冯熙雪边抽泣边说，"阿洲，我恨他。"

江洲将冯熙雪抱得更紧，胸腔里的怒火不停地升腾。

其实最初严致骚扰冯熙雪的时候，江洲就和冯熙雪商量过，等他做完手上这个项目就辞职，今天正是他提出辞职的第二天。

本以为严致肯定会对江洲百般为难，没想到他却答应得很爽快，但他让江洲今天就去对接工作。因为江洲的职务是财务，要交接的事务很多，下班回来得也比以前晚了点。

直到此时此刻，江洲才明白严致的目的。

"小雪，水都冷了，我们先出去，好不好？"江洲感受到冯熙雪在怀里颤抖，声音温柔得像在哄小孩子，"别感冒了。"

冯熙雪点了点头，眼泪却没停过。

"小雪，我们去吃点东西，是不是一天没吃东西了？"江洲将冯熙雪身上的水擦干，又转身出去拿衣服回来给她穿上。

"好。"

江洲将冯熙雪抱出浴室，本想将她放到床上，可看到凌乱的床，脚步就顿住了。

"我不要去床上，沙发也不要。"冯熙雪捂着脸，白天噩梦般的遭遇又将她包围，她卑微地祈求江洲，"我们出去，好不好？"

"好。"江洲点了点头，抱着冯熙雪去了客房。

"你晚上想吃什么？"江洲努力想让氛围轻松点，"江大厨给你做大餐。"

冯熙雪看着一边铺床一边努力让她开心的江洲，不想让他太担心，便用力挤出一个笑："那我要吃满汉全席。"

"好，满足你。"把床铺完，江洲将冯熙雪抱到床上去，柔声问，"要不要睡会儿？"

冯熙雪点了点头。

江洲给她盖上被子，想在她额头上落下一吻，却被冯熙雪躲了过去。

江洲看到冯熙雪眼中的抵触，压下心中的酸涩："那你好好休息，吃饭了我叫你。"

江洲走出来后，和江祠一样奋力在树上砸了好几拳，放任自己哭了五分钟，摘下眼镜用衣服擦了擦，看向江祠："小祠，你去买些菜，把你妈妈平常爱吃的菜都买回来，我今晚下厨。"

江祠点了点头，推出自行车骑去菜场，脚蹬子蹬得飞快，骑在路上像是蹿过了一阵风。江祠不管不顾地踩着脚蹬，他想，早一点买到菜，菜就会新鲜点，妈妈吃了或许就会开心点。

何莲念比江祠先回来，看到院子里的一片狼藉，嘟囔道："这是怎么了？难不成打架了？"

何莲念一边念叨一边进了屋，看到江洲系着围裙在厨房切菜，便说："哟，今天怎么想着下厨了？"

何莲念没听到儿子的回答，倒是先看到了他那双通红的眼。

"妈，"江洲喊了一声后，便不知道该怎么开口了，喉咙里像放了一把刀片，出声就疼得厉害。

可事情总归还是要说的，何莲念听完，气得拿起菜刀用力地剁了一下砧板，咬牙切齿道："这个禽兽！我跟他拼命！"

何莲念气红了眼睛，她一直都把冯熙雪当女儿看，现在冯熙雪遭了这档子罪，她难受得不得了。

何莲念放下刀，深吸一口气："我去楼上看看小雪。"

江洲出去后，冯熙雪将被子里的手慢慢移到了小腹上，感受着手掌下面跳动的频率。她想起刚刚洗澡的时候没什么血，应该没事。

冯熙雪闭上眼，眼泪不停滑落，连带着放在小腹上的手都微微颤抖，整个人脆弱得像是一张纸。

听到楼梯上渐近的脚步声，冯熙雪用手背擦了擦眼泪，又深呼吸了一下，调整自己的情绪。

吱呀一声，门打开了。

"小雪，不睡会儿吗？"何莲念看冯熙雪醒着，问道。

"妈，"冯熙雪轻轻地喊了一声，"我睡不着。"

何莲念坐到冯熙雪的床边，温柔地摸了摸她的头发："妈在这儿呢，妈陪着你。妈知道这件事了，严致就是个禽兽！"何莲念气得大骂，又安慰冯熙雪，"不是你的错，知道吗？"

江南镇虽然城镇建设还算先进，但这里的居民大多是老人和小孩，所以大部分人的文化程度都不高，思想有些落后和闭塞。

以前江南镇也发生过冯熙雪这样的事，虽然犯罪者最后被抓了，可那女孩最后还是没了，只因当时周围的人都指着那个女孩说她不检点，她实在受不了这样的流言蜚语，选择了自杀。

今天这件事迟早会传开，何莲念不想让冯熙雪最后也走上这条路。

"小雪，无论别人说什么，你都不要听。"

可同样身为女人，又在一起生活了那么久，何莲念怎么会猜不到冯熙雪心中所想。冯熙雪看着温柔、婉顺，其实性子刚烈，所以何莲念很怕，生怕冯熙雪干出傻事。

冯熙雪闭上眼，没有说话。恶心一阵一阵涌上来，她努力压下去，说："妈，我知道的，别人的话从来都伤不了我。"

"好好好。"何莲念给冯熙雪盖上被子，温柔地说，"好好活下去最重要，你永远是我们江家的人。"

何莲念关上门后，冯熙雪再次泪如雨下。

从小到大，冯熙雪就是一个极致的完美主义者，她出门的形象要完美，学业要完美，刺绣作品要完美，婚姻自然也要完美，对待爱情，她不能接受任何一丝不忠、不洁。

她和江洲两人的婚后生活一直都很甜蜜，处处都很和谐，后来他们有了江祠，儿子从小也没让她多操心，再后来，她又怀孕了。

这是她和江洲商量了很久的决定，他们都是喜欢小孩的人，想要个女孩一直是他们的愿望，这件事决定后他们又做了许多准备，她才终于怀上。

今天，她的医生朋友在电话里很开心地对她说："恭喜你，你拥有了第二个小生命。"

于是她忙不迭地打电话给江洲，但她卖了个关子，说要等他回来再说。

结果没多久严致就来了，拿账本的事威胁她，她的力气根本不敌严致，更何况在得知自己怀孕后，冯熙雪更是小心翼翼。

这场意外来得太突然，所有人都猝不及防。

冯熙雪根本无法接受这个事实，这件事就像是玉盘上的裂缝、纯白画卷上的墨点，在她眼里都是肮脏的。

哪怕没有任何一方的背叛，对冯熙雪来说这段婚姻也有了杂质，她更不知道该怎么面对这个家庭。

冯熙雪就这样在床上躺了很久，卧室的门忽然被人打开了。

冯熙雪转头，看到江洲系着围裙站在门口，看到她没睡，他温柔地对她说："小雪，你的满汉全席做好了。"

江洲走上前："你想让我端上来给你吃，还是下去我们一起吃？"

冯熙雪看着温柔的江洲，心中酸涩，她轻声说："去楼下吃吧。"

闻言，江洲想抱冯熙雪下楼，但被她躲开了。

"我自己走就好了。"冯熙雪轻轻拂开江洲伸过来的手，"妈在下面，你抱我下去不太好。"

江洲放下手，目光沉沉地看着冯熙雪微红的眼角，点了点头，"那我扶着你下去。"

餐厅里摆了满满一桌子的菜，每一道菜都是冯熙雪爱吃的。江洲将冯熙雪带到餐桌前坐下："老婆，你喜欢的菜我可是做了大半，还有些没做，只能怪你儿子没买到食材了。"

"看着好香。"冯熙雪努力挤出一个笑。

"快尝尝，以后让小洲天天做给你吃。"何莲念温柔地说。

冯熙雪吃了后，剩下的三个人才陆陆续续动筷。

这时，冯熙雪拉了拉江洲的衣袖："我想说件事。"她轻轻扯了扯嘴角，手轻轻地抚上小腹，"我怀孕了。"

"什么？！"江洲惊讶得立马站了起来，何莲念和江祠也很惊讶。

"小雪，我们现在去医院，我得确保你的身体一切都好。"江洲神色严肃。

"是啊，小雪，"何莲念听到后十分担忧，"前三个月是很不稳的，如果不去医院看看，我们不放心。"

冯熙雪唇瓣微动，双手捂住了脸颊："可我该怎么说呢？"

"妈妈，我难道要说，我被……"冯熙雪的声音像江南镇冬天的雪，戚戚然落满整座山。

何莲念心疼地揽住冯熙雪的肩，老人家眼泪来得也快："心疼我的小雪啊。"

"就说我不知道你怀孕了，不知轻重。"江洲沉默了很久，最后在一旁出声。

冯熙雪直起身，眼里的泪像溪水一般哗啦啦往下落："阿洲，这对你不公平，是我对不起你。都怪我，如果我关好门，如果我和妈一起去庙里，是不是就不会发生这些？"冯熙雪捂着脸抽噎。

江洲摇摇头："小雪，我们之间，从来没有对不起。"

于是，一行人大晚上去了医院。

去医院的路上，冯熙雪隐隐约约觉得肚子有些疼，她轻轻地揉了揉肚子。

到了医院，冯熙雪挂了号坐在外面，觉得小腹越来越疼，像刀绞一般，疼得她直冒冷汗。

江洲注意到了，忙蹲下来看向冯熙雪："小雪，怎么了？"

"疼，阿洲，宝宝，宝宝……"冯熙雪好像感受到裙下有温热的液体在流动，好似肚子里的生命在流逝。她将江洲的手拉到小腹上，想让他感受一下这个生命。

"血……"站在一旁的江祠指着凳子，愣了下说道。

冯熙雪的脸色也越来越苍白，唯有被她咬着的唇瓣鲜红惹眼。

"医生！"一向温和的江洲此时都顾不得什么礼仪了，他的声音在夜晚的急诊室显得格外清晰，也格外悲伤。

一时，医生和护士都来了，他们看到冯熙雪的情况，立刻将她抬到病床上，此时凳子上已经积了一小摊血。

白色的床单上血迹十分明显，冯熙雪含着泪，不断地重复着"孩子"两个字。

医生有条不紊地给冯熙雪做检查，不一会儿，穿着白大褂的医生站在冯熙雪床边，面对着她的家人，像是神明在宣判。

"先兆流产发展成难免流产，需要手术，孩子已经没了。"医生看了眼冯熙雪的家属，"家属过会儿来签个字。"

何莲念身为女人，自然知道流产对一个女人身体和心灵的损伤。她后退半步，有些站不稳，还是站在身边的江祠手疾眼快地扶了她一把。

没人说话，空气里只剩寂静，冯熙雪看着白色的墙壁，无声地流泪。

江洲心里也很不是滋味，他俯下身给冯熙雪擦了下眼泪，柔声道："宝宝可能还没准备好，我们下次再迎接他，好不好？

"我在手术室外等你。"

"嗯。"冯熙雪带着浓浓的鼻音回应。

但她知道，不会有下次了，再也不会了。

不一会儿，冯熙雪被推进了手术室。

手术室的灯亮起，这夜注定难眠。江洲看向靠在墙上的何莲念，轻声说："妈，你和小祠先回去吧，这里我来守着。"

"不用，小雪还没出来，我就在这儿守着。"何莲念摆了摆手，直直地看着手术室的灯，悬着心挂念着。

冯熙雪从手术室里被推出来，她拉住江洲的手，只说了一句话："江洲，我想回家。"

江洲看到妻子这副破碎的样子，早就顾不得其他了。他摸摸她鬓角的碎发，用力握住她的手："好，回家，我们回家。"

一路上，江洲对冯熙雪说了许多话。

"小雪，宝宝他可能落下什么回去拿了，下次就来了。

"小雪，我有你就是最大的幸运了，别的什么都不奢求，只想你好好的。

"你在我心里，比雪还要干净。

"你没有任何错，如果以后有谁说你，你就和我说，我帮你打他。

"小雪，正好我也辞职了，我们去旅游好不好？去游遍世界，好不好？"

可不论江洲说什么，冯熙雪都是一言不发的状态。

一行人回到家的时候已经很晚了，江洲将冯熙雪抱到床上，又用热水给她擦了脸，并让江祠和何莲念赶紧去休息。

江洲自己也洗漱收拾了一下上床了，他本能地想要抱住冯熙雪，她却后退了，开口说了从手术室出来后的第二句话："江洲，我好恨啊。"

冯熙雪此时双眼通红，指甲戳到掌心，唇瓣被咬得通红，甚至还有血珠冒出来。她咬着牙："我究竟做错了什么，要经历这些……"

江洲浑身也冒着怒火，他捶了一下床，说："小雪，我们起诉吧，我们告严致。"

"算了，江洲，没有意义了。"

证据都被她洗掉了。

安静的空气里只剩下这一句充满绝望的话。

江洲的胸口像被棉花堵住一样难受，黑暗中他手背上青筋尽显，胸口急促地起伏着——恨意在此刻达到了顶峰。

第二天，天刚微微亮，江洲便起来了。他一夜没睡，早早起床，换好了衣服。

江洲看了眼躺在床上呼吸平稳的冯熙雪，给她掖了掖被子，轻声说："小雪，早安，我去给你买早饭。我爱你。"说完，江洲又小心翼翼地在冯熙雪额头上落下一个吻，轻柔如羽毛。

江洲出门后找到了严致常去的那家酒吧，他打听到严致经常会在那里过夜，有时候酒一喝就是一个晚上，常常喝得烂醉如泥。

江洲走进去的时候，酒吧里面很热闹。严致正坐在大厅中间最热闹的地方，身边有几个穿着暴露的女人。

江洲走进，正好对上严致看过来的视线。

"哟，这不是江洲吗？"严致摇摇晃晃地站起来，他一只手想搂住江洲，却不想被江洲躲开了。

"怎么？家里那位满足不了你？"严致得寸进尺。

然而，温和、斯文的江洲早已不复存在，他此时只是一个"亡命囚徒"。

严致的瞳孔骤然缩小，映着江洲拿起酒瓶的样子。

嘭——

江洲拿起酒瓶狠狠地砸向严致的脑袋，把酒吧里的其他人都看蒙了。酒吧里安静了一瞬后，尖叫声四起，江洲又狠狠地砸了严致好几下，一个酒瓶碎了就换一个酒瓶砸。

　　严致头上有血流下来，整个人已经失去意识，瘫倒在地。

　　江洲被随后赶来的保安和周围的人制伏，他看到严致已经奄奄一息，知道自己的目的达成了，用尽全力吐了他一口口水："严致，从你骚扰我妻子时，你就该知道现在这个下场！"

　　不一会儿，警察和救护车来了，分别带走了江洲和严致。

　　江洲感受到冰凉的手铐，闭上眼，热泪滚落在地。

　　小雪，别怕，等我回家。

　　冯熙雪一夜没睡，但她不想让江洲担心，只好装睡。

　　江洲出门后，冯熙雪也起床了。她洗完脸坐在梳妆台前，镜子里的人和昨天简直判若两人。

　　冯熙雪开始化妆，不一会儿，镜子里的人就像平常一样美，妆容精致、美丽。

　　冯熙雪换了身华贵、精美的旗袍，是曾经江洲找大师定制的，他在求婚那天当作礼物送给她，她只穿过一次。

　　冯熙雪穿上旗袍后，走进了浴室，浴缸已经放满了水。她在浴缸中坐下，拿起洗手台上的刀片。

　　很快，浴缸的水被染红，冯熙雪慢慢地闭上眼，任由温热的水抚过身体。

　　倘若真的有来生，换她先找到江洲。

　　小祠，你要好好的。

　　妈，儿媳来世再尽孝了。

　　冯熙雪彻底闭上眼睛，陷入了一场永远不会醒来的沉睡。

客厅里很安静，安静到余顾吸鼻子的声音清晰可闻。

后来的结局很简单，江祠早上打开冯熙雪的房门，发现冯熙雪躺在浴缸中，没有了呼吸。何莲念听到江祠叫喊忙赶过来，接着两人又接到了电话，说江洲打人被抓。

那天下了场暴雨，是那几年中江南镇下过的最大的一场雨。

江祠没有再说下去，而是拿了张纸巾递给余顾。

"怎么这么能哭？"明明是一句调侃的话，听起来却是温柔的。

"江祠……"余顾想说安慰的话，话到了嘴边，却一句也说不出来了。

因为那是谁都抚不去的伤痕，是一个家的伤痕。

余顾接过江祠的纸巾，擦了一下眼泪，接着，她用力地抱住了江祠。

突然的拥抱让江祠有些猝不及防，他大脑当机了两秒才回过神，两只手根本不知道往哪儿放，不知所措地停在空中，看起来有些滑稽。

余顾哭得一抽一抽的，她抱着江祠，轻声说："江祠，以后你可以来我们家，把我们当作你的亲人，以后你就不会孤单了。"

和爸妈有关的事情已经在江祠心里回想过很多很多遍，每回想一次，他就会疼痛到麻木。可此时看到余顾泪如雨下地哭着告诉他以后不会孤单了，她的家人也可以是他的家人，江祠的内心微微塌陷，周身仿佛被太阳的暖意包围着。

"说话算话吗？"江祠的声音微哑，像是夏天的风吹过树叶时的沙沙声。

"算话，只要你来，我们家一定会有一双你的筷子。"余顾松开江祠，对他承诺。

"好。"

余顾伸出一只手，将炭火旁的烤橘子拿起来，用纸巾包着想要剥。

橘子虽然是放在一旁凉过的，但还是滚烫，余顾被烫了一下，差点将它丢出去。

江祠手疾眼快地接过，好像不烫一样拿在手里，开始给余顾剥烤橘子。

他剥橘子的动作很漂亮，慢条斯理地从中间往下剥，三两下就将一个橘子剥好了。

橘子烤得很熟，有个地方因为烤得太久有点黑，橙色的橘瓣上还带着烤熟的白点。

江祠将橘子放到余顾的掌心，轻笑着说："喏，你的烤橘子。"

余顾将橘子分成两半，给了江祠一半，说："本来就是给你吃的。我奶奶说了，烤橘子有很多功效，但因人而异，比如对你来说，可以驱寒。"

"为什么我要驱寒？"

"因为这几天很冷，你就穿这么点，家里也这么冷，当然要驱驱寒。"余顾分析得头头是道。

不过功效因人而异是余顾胡说的，但她想让江祠吃个橘子暖一暖倒是真的。

对江祠来说，这一路实在太冷了。

两人一边吃着烤橘子，一边说着话，开心的和不开心的，说了很多。但江祠觉得，他当年那段意气风发的日子并没有多值得拿出来说，因为早就是过去式了，他也不能回到从前了。

可余顾摇了摇头，颇为不认同："大家总说要记住苦难，可为什么辉煌不能被记住呢？"

"同样都是过去式，同样都是你所经历的，那些是你身上的万丈光芒，也是你身上的累累伤痕，那些都是你，所以都值得被记住。"

余顾的话就像一簇火，把这黑夜照亮了一些。

"江祠，我们都往前走吧，一起看看未来的无限可能。"余顾笑起来，像个太阳一样，"你明明就很好。"

"嗯。"江祠点了点头，鼻尖有些泛酸，"好。"

他不是一个爱哭的人，哪怕日子再苦，也没有掉过一滴眼泪，只在妈妈和奶奶去世时流过泪，可此时他眼睛红了一圈，但好在屋子昏暗，让人很难注意到。

也不知道聊了多久，在余顾接连打了三个哈欠后，江祠将余顾手里的饮料拿走，语气温柔地说："很晚了，你该睡觉了。"

余顾缩在被子里，脸红扑扑的，她问："那你不睡吗？"

"我也睡。"江祠怕她不信，打了个哈欠，对她说，"我也很困了。"

"那好吧，那我去刷个牙。"

江祠看到余顾的刘海翘起，大大的眼睛眯成一条缝，整个人都透着困意，还是不忘刷牙洗脸，他摇头失笑，让她先坐着，他去给她烧水。

等江祠烧完水回来，余顾正抱着被子做小鸡啄米状。

江祠蹲下身，戳了戳余顾的脸，说："余顾，先去刷牙洗脸，然后就可以睡觉了。"

余顾被叫醒后，晕乎乎地爬起来去洗手间，江祠就在一边护着，生怕她摔着了。

洗漱完毕，余顾回到客厅的被窝里准备睡觉，临睡前还拍了拍一旁的江祠："好了，你也快睡觉。"

"嗯，晚安。"

余顾闭上眼，没一会儿就睡过去了。

炭火烘得屋子很温暖，江祠洗漱完索性也抱了一床被子下来铺在余顾旁边睡，又帮她把被子的边角掖好，塞了个热水袋进去。

一阵窸窸窣窣后，屋子里再次安静下来。

"余顾，今天谢谢你。"江祠的声音比窗外的月色还温柔，"我们一起往前走。"

扑腾，扑腾。

安静的黑夜中，心跳声最为清晰。

Chapter 04

成为高飞的鹰

第二天早上，木锦来的时候，看到江祠和余顾还睡得很香，便没有叫醒他们。她去厨房给两人做早饭，离开前又给两人向学校请了个假。

因为熬夜，余顾和江祠两人都睡到了快中午。江祠醒得比余顾要早，阳光透过窗帘在地板上照亮一角，甚至能看到空气中飘浮的尘埃。

江祠轻手轻脚地起来，怕吵醒余顾，放轻步子去刷牙洗脸，他回到客厅时正好对上一双懵懂又水灵的眼睛。

"醒了？"江祠走过去问。

"嗯，几点了？"余顾刚睡醒，还有点蒙，边说边拿起手机一看，"都十一点了！"

旋即余顾又看到了奶奶发给她的消息。

奶奶：囡囡，早饭在厨房的锅里热着，我给你们请了假，你们明天再去上学吧，你们出去逛一逛，放松一下。

余顾放下心来，回了个"好"，准备起床，收拾床铺。

"你去洗漱吧，我来收就好，热水已经烧好了。"江祠将自己的被子叠好，放到沙发上。

170

"嗯。"余顾放下被子，往洗手间走，"奶奶说她做了早饭，放在厨房的锅里。"

"好。"

等余顾出来的时候，江祠已经将火盆端出去了，客厅的地面清扫后变得干净整洁。

"你下午想出去玩吗？"余顾一边吃早餐，一边问。

"你有想去的地方吗？"江祠不答反问。

"没有，不过说起特别喜欢的地方，也只有霞栖湖了。"余顾想到自己以前不能出去的时候，在家里的阳台上看到过霞栖湖。

"那就去霞栖湖。"

于是吃完早饭，两人便一同出发去霞栖湖。

两人到霞栖湖的时候，人也不多，大都是吃了饭出来溜达的。湖面映着蓝天，还有两岸树的倒影，风吹过时，树叶沙沙作响。

余顾找了一张长椅坐下，感叹道："每次看霞栖湖都会觉得好平静。"

"你以前经常来？"江祠没有坐下，而是站在一旁，看着湖面上移动的白云，和偶尔跳出湖面的鱼群。

余顾笑起来："你是不是忘了？我以前不能出去啊。"

"那你……"

还未等江祠说完，余顾就解答了疑惑："从我家阳台上看过去，正好可以看到霞栖湖。"余顾伸了个懒腰，"我不开心了，就会跑到阳台上看霞栖湖，有时候看日落，有时候看下雨。江祠，你以前来过这儿吗？"

"来过，小时候爸妈会带着我来这儿野餐，后来就没来过了。"

余顾没想到一句话又引出了江祠以前的记忆，忙说："以后我们可以一起来野餐呀。"

江祠听出了余顾话里的歉意和慌张，安慰她："没事，那些以前的记忆对我来说已经没那么痛苦了。"

"好。"余顾点了点头，"那你明天会回学校上课吗？"

"最近你没有去上课，补课的时候都没有人分担火力，我都快要承受不住了。"余顾想到之前自己把老师刚讲完的题做错后，本就空旷的教室变得更安静，吓得她大气都不敢出。

"会。"江祠点了点头，像是给了余顾一个承诺，"以后都会去。"

风吹起湖面泛起的波痕，就像是蓝天的皱纹，两人好半晌没有说话，倒也不显尴尬。

湖边有很多小石头，江祠蹲下去捡起一颗扔向湖心，扑通一声，水波一圈圈泛起，他转头问余顾："玩游戏吗？"

"什么游戏？"

"比谁扔得远。"

"好啊！"余顾从长椅上站起来，也捡起一颗石头用力丢出去，但跟江祠扔的石头落下的位置差了好长一段距离。

"肯定是我挑的这颗石头太重了。"余顾木着脸很认真地分析。

江祠没忍住笑了起来，他点了点头："我觉得你说得对，那接下来你仔细选石头。"

"我要好好挑。"余顾嘟囔着，"这次我肯定能超过你。"

"好。"

不过这些石头的大小和重量都差不多，余顾捧着挑好的石头放到两人身边，江祠勾起唇角，随手拿起一颗一丢，石头在水面轻盈地跳了三四下，最后才落入水中。

余顾轻轻吸了一口气，好半晌没再说话。

江祠没再听到余顾的声音，以为她不高兴了，毕竟这个距离比他刚刚丢的还要远很多。

"江祠，你是怎么做到的？！"余顾看向江祠，语气中尽是兴奋。

"想学？"

"嗯嗯。"

"不教。"江祠果断地拒绝。

"为什么？"余顾不解。

"这是我的独门绝技，不能外传的。"江祠一本正经地忽悠余顾。

"真的吗？"余顾将信将疑，"那你要怎样才能教我？难道要我拜你为师吗？"

江祠笑了一声，有些含混不清地说了一句话。不过一阵风吹过，树叶的沙沙声很大，余顾并没有听清："你说什么？刚刚我没听清。"

江祠拍了拍手站起来："没什么，下次再教你。"

"好吧。"余顾看江祠站了起来，以为他要走，便问，"你还有别的想去的地方吗？"

"有没有去过游戏厅？"

两人同时开口，不禁相视一笑。

"去过吗？"江祠有些懒散地问。

"没有。"余顾老实地摇摇头。

从小到大，余顾都没有去过游戏厅，以前是不能，现在是不知道怎么玩、和谁玩。

"那想不想去？"

"想！"

决定后，江祠带着余顾往游戏厅走去。

到了游戏厅，江祠换了一篮子游戏币，将小篮子递给余顾，问："想玩什么？"

"抓娃娃！"余顾四处看了看，最后目光落在娃娃机上挪不开眼。

不过，娃娃机看着容易操作，实际上是"吞金兽"——这是余顾抓了二十次却一无所获后的评价。

余顾看着篮子里不停变少的游戏币，和摇摇晃晃又掉在了出口旁的娃娃，叹了口气："我们还是去玩别的吧。"

"不抓娃娃了？"江祠问。

"抓不到，每次都差那么点。"余顾把大拇指和食指并成一条缝给江祠看。

江祠轻笑一声："那还想要娃娃吗？"

"当然想！"

"喜欢哪个？"

"那个粉色小恐龙。"余顾指了指娃娃机。

"好。"

江祠投了一个币进去，观察了一下娃娃夹的角度，在心里计算了一下时间，在娃娃夹距离小恐龙玩偶有一点偏差的时候果断地按下了抓取按钮，随后小恐龙玩偶稳稳当当地掉进了出口。

"抓到了！"余顾惊叹一声，声音里的惊喜快要溢出来了。

江祠拿出来递给余顾："给。"

余顾接过后，江祠又投了一个币进去，同样轻轻松松地抓到了一个黄色小恐龙。

"你喜欢黄色的？"

"嗯。"江祠点点头，转移话题，"还想玩什么吗？"

"那个投篮的怎么样？"余顾看到那边正有小朋友一个接一个投篮，只不过大部分都没中。

"还不错，你想玩就可以去试试。"

两人在游戏厅玩了很久，出去的时候已经是日暮时分，赤红的夕阳余晖渲染了半边天，咸蛋黄一般的太阳慢慢落下。

"你去我们家吃晚饭吧。"余顾抱着小恐龙对江祠说。

"不……"江祠的拒绝还没说出口，他就已经被余顾拉着往她家里走了。

"不能拒绝，我奶奶做的红烧小排特别好吃，一起去吃呀。"

傍晚的风是萧瑟的，伴着晚霞吹过，扬起少年们的衣角，就像定格了一幅油画。

余顾带江祠到家的时候，木锦正好从厨房里出来。

"奶奶！我回来啦！"余顾拉着江祠跑进来，"我还叫了江祠一起来吃饭。"

江祠不动声色地将衣袖从余顾的手里拿出来，随后对木锦鞠了一躬："奶奶，这段时间谢谢您。"

"欸，不用这样的。"木锦双手在围裙上擦了下，她拉着江祠的手，让他站直，"我和你们家早就认识，自然能帮一点是一点。"

"你以后好好学习，你奶奶在天上知道了，会开心的。"

"会的。"江祠用力地点了点头。

"今天我们余顾叫我做红烧小排，你也尝尝，她每次都能吃两碗饭。"

"奶奶，我可吃不下两碗饭。"余顾不满地嘟嘴，"顶多把那个盘子舔干净。"

"是啊，让我少洗了一只碗。"奶奶宠溺地对余顾笑笑，又对江祠说，"今天吃饭可能会晚一点，因为要等一下余顾的爸爸妈妈。"

"奶奶，没事的，我还不饿。"江祠将木锦扶到沙发前坐下。

"还是你乖，换成余顾，肯定要偷吃一两口菜。"说到这儿，木锦转头，正好看见余顾拿着筷子夹了一小块红烧排骨往嘴里放。

"余顾！"木锦叫了一声，"你又偷吃！"

"哪有，我只是尝尝，谁让奶奶做的红烧小排是天底下最好吃的红烧小排呢！"余顾咂吧一下嘴，竖起大拇指表示肯定。

"就你会贫嘴。"木锦嗔笑道。

"我说的是实话！"余顾表示不满。

没一会儿，顾雨和余国平一同回来了。

两人进屋的时候看到江祠也在，一时难免心疼起来。于是吃饭的时候，他们一个接一个往江祠碗里夹菜，直到他的碗里菜都满得堆不下了才停手。

余顾丝毫没有注意到江祠投来的求助目光，她对红烧小排大快朵颐，今天的红烧小排里放了话梅，味道要比以前更鲜。

江祠正对碗里堆得小山一样高的菜无从下手，就听到余国平浑厚的声音响起。

"江祠啊，你们家现在就你一个人，临近高考，你要不要住到我们家来？"

听到这句话的时候，余顾终于抬起头，一双眼里的惊讶不比江祠少半分，筷子上的肉都掉进了碗里。

"不……"

江祠话还没说完，顾雨便温柔地给他又夹了一筷子菜："不用先着急拒绝。我们家还有空房，所以住你一个不会挤，你和余顾都是高三生，准备东西有时候可以直接备双份，也不会很麻烦。"

"是啊，"木锦放下筷子，眼里的心疼都要溢出来了，"江祠，无论你接不接受，你都不要将这个当成同情，我们只是想尽自己的力量，让你和余顾一样，有坚持走下去选择未来的能力。"

江祠的喉结上下滚动着，握着筷子的手不停收紧，他张了张口，却又不知道说什么。

"江祠，不用不好意思，就是多双筷子的事情。"余国平笑了下，"自己的前途更重要，高三很辛苦的，住这儿还有人照顾你，不然你在家生病了都没人知道，那怎么办？你的家人也不会放心啊。"

"是啊是啊，住我家，我们还能一起去学校！课业交流也方便啊。"余顾似是终于回过神，有些兴奋地说。

"好。"江祠轻轻地点头，"谢谢叔叔阿姨，谢谢奶奶。给你们添麻烦了。"

"你这孩子瞎说什么呢！"木锦笑起来，"都已经说过了，一点都不麻烦，把这里当你的另一个家就好，别给自己太多压力。"

木锦嗔怪江祠，让他快吃："你再不吃，这些红烧排骨都要被我们余顾吃完了。"

"哪有？！"余顾舔了舔唇，反驳，"我根本没吃几块！"

看了眼江祠碗里堆成山的菜，余顾忍不住笑出声："你们不要再给江祠夹了，他都要吃不完啦！"

大家相视一笑，又低下头继续吃饭。

吃完饭，顾雨和余国平一起去给江祠添置一些生活用品，江祠和余顾一起去把他家里的东西都收拾过来，木锦则去收拾房间，给江祠铺床。

江祠打开家门，让余顾在客厅坐会儿，他回房间收拾东西。

江祠的书桌抽屉里有一张全家福，还是他很小的时候拍的。整理习题资料的时候，江祠将它拿了出来。

因为有好多年了，照片的边角已经有些泛黄。照片上，爷爷、奶奶、爸爸、妈妈都还在，照片里的他还很小，趴在爷爷奶奶的腿上，懵懂地看向镜头。

"爸，妈，爷爷，奶奶，"江祠用手指轻轻抚过照片上的每个人，"我现在很好，不用担心。"

"我先暂时借住在余顾家，为高考做准备。

"你们放心，这次，我一定会努力往前走，会好好生活，给你们争光。"

江祠的声音越来越低，一滴晶莹的水珠打在照片上，溅起小小的水花。

余顾一个人待在客厅有些无聊，她转来转去，最后站在了何莲念的照片前。

余顾还记得何莲念和她说江祠以前的事，给她织手套，还摸摸她的头，说："小顾，快吃这个，这个好吃。"

想到这儿，余顾抹了下眼泪，看着照片上的何莲念，轻声说："江奶奶，你的葬礼我没来参加，下次我让江祠带我去山上看你。"

"你在天上也要好好的，注意身体，没事就通过星星的眼睛看看江祠，看看我们。

"我会一直想你的。

"对了，奶奶，你一定要保佑江祠哇，保佑他以后都顺利。"

余顾双手合十拜了拜何莲念的照片，闭上眼虔诚地许愿。

"江祠高三这段时间就住我们家啦，我们陪着他，他就不会孤单啦！"

江祠收拾完下楼的时候，余顾正对着墙上的江奶奶小声说着什么。但他只能看到她嘴巴在动，具体说了什么，他就不知道了。

"在和我奶奶说什么？"

余顾拍了拍胸口，控诉："你怎么神不知鬼不觉的？"

"分明是你说得太投入。"江祠懒洋洋地说，手里拖着一个行李箱，肩上背着书包。

"你到底说了什么？"江祠有些好奇，看向余顾。

"没……没什么。"余顾看到江祠的黑色行李箱，问，"东西都收拾齐了吗？没有落下的吧？"

"嗯，落下再回来拿不就好了。"

"对哦，那我们走吧？"

"走吧。"江祠拿了钥匙，在关上门的时候最后看了眼墙上的何莲念，她带着皱纹的脸上都是笑意，像是在说：孩子，往前走，别回头。

回到余顾家的时候，江祠的房间已经收拾好了，顾雨还特意给江祠买了一双毛茸茸的灰色小狗拖鞋。

"小祠，"顾雨看向站在玄关的江祠，小心地问，"我能这么叫你吗？"

"可以的，阿姨怎么叫都行。"

"好，你以后就把这儿当自己家。"顾雨笑起来，福福也跑过来亲昵地蹭着江祠的腿，像是在欢迎他的到来。

余顾换了自己的小猫拖鞋站在一边，余国平搂着顾雨，看向江祠的眼里都是笑意，刚从楼上下来的木锦看到江祠换上拖鞋，也由衷地开心。

后来，江祠永远都不会忘记这一天。

头顶的灯光是温暖的黄色，身旁女孩的一家给予了他最大的帮助和支持，将坠入深渊的他奋力拉出来，让他站在了阳光下。

第二天早上，清晨的雾气还笼罩着整个江南镇，像入了无人之境。

江祠醒得比较早，早早洗漱完下楼，看木锦正在厨房准备早饭，便走了过去。

"小祠，怎么起这么早？"木锦看了眼墙上的钟，"我们余顾还要再睡个十五分钟才起来呢。"

"我睡得比较少。"江祠想给木锦帮忙，可不料刚走到厨房门口就被木锦推了出去。

"没事没事，你别进来了，都是油烟味。"木锦把推拉门拉上，"小祠，你看看书或者背背课文都行，不用进来忙活，再过一会儿就能吃了。"

　　木锦心里也知道，江祠大概是想帮她做点什么心里才过意得去一些，便说："小祠，你帮奶奶去浇一下后院的花吧，今天出门买菜急，我给忘了。"

　　"好。"江祠的表情这才舒展开，他往后院走去。

　　余顾下楼的时候，江祠正帮木锦把早餐端到桌上。余顾揉了揉眼睛，江祠朝她看过来，说："早安。"

　　"早呀，你怎么起这么早？"余顾嘟囔一句。

　　"今天醒得早。"

　　"快吃吧，吃完就去学校吧。"木锦把豆浆放在桌上。

　　吃完去学校的路上，余顾想到江祠已经一周没去学校了，不由得有些担心，担心他会不会有些跟不上，便和江祠说了一下，不料身侧的少年听了，轻笑了一声。

　　"不会，我花一天就能跟上。"

　　"这么厉害？"余顾有些惊讶，虽然她一直都知道江祠很厉害，但上周老师讲的知识点确实有些难。

　　"要相信你同桌。"江祠轻轻摸了一下余顾的头。

　　说完，江祠放下手，单肩背着书包，慢悠悠地往前走，他的声音落在还未散尽的雾里，带着些狂傲："我说到做到。"

　　两人早上出门要比平常早一些，所以到教室的时候班里人还不多。江祠和余顾刚走进去，教室里的人声戛然而止，同学们神色各异地看着他俩走到座位上。

　　"江祠，你终于来了！"李御将手里的包子分给江祠一个，"吃早饭。"

　　"吃过了。"江祠摆了摆手，坐下后就开始收拾桌面，上面堆满了试卷。

"余顾，你吃不吃？"李御又热情地把包子递给余顾。

余顾摆了摆手，还没开口，就听到江祠漫不经心地说："我们一起吃的。"

"嗯。"余顾点了点头，拿起便笺开始写摘句。

【今日句摘】

　　愿你忠于自己，不舍昼夜。

——莎士比亚

一笔一画认真地写完，余顾将它放回桌角，结果下一秒就被江祠拿了过去。

"怎么了？"

"我想起来一周没往上画花了，今天一次性补上。"江祠收拾完桌子，将前几天的便笺拿出来，开始作画。

"江祠，出来一下。"

徐牧突然来了教室，伸手在江祠的座位上点了点，随后背着手走出去了。

江祠跟着徐牧出去，走到了长廊转角处。

"你状态好点了吗？"徐牧语气温和，看向江祠，"之后准备怎么办？"

"挺好的，我会往前走，好好准备高考，离开这里，为我家翻案。"这个答案在江祠心里呐喊了无数次，此时说出来的时候，掷地有声。

"好，好，好。"徐牧拍了拍江祠的肩膀，面前的少年快要比他高出小半个头，身形很瘦，但站得很直，像一棵松柏。

"我果然没有看错人。"徐牧看到江祠能够说出这番话，心里很是感慨，这是他最欣赏的少年意气。

少年就该是这样，无论何时何地，是何处境，都能有从头再来的勇气和毅力。

回到教室的时候，已是书声琅琅，江祠刚坐下，余顾就放下课本凑了过来。

"徐老师和你说啥了？"

江祠看着余顾一脸好奇的样子，嘴角微微勾起，头也往余顾那边靠，声音放低："想知道？"

"嗯！"余顾用力地点了点头。

"不告诉你。"江祠轻笑一声，直起身开始早读。

这次回到学校，江祠的心境早已天翻地覆，他的目标清晰地流淌在他的血液里。

如果说江祠之前用了八分努力，那他现在的努力程度就是百分之八百。

江祠常常复习到很晚，有次周末，他去书店买了十多套卷子和习题，从高一的题开始做，经常一做就做到凌晨三点，桌角的台灯歇息了两个小时后又被点亮，因为他又要起来背课文和单词了。

余顾家给江祠准备的客房很好，可以从窗户看到远处的山和上面葱葱郁郁的树，不过现在天亮得晚，江祠五点起床的时候，外面还是灰蒙蒙的一片。

等到了五点半左右，余顾起床，江祠听到动静后就开始换衣服洗漱，下楼吃早饭，和余顾一起去学校上课。

高三的压力确实不小，连余顾这般天性乐观的人都会不自觉地焦虑、迷茫，可江祠好像从来都没有出现过这种情绪。有时候余顾也会观察江祠，怕他把情绪憋在心里，怕他其实压力很大，却不说。

但余顾不知道，并非江祠不会有压力，而是在清晰的目标下，江祠不敢有，也没有时间去有。

高三这一程，自他决定努力那一刻起，便如同踩下了油门，没有刹车，他也不敢刹车，只能在蜿蜒崎岖的路上驰骋。

不过有时候偶遇坦途，他也会歇一会儿，安抚余顾的情绪，然后两人一起咬咬牙，再往前冲。

十二月月底有一场十校联考，这也是高三以来第一次大型的模拟高考的考试。徐牧之前在班里说过，这场考试的规则很严格，也是第一次正式的高考摸底考试。

随着又一波冷空气南下，班级里的每个人都埋头伏在厚厚的书堆中，心无旁骛。

考试的前一晚，余顾没有睡好，她复习到凌晨两点才关灯，上床后却怎么也睡不着，脑子里的知识像走马灯一样转，不同学科的内容混在一起，杂乱得很。

不行不行，明天还要考试，她一定要保证睡眠。

余顾晃了晃脑袋，开始深呼吸，如此反复，企图让自己放松。

也不知道过了多久，余顾还是很清醒。

窗外还下着雨，雨声淅淅沥沥，像是夜间的演奏。余顾穿上外套下床，将窗户开了一条缝，瞬间感受到了水汽和冷意。

余顾将凳子搬到窗户前，靠着窗户坐了一会儿，胳膊撑在窗台上，支着下巴，听着滴答滴答的雨声，放空自己。

饶是有下个不停的雨，夜晚依旧显得很静谧。

忽然，余顾听到了一阵咳嗽，穿过窗外的雨声，模糊地传来。

江祠还没睡！

余顾打开手机看了一眼，已经凌晨两点多了。她知道江祠也会复习到很晚，但她不知道具体是几点，因为她一般凌晨一点到两点就准备睡了，此时听到江祠的声音，她心里还是有些惊讶。

尤其，江祠还咳嗽了。

余顾打开手机给江祠发消息。

余顾：你还没睡吗？我听到你咳嗽了，感冒了吗？

江祠已经把今天的题做完了，正要整理桌面，突然听到桌上的手机振动了几下，一看发现是余顾的消息。

江祠：还不睡？

江祠：没感冒，喝了口水，不小心被呛到了。

江祠看着聊天框里余顾的消息，微微蹙起眉。余顾能听到他的咳嗽声，说明余顾坐在窗边，八成还开了窗户。

江祠正想让余顾关上窗，看到余顾又发了条消息过来。

余顾：我今天失眠了，我两点就想睡了，结果到现在都还没睡着。

后面她还加了一个大哭的表情。

江祠看到余顾的消息，都能想到她委屈巴巴的表情。

余顾没等到江祠再回过来的消息，却等到了一个电话。她的手机音量习惯调得很低，但在寂静的黑夜和淅沥的雨声中很清晰。

"喂。"余顾接起来，轻轻地应了一声。

"睡不着？因为考试很紧张吗？"少年干净的声音从听筒里传出来，混着电流声，落在余顾的耳朵里。

"嗯。"余顾点了点头，夜晚的温度在这场雨里又降了不少，此时风不遗余力地从窗外吹进来，她没忍住打了个喷嚏。

"坐在窗边？"江祠怕余顾感冒，说，"先把窗户关了，别感冒了。"

余顾的手开始变冷，她便关了窗，回到床上，说："已经关了，但还是睡不着。"

江祠听到余顾那边一阵窸窣声，想到她此时大概是把自己埋在枕头上，一脸无奈。

时间已经很晚了，江祠习惯了熬夜，但余顾现在紧张加失眠的状态如果再持续下去，对明天的考试肯定会有影响。

江祠也躺上床，戴上耳机，想了想，问："要不要听故事？"

"嗯？"余顾把头从枕头上抬起，"什么故事？"

"给你讲个催眠故事吧。"江祠靠在床头，眼角染着温柔、缱绻的笑意。他打开手机搜索一番后，找到了一篇很有趣的小故事。

"真的有用吗？"余顾在黑夜中睁着大眼睛，对此持怀疑态度。

"先试试。你把手机放下，然后躺下闭上眼睛，什么都不要想。"

"躺好了吗？"江祠问。

"嗯嗯，好了。"余顾将手机放在枕头边，开着扬声器，随后将音量调到最低，就好像江祠在耳边讲故事。

"有一只小兔子，在走路的时候，遇到了一只头很大的老兔子。老兔子倒在地上，小兔子赶紧把老兔子扶起来。"

江祠的声音在夜幕和雨声中显得很清冽，就像雨打竹叶，安静的房间里只剩下他的声音。

"老兔子说，我的腿摔伤了，走不动了。小兔子说，那我扶你回家吧。老兔子开心地说，你可真是一只善良、可爱的小兔子啊。小兔子回到家中，兔子先生已经给她准备好了午饭，午饭是很美味的草莓蛋糕，小兔子告诉兔子先生带回了一位受伤的老奶奶，兔子先生和小兔子一起，把老奶奶带到休息的地方去休息。接着，兔子先生就出去了，小兔子看着老奶奶……"

说到这儿，江祠的声音停下了，听到电话那头的呼吸声变得平稳，他放轻了声音："余顾？"

没人应答。

余顾睡着了。

"晚安，今夜会有好梦。"江祠听了会儿余顾的呼吸声，轻声说。

这晚，两个人都是好梦。

第二天一早，余顾起得比平常晚了十五分钟，她匆匆忙忙收拾东西，看到已经在楼下等她的江祠，连声抱歉："我起晚了，我们快走吧！"

江祠看了眼表，摇了摇头："不急，刚刚还和奶奶说再过五分钟去叫你。"

"先吃完早饭，不然饿了会影响考试的。"江祠让余顾坐下慢慢吃，"考试需要建立好心态，不然复习得再好，知识都会在考场上变成一片空白。"

江祠看余顾的神色又变得焦急，又说："而且我问过奶奶了，家里有自行车，到时候我载你去学校，那样会快一点。你准备得已经够好了。"江祠看余顾一口一口地喝着粥，又急匆匆地拿着包子吃，笑了一下，安慰她。

一场雨后，又大幅度降温，冰冷的空气变得刺骨，树叶落了满地，地面还是湿漉漉的。

江祠骑上自行车，余顾跟着坐上后座。

"抓住我的衣服，我会骑得有点快，你把围巾拉高一点，蒙住脸，风很冷。"江祠一只脚踩着脚踏板，另一只脚支着地，回头对余顾说。

"嗯嗯！"余顾看着自己被包裹得密不透风的样子，笑着说，"我已经裹成熊啦。"

石板路不平整，江祠骑车的时候会有些颠簸，余顾好多次都把脑袋撞到了江祠背上，但她不敢揉头，怕手一松开就摔下去了。

街边的风景在他们的身侧飞快倒退，寒风吹不起两人厚厚的衣角，风吹在两人身上如同打在棉花上一般无力，于是，风也只好为奔赴考场的两人让道。

到了学校，两人匆忙跑到教室里，进入复习状态。

教室里的同学都很专注，连平常惯会插科打诨的李御，也头都不抬地在看一些范文和名句，嘴里不停地念着。

这是余顾进入学校以来的第一次大型考试，又何尝不是江祠的第一次。

江祠下意识地看向余顾桌上的便笺纸，想看看她今天写了什么。哪怕忙着复习，余顾的便笺还是会更换，上面是一行清秀的字迹，内容很应景。

【今日句摘】

今日的事情，尽心、尽意、尽力去做了，无论成绩如何，都应该高高兴兴地上床恬睡。

——三毛《亲爱的三毛》

江祠收回视线，敛了敛心神，重新投入到了复习中。

铃声响起，同学们将书本拿出去，不一会儿教室就被清空，变成了考场。

考试结束后，就开始了元旦假期。考虑到假期本来也不长，又是刚考完，老师们都善心大发，没有布置很多作业，只发了几张试卷。

"这两天考试累死我了，整个人都绷着，大气都不敢喘一个。"李御趴在桌上，心里还惦记着当初想和江祠比一比的事，便想向江祠打探一下敌情，"江祠，这次考试，你觉得题怎么样？"

"挺好的。"江祠又买了不少习题资料，他边整理边回答。

"那你有几成把握？"李御又问。

"什么把握？我没把握。"江祠轻笑一声，"都考完了，我哪里还记得题是什么。"

"好吧，成绩出来就知道了。"李御暗自握拳打气，"这次我们正经比一场。"

江祠笑笑："为什么不是高考比？"

"我这个人呢，比较喜欢乘人之危。"李御摇头晃脑的，"等到高考，谁知道你这个'变态'会复习成什么样子，我拒绝被你吊着打。"

余顾此时听到李御和江祠两人的对话，忍不住扑哧一声笑了出来。

"笑什么？"江祠侧头看向余顾，嘴角也挂着浅浅的笑意。

"我觉得李御很有趣，照他的说法，那是不是相当于……"余顾顿了一下，说，"十八岁的人欺负八岁的小朋友？"

李御听到了，伸出一根食指在余顾眼前晃了晃："No，no，no，我这不是欺负，面对江祠，我这叫智取。"

余顾直接趴在桌上笑个不停，一旁的刘岑也笑得耸肩。

李御的话题很多，没一会儿又跳到了新的话题上："你们今晚有什么安排？"

"没安排。吃饭，复习，睡觉。"江祠冷淡地回答。

"你最没意思，我问余顾。"李御非常嫌弃江祠的回答，好不容易放假了，江祠居然不想玩，真扫兴！

"余顾，今晚是跨年夜，你有什么安排吗？"

余顾以前每年跨年夜过得都和平常一样，只有春节的时候才会热闹一点，所以此时李御问的时候，她眨了眨眼睛，说："和江祠一样。"

"刘岑，那你呢？你不会也是和他们两个一样吧？"李御不敢相信只有他一个人想玩的事实。

"我……我晚上打游戏。"刘岑猝不及防被问到，忙不迭地回答。

"这才是嘛，总是连轴转地学习，不得把脑子和身体累坏啊。"李御语重心长地说，试图让面前只想学习的两人加入他今晚跨年夜玩耍的阵营。

"不过，你一个人玩游戏多没意思，是吧？"李御看向刘岑，想让刘岑配合他。

"对……对。"刘岑老实地打配合。

江祠看李御说个不停，便无奈地问："所以，你想去玩什么？"

"嘿嘿，"李御笑了一下，"我前段时间让我爸给我买了烟花，他一口气买了好多！我们要不去找个空地放烟花？正好热闹热闹，也放松一下。"

李御说着，脑子里已经在想哪里适合放烟花了。

"烟花吗？"余顾听到这个的时候，眼睛亮了一下。

江南镇很古朴，说得直白点，就是有些远离尘世、特立独行的意思。这边有本土的风俗，也更看重农历的节日，过节总是办得热热闹闹的，但这种跨年夜，倒是没有什么人在意。余家过年也会买烟花，但都是很传统的烟花，像那些仙女棒烟花，余顾从来都没有玩过。

只是她偶尔站在阳台上，看附近的孩子在黑夜里点燃绚烂的烟花，挥舞着，追逐着，一片欢声笑语。这时，余顾是有些羡慕的，也有些渴望。

江祠注意到了余顾的神情，便问李御："什么时候去放？"

"我想晚上十二点的时候放烟花，不知道你们能不能出来。"李御说。

"你想看吗？"江祠看向余顾。

余顾有些纠结，虽然她渴望去放烟花，可那么晚出去，会不会被家人发现？

"哎呀，就玩这一次，"李御看出了余顾的为难，"之后时间只会越来越少，而且难得我们四个有机会一起放烟花。刘岑，你说是吧？"

刘岑其实是一个老实本分的人，不过他最近这段时间也被学习弄得很压抑，放烟花确实是个不错的解压方式，于是他点了点头："嗯，我晚上能去。"

余顾还在纠结，江祠没有说话。

于是李御舔了舔唇，又说："你想想，高考以后我们可能就各奔东西，很难见面了，但至少还能想起我们一起看过一场烟花，对吧？

"而且明天放假，还能睡个懒觉，也不怕迟到。"

李御说得嘴巴都要干了，也不知道是哪个词戳到了余顾，她才点了点头："那我去吧，不过可能得等我爸妈睡了，才能偷偷跑出来。"

"没事，我们十一点四十五在霞栖湖那边的空地见，怎么样？"李御把江南镇这边的地方都想了一遍，觉得还是霞栖湖那边安静、没人，也不怎么会影响到别人。

"行。"江祠点了点头，既然他们都去，他也没有不去的道理。

几个人商量完，回家的路上余顾还在想怎么躲过睡眠很浅的木锦，江祠背着书包走在她身边，没有说话。

"江祠，我们晚上上楼前把后面的门开一道缝不关紧，然后再悄悄出去？"余顾估摸着可行性，但想到晚上的行动就心惊胆战，又隐隐兴奋。

"嗯，可以。"江祠点了点头，又嘱咐余顾，"晚上很冷，穿多点。"

"你也是。"

晚上十一点。

余顾回到房间后先将作业写了，又看了会儿书，眼看着桌上的时钟显示到了十一点整，她的心就不可抑制地加速跳动起来。

书是看不进去了，时钟的秒针每跳一下，她的心便重重地跳一下。

她无奈地整理好桌上的试卷，打算拿出日记本来记录一下。

12 月 31 日　阴

今天，我要干一件，嗯，姑且称它为疯狂的事吧。晚上十二点，我要和我的朋友们一起，去霞栖湖放烟花。

天知道我以前几乎九点之后就不会出门了，也从来没有玩过烟花，更没有在元旦放过烟花，因为这边从不跨年。

虽然可能和爸爸妈妈他们说了，他们也会同意，但大概是要和我们一起去的，我有点不想，因为那样，会有点不自在。

我好兴奋，紧张又兴奋，也很期待。

今天李御说，以后我们会各奔东西，我听到的时候有些低落。

以后江祠会去哪儿呢？我又会去哪儿呢？

我们分开的话，又该怎么办呢？

不不不，不许想了，不要去焦虑未来。余顾，不要让自己掉入焦虑的陷阱之中，过好现在的每一分每一秒，才是正经事。

所以，抓住现在有限的时间，去好好感受，比如一起看一场烟花。

以后的事情，那就交给以后的余顾。

余顾慢悠悠地写着，心情竟平静许多。她想着要给手机充满电，然后好好拍几张照片。

跨年嘛，总要有跨年该有的热闹。

想到这儿，余顾又去柜子里翻出了前段时间爸爸带给她的巧克力，是一个意大利的牌子，说是很贵，味道也很不错。

这时，已经十一点三十五分了，余顾放在桌上的手机振动，江祠发来消息问她准备好了没有。

余顾连忙将巧克力放到口袋里，确认没有落下东西后，她给江祠发消息说可以走了。

余顾轻轻地将门打开了一道缝，外面的灯都关了，黑黢黢一片，很安静。

余顾怕穿拖鞋下楼会有声音，便将拖鞋提在手里，小心翼翼地关上门，转身就看到江祠站在走廊上。

余顾吓了一跳，拍拍胸口。江祠将手机屏幕调到最亮，带着余顾悄悄下楼。

两个人蹑手蹑脚地往下走，不，是余顾单方面这样走，因为江祠下楼的时候，那气定神闲的样子，好像只是去上学。

下楼后两人换上鞋，从没有关上的后门溜了出去。

等离余家门口有一段路了，余顾才敢说话。

"出逃成功！"余顾看到江祠还是悠闲地走，想到刚刚自己差点被吓一跳，开始控诉他，"江祠，你刚刚突然靠在那儿，吓得我差点叫出来。"

"胆子这么小？"江祠轻笑一声。

"那么黑，我转头突然看见有个人，换谁都会被吓到的好吗，才不是我胆小。"余顾背着手倒退着走，"就是你吓人。"

余顾本以为江祠会认输或者不理会她，可江祠问了她一个问题，他很认真地看着她又大又亮的眼睛，声音好像还带着几分委屈："我只是想逗你开心，你觉得我有趣吗？"

余顾：这和有趣搭边吗？逗人开心是这样的方式吗？

可余顾看着江祠那双漂亮的眼睛此时好像笼了夜里的雾气，这些话忽然说不出来了，也没发现自己说话的语气颇像哄小朋友："有趣，但我搞笑细胞少，所以当时没感受到。"

两人一路上边聊边走，没一会儿就到了霞栖湖。

李御和刘岑已经到了。刘岑是先去了李御家再和李御一起来的，因为李御说烟花太多，他一个人拿不下。

江祠和余顾到的时候，李御和刘岑已经将烟花摆好了，有三个较大的烟花，还有一些造型奇怪的烟花，以及一大把仙女棒。

"快来快来！"李御远远看到嫩黄色和黑色的人影并肩走来，就对他们招了招手。

"这三个大的过会儿十二点放，然后我们再放那些小的和仙女棒！"李御兴致勃勃，看了一眼手表上的时间，还有十分钟。

"可以。"江祠点了点头，几个人找了一张长椅坐下，开始闲聊。

江南镇的人大部分都睡得比较早，这时候街上都没什么人，霞栖湖这边更甚，偌大一个湖，湖边只有四盏路灯，因为老旧失修，一会儿亮一会儿灭。

刘岑出门的时候在衣兜里装了不少水果，沉甸甸的，他分给另外三个人，顿时感觉整个人轻松了不少。

刘岑的橘子和冬枣让余顾想起自己还带了巧克力，她穿得那么暖和，巧克力又放在她里面衣服的口袋里，不会化了吧？

余顾匆忙拉开拉链去掏，江祠听到声音，说："怎么了？别脱，会感冒。"

"不是，"余顾吃力地从兜里将巧克力掏出来，"我给你们带了巧克力，但被我放在里面的口袋里，有点化了。"

"没事，"李御摆了摆手，"在这温度下，没一会儿估计就硬了。"

江南镇的冬天吃饭早，到这个点，大家多少都有些饿了，接过巧克力后都拆开吃了。

"这巧克力真好吃。"李御和刘岑感叹道。

江祠还没拆，因为身旁的余顾悄悄往他手里塞了一颗大大的球，又伸手拉了拉他的毛衣一角，示意他靠过去些。

江祠喉结轻滚，他靠过去后，听到余顾小声地在他耳边说："这颗巧克力是给你的，比他们的大。"

"江祠，新年快乐。"

轻轻的气息拂过江祠的耳朵，他仿佛听见自己的心上有寒风吹过芦苇的声音。

江祠将巧克力拆开含到嘴里，很甜，但不腻。

这是他吃过的最好吃的巧克力，哪怕以后有人知道他爱吃巧克力，经常会送他世界各地的巧克力，他仍然觉得，十八岁跨年夜的这颗巧克力，是他吃过的此生最好吃的巧克力。

"快快快，到五十八分了，我们过会儿掐点放烟花。"李御看了眼时间站起来，让江祠和刘岑走到那三个大烟花旁边，他们仨一人点一个。

"余顾，你看着倒计时，等时间一到，你就让我们点燃烟花。"李御兴致勃勃地跑到烟花筒旁边。

余顾拿出手机，点开倒计时，时间正好跳到五十九分，还剩下一分钟。

到最后五秒的时候，余顾看着跳动的数字，大喊："5、4、3、2、1——新年快乐！"

带着巧克力甜味的声音落下，烟花同时被点燃，三个男生捂着耳朵往长椅这边跑。

咻咻咻——

烟花争先恐后地往天空飞去，划破黑暗，照亮了天空，甚至都能看清聚拢在一起的云朵。

余顾的视线全然被天空中绚烂的烟花吸引，目不转睛地看烟花每一次绽开时的样子。

"新年快乐，余顾。"江祠坐到余顾身边，看着余顾仰头看烟花的侧颜，长睫如同蝶翼，一双眼里映着璀璨的花火。

因为刚刚匆忙跑过来，江祠的气息有些不稳，加上烟花的声音实在是太大了，以致余顾只能听到江祠在说话，但完全听不清他在说什么。

余顾靠近江祠，问："你说什么？"烟花声很响，余顾说这话的时候几乎是喊出来的。

"我刚刚说，祝你新年快乐！"江祠拔高声音。

余顾笑盈盈地回应："新年快乐，江祠！"

李御的爸爸买来的这几个烟花比余顾以往看到的都要精致，不只是单纯地绽放成或红或绿的花朵，有些会像星星一样闪烁，有些又像金色流苏，绽放在天空中极其亮眼。它们一齐在天上绽放的时候，像童话一样。

烟花的魅力在于这一刻的绚烂。

李御听到烟花绽放的声音在天空连绵不绝，便对着漫天的烟花双手合十，许起了愿，还招呼着其他人一起许愿。

"哪有放烟花也许愿的？"江祠轻轻地抿了下唇，笑着看向李御。

"你不懂，此烟花非彼烟花。"李御摇了摇头，"这是只属于我们四个人的烟花，而且是跨年夜的烟花。所以，当然可以许愿！"

"要许愿吗？"江祠又看向余顾，问。

江祠有意放大声音，这次余顾终于听清，清脆的声音里带着雀跃："烟花下许愿有用吗？"

江祠看着余顾一脸期待，他点了点头，说："跨年夜许的愿望，新的一年都会实现的。"

余顾眼睛一亮，立马双手合十放在胸前，微微低下头，闭上眼睛许愿。

余顾今天戴的帽子是兔子样式的，粉白的兔耳朵垂下，就像一只成精的小兔子偷偷跑出来许愿了。

江祠拿出手机，趁余顾还没睁眼，悄悄地按下了拍照键。

很快，余顾睁开了眼，江祠手疾眼快地关了手机屏幕，把手机放回口袋里。

"你不许愿吗？"余顾歪头看向江祠，发现他对许愿好像并不是很感兴趣。

"现在就许。"江祠的目光在余顾脸上停顿了一下，其实他不相信许愿，因为事在人为，许再多的愿，如果不去做，那也没有用。

不过看着余顾期待的眼神时，江祠忽然觉得，许个愿也没什么不好，至少可以让余顾开心。

江祠闭上眼时，余顾同样没忍住给他拍了张照。照片里的少年长身玉立，身姿挺拔，黑色高领毛衣衬得他肤色白皙，身上的冷淡气质不知不觉也减弱了几分，平添一点温柔。

等江祠许完愿，那三个大烟花也放得差不多了。

李御过来叫他们一起去放别的烟花，用一个烟花点燃导火索后，烟花从圆锥体的顶端喷射出来，绚烂夺目，就像是一棵圣诞树。

放完一个他们就接着点下一个，但余顾不敢走近，因为烟花四溅，她怕自己的羽绒服被烧出洞，她可喜欢自己身上这件嫩黄色的羽绒服了。

她真是笨死了，出来放烟花怎么会穿羽绒服？

江祠看到余顾站得远远的，又看了眼她身上的羽绒服，便拿起自己带出来的深色外套，走到余顾身边，说："要不要换件外套？"

"不……"

余顾抬起手准备拒绝，却被江祠打断："还有仙女棒，你也不玩吗？"江祠笑着看着她。

"谢谢。"余顾抵挡不了一点仙女棒的诱惑力，非常识时务地接过了外套。

"我们快去放烟花吧，我好像听到李御叫我们了。"余顾穿上江祠的外套，匆匆朝李御和刘岑那边走去。

余顾拿了仙女棒，江祠摁下打火机，没一会儿白色的火焰就从顶端蹿了出来，在空气中跳跃，就像一闪一闪的星星。

"一起玩呀。"余顾将仙女棒递给江祠，"你不想玩吗？"

江祠想说幼稚，可他说不出口。

于是，刘岑和李御就看到对烟花不感兴趣的江祠，接过一根爱心仙女棒，陪余顾一起做着各种动作。

"江祠，你画一半的爱心，我画一半的爱心，同时画，让李御帮忙拍一下怎么样？"

余顾玩了一根又一根仙女棒，从来没有这么尽兴过，像是要把这十多年没玩的烟花玩个够。

放完烟花，收拾完残局，几个人回家的时候都已经快凌晨两点了。余顾和江祠悄悄从后门回到家，再小心翼翼地回到房间关上门。

余顾扑到柔软的床上时，心也终于放了下来，脑子里都是今天晚上的烟花。不过经过晚上这么一遭，疲倦很快将她包裹住，拖着她进入了梦乡。

另一边，江祠倒是没有那么快睡着。今晚的他是放松的，这种久违的松弛感他已经很久没有感受过了。烟花冲上天绽放时，也一并带走了他的烦恼，像是一望无际的海面，只剩下前所未有的旷远、宁静。

元旦假期结束后，高三学生回到学校，依旧是坐在座位上复习，可心里都惴惴不安地想着这次考试的结果。

一个假期过去，试卷也都批阅完了。成绩是由各科的任课老师投在屏幕上公布的，课上的主要内容就是讲解试卷，所以在一开始的时候，会把答案投在屏幕上让大家记分。

第一门是物理课，这次物理考试偏难，饶是徐牧水平再高，实力再强，也觉得试题中公式的运用有些为难这帮孩子了。

不过高考摸底嘛，总得用些难的卷子去将他们磨炼一番，等高考遇到的时候，多少也能镇定些。

不过，江祠实实在在地让徐牧有些出乎意料。不只是徐牧，好几个看到江祠分数的人，都倒吸了一口气。

这张物理试卷，大家的分数基本在 30 到 40 分之间，像李御这样一直在接受一对一辅导的，也就堪堪考了 68 分，这在高三年级里还算好的，毕竟每个班能上 60 分的人屈指可数。

可江祠的分数，比李御的分数倒过来还要高。

"江祠，你牛。"李御满脸震惊，转过来对江祠说。

没人比李御更震惊，因为他清晰地知道江祠曾经的实力，也知道高中前两年江祠是真的一点都没学，同时他也清晰地知道，在这短短几个月的时间里，江祠不仅补回了三年的物理知识，并且在一场特难的考试中考了 90 分。

这很恐怖，但放到江祠身上，又合乎常理。

李御隐隐有一种预感，江祠很快就会重回巅峰。

当然，不止李御，教室里大多数人都将目光投向了江祠。

那是一种复杂的眼神，好像不敢相信这是他们口中会打人、不学无术、疯狗一样的江祠。可他们都知道这场考试的难度，于是在不敢相信之中，又掺杂了膜拜。

在成绩为王的高三，分数就是成王败寇的证明。

他们的目光中，有着最纯粹的对强者的臣服。

余顾看到江祠分数的时候，眼神和其他人不一样，盛满了快要溢出来的惊喜。

她就知道，江祠有这个实力！江祠真的好厉害！

徐牧看这群学生盯着江祠看了好久，终于出来救场。

"这次咱们班终于扬眉吐气了，江祠的物理成绩是年级第一，在这次联考里是第八，前面几位都是别的学校参加过竞赛的同学，所以这个成绩很不错！"

徐牧带头鼓掌，看向江祠时也是满眼赞赏。

"江祠的努力可能你们没有关注到，但老师作为一个旁观者，是切切实实感受到的。"徐牧肯定了江祠的努力，又说，"大家以后有不懂的题，老师不在的时候也可以问问江祠。我想，江祠同学应该也很乐意和大家一起讨论吧？"徐牧将话题抛给江祠，眼里带着温馨的笑意。

"嗯。"江祠还是冷淡地点点头，但他知道徐牧的用意，所以又轻轻地对徐牧笑了一下，是感激的、发自内心的笑。

"好了好了，最后还有几位同学记一下分数，我们就来讲一下这张试卷。"徐牧让大家的视线都转回屏幕上。

余顾呼出一口气，随后又将注意力放到了屏幕上自己的成绩上。

江祠看着余顾的分数，翻看了几眼她的试卷，将余顾扣分多的那几道题都圈了出来，打算之后整理同类型的题让她做。

余顾考了60分，也算不错，毕竟她知道自己的物理底子并不算很好，能有这个分数，她自知也算是有点幸运。有道类似的大题她前段时间刚做过，她做错了好几次，后来才彻底搞懂。

下课后，徐牧刚走出教室，李御就转身趴到了江祠的桌上。

"可以啊，江祠，哪天我们找一份竞赛题再比一场，怎么样？"李御心里那个想法又开始跃跃欲试，毕竟他想和江祠比一场，已经想了很久了。

"这个阶段还是算了。"江祠摇了摇头，表示拒绝，"再说，你确定你能赢？"

李御被挑衅了也不气，他知道自己和江祠的实力有差距，只是横亘在他心里的那个想法都已经成了执念："行，那就比高考物理成绩吧，单科的。"

"行。"江祠点了点头，没有再拒绝。

"江祠！刚刚课上没和你说，恭喜你这次物理考试成为年级第一。"余顾凑到江祠旁边，她说这话的时候，带着独一无二的崇拜和发自内心的开心，"我就知道，你有这个实力的。"

江祠无声地笑了笑。

那天每门课的成绩都出来了，试卷难度都偏高。不过有了物理课的冲击，大家都会下意识地去看江祠的成绩，虽然不如物理那么惹眼，但也属于中上的程度，和当初的他比进步太多了。

余顾考得也还不错，比之前进步了很多，成绩都是中上水平，如果要说有哪一门比较突出的话，那就是语文。

余顾的作文接近满分，后来被当成范文贴在墙上了。

对此江祠并不意外，从余顾能够每天写便笺并且内容从不重复的时候，他就知道，余顾的文学储备和素养并不低，看过的书很多，写出来的作文逻辑清晰，同时引经据典，很受阅卷老师喜欢。

这场联考，江祠和余顾两人都进了学校前两百名，但距离考上 A 大，还差得很远。

两人本来都不知道要考哪所学校，还是在一个午休的时候，余顾吃完饭回到教室，看到讲台上放着一本高考志愿填报指南，旁边还有一本小册子，里面全是高校的介绍，她便翻着看了起来。

打开小册子的第一页，就是 A 大的介绍。

恢宏磅礴的校名刻在石碑上，后面是春意盎然的风景，和石碑形成强烈的对比。只一眼，余顾就觉得，这是她想要去的学校。

"想去 A 大？"江祠不知道是什么时候过来的，他靠着讲台，视线落到册子上。

"嗯，终于找到目标了。"余顾有些开心，之前她只想让自己往前走，可现在有了目标，就知道该往那条路走了。

"不了解一下它的王牌专业是什么吗？"

"我会先了解一下学校的分数和排名，至于专业，高考完再看吧。"余顾想了想，"我妈前段时间和我聊，她说有时候大学比专业更重要。"

说完，余顾发现自己好像从来不知道江祠想去哪所学校，便问："你呢？"

余顾问出口的时候，声音不自觉地紧张了起来。

"A 大。"江祠淡淡地说。

"你竟然也想去 A 大？"

"嗯。这么开心？"

"当然啦！我们之后还可以在一所学校呀！"

两人就在一个午休时定下了目标，看似随意，却是这个年纪应有的无畏。

十七八岁的少男少女，没有那么多顾虑，只知道，立下一个目标，便马不停蹄地追逐。

这是最恣意的光阴，他们哪怕在垂暮之年想起，也会热血满腔。

之后，高三的生活依然热血又枯燥地度过。今年冬天很冷，温度总是在零摄氏度上下徘徊，让人打了一阵又一阵冷战。

可都这么冷了，还是不见雪。

大家都说，今年估计不会下雪了。

大概是天性，南方的孩子总是格外喜欢雪，喜欢看雪花纷纷扬扬地飘落下来，大的就如同鹅毛，小的如盐粒子，可不论大小，当阵阵洁白的雪从天空缓慢降落让大地银装素裹时，这个过程就是浪漫又唯美的。

余顾很喜欢雪，但每年冬天，她的房间都会布置得很暖和，下雪天家人是不会让她出房间的，生怕她因此感冒了。

所以每年冬天到来的时候，余顾就开始盼着下雪，她很想玩一次雪。每次天气预报说降温有雪的时候，她都会时不时往窗外看一眼。

江祠注意到了，问余顾在看什么，她就回过头，一脸期待地说："看看有没有下雪呀！天气预报说会有雪。"

不过天气预报大概是个骗子，说了那么多次有雪，没有一次下雪。

期末考试定在一月底，考试这天余顾醒得很早，窗外还是黑漆漆一片，她本想再睡一会儿，但翻来覆去怎么也睡不着，干脆起床再看会儿复习资料。

早上出门的时候，余顾和江祠提了一嘴，江祠问："又紧张失眠了？"

"不是，我是想到考完期末就能开心地过年啦！"余顾兴奋地说，经历了上次的联考之后，她对待考试的心态平和了很多。

余顾很喜欢过年，因为过年的时候，她可以肆无忌惮地熬夜，也可以吃很多好吃的，每个人脸上都是喜庆的，如果闯了什么祸，一句"大过年的"就都化解了。

最后一门学科考完后，余顾和江祠很快收拾书包回家。两人走在回去的路上，街上很热闹，很多人都出来买年货，老人带着孩子居多，手上都提着红袋子。

"原来过年采买这么热闹啊。"余顾感慨。

"嗯。"江祠点了点头，看到余顾眼里的惊讶和开心，"你可以问问奶奶还有没有要买的，我们明天出来买。"

"好主意！"余顾回过头，对江祠竖起一根大拇指。

回到家的时候，木锦正在包春卷，顾雨和余国平则在包饺子，电视机里播放着偶像剧，三个人时不时说笑几声。

"回来啦？"看到江祠和余顾的时候，三个人眼里都带着笑意。

"奶奶，叔叔，阿姨。"江祠放下书包，准备帮忙。

"嗯嗯。"余顾点了点头，"我放寒假啦！"

"没事，不用帮忙，你和余顾好好休息一下。"木锦摆摆手，顾雨和余国平也让两人放松去玩。

于是，江祠就被余顾拉着躺倒在沙发上。

没几天就要过年了，江祠被余顾拉着，接受木锦的任务出去采买。其实东西都买得差不多了，不过木锦看两人太累，想让他们出去放松放松。

余顾拉着江祠买了一大堆零食，又看到做糖画的小摊，不自觉地停下步子。

摊主是位老爷爷，只见他拿着铁勺，苍老的手上布满老年斑和皱纹，可是掌勺画糖画时很稳，不一会儿，一只小猫就画完了。

余顾看着琥珀色的糖画小猫，莫名觉得有些熟悉。她戳了戳江祠的手臂："江祠，你觉不觉得这只小猫很熟悉？"

江祠听到余顾的问题，也认真看了起来。他让余顾往右侧看，那里有一只趴在屋檐下睡懒觉的小猫，就是老爷爷画的糖画。

"画得好逼真啊。"余顾小声感慨。

老爷爷放下铁勺，骄傲地笑起来："那是，我的糖画可是这边最好的。"

"老爷爷，我买一个。"余顾当即心动。

"一个？给你朋友也买一个吗？"老爷爷问。

江祠直接扫码付款："买五个吧。"

"五个？"余顾不解。

"嗯，还有叔叔、阿姨和奶奶。"江祠点了点头。

"哦哦，那就五个！"余顾想了想，让老爷爷分别画了几个小动物。

画的时间有点久，两人还有别的东西要买，就说过会儿再来拿。

等回来拿的时候，老爷爷已经把画好的糖画都包好了。

"爷爷，你是不是记错了？我们买了五个。"余顾看到包好的六个糖画问。

"没记错，还有一个是我送你们的。"老爷爷笑起来，"我觉得跟你们投缘，送你们一个，新年快乐。"

余顾虽然有些不好意思，但还是很开心地接受了。她和江祠拿出自己买的一些零食，放在摊位上，说："谢谢爷爷，新年快乐。"

"谢谢爷爷啦，新年快乐，身体安康。"余顾怕老爷爷不收，放下东西后就拉着江祠往前跑，边跑边喊，"这是一点心意，拜拜！"

老爷爷看了看桌上的东西，笑起来，拿出一颗巧克力吃："嗯，还蛮甜的。"

今天是除夕，余顾和江祠回到家的时候，木锦他们正在摆桌子准备祭祖。

"回来了？"木锦整理着八仙桌上的菜品和烛台，忽然想到什么，转头问江祠，"小祠，今天是除夕，你要不要去看看你奶奶？"

"嗯，晚上吃了饭就去，东西已经买好了。"江祠点了点头。他其实不好意思在余顾家吃年夜饭，打算回自己家做点饭菜，但木锦和余顾爸妈及余顾都不同意，都说除夕就是要大家在一块儿热热闹闹地过，哪有一个人冷冷清清过的道理。

江祠说不过他们，心里也很感激。

"也好也好，去了帮我和你奶奶说一声，就说让她在那边活得开心点。"木锦点了点头，她也有点想故人了。

"好。"

除夕晚上的菜很丰盛，摆了整整一桌。

饭桌上，大家都说着吉利话，不停地夹菜给江祠和余顾吃，在晚饭快结束的时候，三个长辈还给两人都包了大红包。

江祠不好意思收，他已经麻烦了余顾家许多，再收红包不合适。

余国平摁住江祠的手，笑着说："小祠，除夕夜的压岁包是不能退回来的，一份心意，你收好就好了，不用考虑那么多。"

餐桌上大家都很开心，江祠不想扫兴，只得作罢，把红包放在手边。

傍晚六七点吃完饭，外面鞭炮声此起彼伏。

春节联欢晚会还没开始，电视里正在播报天气预报，说今晚浙海省多地会下雪。

江祠分神看了眼天气预报。余顾也淡淡地扫了一眼，但她再也不相信天气预报了，之前那么多次说下雪，结果都没有下。

余顾拿了烟花棒和零食，说："爸妈，奶奶，我和江祠一起去！"

余顾和江祠出门的时候，正好一阵强风吹来，差点没把他们吹回去，寒风瑟瑟，想往他们领口处钻。

"啊！江祠，今天好冷啊，怎么到了晚上会这么冷？"余顾被风吹得几乎整张脸都要埋到围巾里去，只露出一双水灵清澈的眼睛。

"那你先回家？"江祠回头看看，刚走出不远，但距离自己家还有很长一段路。

"那怎么行？说了要和你一起去的，而且我们之后还能一起放烟花呢！"余顾反驳，又将自己的帽子往下扯了扯，裹住耳朵，围巾往上拉了拉。这样就不会被风吹到了。

"那走吧，你要是被风吹得站不稳，可以拉住我。"江祠说完，嘴角在围巾下勾起，长腿往前迈入风中。

啪，客厅的灯被打开，光线明亮、温柔，浮尘在空气中跳跃，墙上的老人目光慈祥。

余顾怕打扰江祠，自觉地走到后边，留江祠在客厅和何莲念聊天。

后面的院子长久没人打理，野草丛生。余顾打开后院的灯，找了把剪刀打理花草。

江祠收拾好东西，在何莲念的遗照前说着自己这段时间的变化。说完他出去找余顾，她正蹲在后院，对着那些盆栽有一搭没一搭地说话。江祠靠着门框偷听，最后没忍住笑了出来。

余顾听到笑声抬头，正好对上靠在门框上的少年的目光。

江祠此时正笑着看她，眉眼往下弯，眼睛亮而有神。

"蹲这么久，腿麻了没有？"江祠笑着问。

余顾摇摇头，正要站起来，可稍微动了一下，酸麻感瞬间传来。她没站稳，被江祠手疾眼快地扶住。

"你和奶奶说完话了吗？"

"嗯。"江祠的手扶着余顾，他不经意地问，"你想看雪吗？"

"想呀。"余顾眨了眨眼，遗憾地看了眼天空，"今年估计是不会下雪了。"

"会的。"江祠语气肯定，"今晚就会下雪。"

"真的？"余顾声音里带着惊喜，"那什么时候会下啊？"

江祠看了看天，漫不经心地说："说不定过会儿就下了。"

说完，他看着余顾冻红的脸，拉着她往客厅走："回客厅吧，暖和点。"

进入客厅，江祠让余顾先坐会儿，他上楼整理几件衣服。

客厅前的电视在灯光下成了一面镜子，余顾正从零食中拿出糖画，抬头时无意间一瞥，发现电视机倒映的窗外，有白色的什么在往下飘落。

是雪！

下雪了！！

余顾兴奋地朝门口看去，白色的雪花如鹅毛一般，大片大片从上面落下来，被风裹挟着在空中转了一圈又一圈，慢慢飘落。

余顾兴奋地往外跑，也不在意外面有多冷。她冲下台阶，扯了围巾，就想感受雪落下来的冰凉，可抬头没看到万千雪花落下，而是……

江祠站在二楼突出的阳台上，手捧起一把状似棉絮的白色东西，往上一抛，它们就纷纷扬扬地往下落。

这是江祠托人买来的材料，吸水树脂加水之后就能达到人造雪的效果，他刚刚上楼就是在准备这个——一场独属于余顾的雪。

余顾抬头时，江祠正好抛下一把"雪"，洁白的"雪"从天空慢慢飘落。他探出身子，余光注意到地上的一抹红色身影，低头正好对上余顾的目光。

两人像是被定住了一样，不说话，只看着彼此。"雪"从上方飘落，余顾的帽子已经摘掉，围巾也往下拉，洁白的"雪"点缀在乌发之间，明眸皓齿，像误入雪地的仙子。

余顾正要开口，发现天空中又下起洁白的"雪"，可江祠并没有动。她的视线从江祠身上挪开，整片天空都洒下了晶莹洁白的雪花，它们的坠落速度仿佛开了零点五倍速，极其缓慢，像一场不切实际的梦。

余顾没忍住伸出手去接，从天空中落下的雪花停在指尖，一下就化了，化成一颗小水珠，凉凉的，沁人心脾。

余顾看向江祠，二楼阳台上的少年显然也看到了又出现的漫天飞雪，他笑起来，说："余顾，下雪了。"

江祠说的是真正的雪。

"下雪了，江祠。"余顾喃喃。

余顾说的却是江祠的雪。

这场雪来得意外又合理，飘飘洒洒，纷纷扬扬，一开始还是雪粒子，后来就变成了大片大片的雪花。

江祠看着站在原地，任由雪花飘落到身上的余顾，无奈地笑了笑。他下楼经过客厅时拿上余顾的帽子，给她戴上，又想将她的围巾系好，声音温柔地问："下雪了，不开心吗？"

　　"开心，但我更喜欢你下的雪。"余顾笑起来，一双眼睛干净又灵动。

　　"那我以后都给你下雪。"江祠看着余顾通红的脸，轻声许诺。

　　两人回到客厅里，余顾拉着江祠搬了小板凳坐在门口看雪。她拿出糖画，分给江祠，这才发现糖画画的两个小人儿竟然是她和江祠。

　　江祠看到糖画上的两个人，挑了下眉，有些意外于那个老爷爷手艺这么好。

　　老爷爷手艺很好，糖画上的他们很生动。琥珀色的糖画精致漂亮，落入口中，泛起丝丝密密的甜，直到心间。

　　外面的雪越下越大，余顾的眼睛越来越亮，整个世界逐渐被一片白茫茫覆盖，就像白云降落，将世界都包裹，简直是大自然的魔法。

　　两人边吃糖画，边有一搭没一搭地聊着天。雪下得小了些后，余顾拿了烟花出去放，江祠就在一旁看着。

　　余顾在雪里举着烟花欢呼，整个世界都变成白色，只剩下雪地中那一抹亮眼的红色，比正在燃烧绽放的烟花还要明亮、动人。

　　两人回去时，路上已经积了一层厚厚的雪，踩上去的时候会有咯吱咯吱的声音。

　　回家洗了澡，余顾不知道在床上躺了多久，手机传来嗡嗡的振动声，打开一看，原来是已经到了新年，通讯录里的联系人都发来了一条又一条祝福。

　　余顾匆匆穿上外套，跑到楼下找江祠，准备当第一个和他说新年快乐的人。

　　此时江祠正靠着墙看雪，眼里是前所未有的愉悦和放松。余顾眼睛亮亮的，送上祝福："江祠，新年快乐！"

听到余顾的祝福，江祠侧过头，眼里带着笑意，像漫天飞雪般温柔地说："新年快乐，余顾。"

高三的寒假很短，大年初七就回到了学校。开学那天正好是李御的生日，他带了一个大蛋糕来教室，和同学们一起分着吃。

余顾收到蛋糕的时候，并不知道那天是李御生日，平常都没听李御提起过。她有些抱歉，李御摆摆手说："多大点事，你让江祠多陪我打几局游戏就行了。"

不过有了不知道李御生日的前车之鉴，余顾便问了江祠的生日，都认识那久了，她还不知道江祠的生日。

"我的生日已经过了。"江祠无所谓地说。

余顾有些惊讶，嘟嘟囔囔地抱怨："那你怎么不和我说呀？我都还没送你礼物呢。"

江祠笑了一声，说："不过我生日那天你还真送我东西了。"

"嗯？"余顾猛地抬头，一双眼里带着疑惑，"我送了什么？我怎么不记得我给你送过礼物？"

"那天你送了我一本《五三》，是你多买的。"江祠慢悠悠地说，说到《五三》的时候还忍不住笑了一声。

江祠回想那天，余顾从书店回来，发现自己多买了一本化学《五三》，退回去太麻烦了，干脆送给了江祠。

余顾顿时愣住了，难怪她感觉那天江祠看她的眼神有点怪怪的，谁生日送人《五三》啊？

嘭——余顾的头直直磕在桌上，她想原地去世。

"你当时怎么不和我说啊？"余顾控诉道。

"我不过生日。"江祠淡淡地说，以前何莲念会在他生日时给他做碗面，但正经吃蛋糕的生日，他早就不过了。

"可我想给你过。"余顾突然抬头，很认真地看着江祠，一字一顿地对他说。

江祠的视线从余顾的脸上转到窗外，寒风吹过枝丫，上面还有未化的积雪，他却瞧出了几分春意，心生温暖。

"十二月七日。"江祠噙着笑看向余顾，"今年给我过生日。"

"好，记住啦。"余顾顿时心满意足，她心里想着，到时候一定要给江祠一个大惊喜。

他的十八岁生日她错过了，那十九岁生日，一定要盛大难忘。

"你的生日呢？"江祠反问。

"八月二十三日，还早呢。"

时间不紧不慢地前行，黑板上的倒计时数字一天天变小，考试的安排越来越紧凑，一场接着一场。

每个人的时间都很紧迫，吃饭吃得很快，有的人甚至只买了面包，边看题边啃上几口。原本课间还会有的聊天声现在已经少了很多，到后来几乎没有了——每个人都在争分夺秒地学习。

强压之下，自然会有受不了的人，选择了极端的方式结束自己的人生。

五月初，有个学生轻生了。这件事惊动了学校所有人，据说校长还跟着去了医院，之后全校所有的老师连夜开了个会。

本就压抑的学习氛围因为这件事更增加了一股躁动，李御说这个事情的时候，皱着眉："你们说，他再坚持一个月就结束了，怎么现在……"

"高三的压力确实挺大的。"余顾听到这件事后沉默了好一会儿才说话。

"是啊，我现在周末回家，连手机都没心思玩了，只想着做题，拿起手机我就觉得自己在'犯罪'。"李御呼出一口气。

江祠听到余顾说的话，轻轻皱了下眉，没有说话，而是在余顾的便笺上，多画了几个可爱的小动物。

"你今天不画花了吗？"余顾看到自己的句摘旁边画满了笑着的小动物，有些疑惑。

"你想要花吗？也可以。"江祠又添了几笔，小猫戴着花，小狗握着一束花，小兔子躲在花丛里。

余顾蒙了，直觉告诉她，今天江祠有些反常。

"怎么了？"余顾轻轻戳了戳江祠的手臂。

"想让你开心点。"江祠放低声音，将最后一笔画完，"压力太大就放松一下，休息五分钟、十分钟没事的。"

余顾没想到会是这个答案，她抿唇轻轻笑了一下，反问："那你呢？你会有压力吗？"

"没有。"江祠摇了摇头。

余顾："……"

她想安慰的话瞬间堵在了喉咙里。

这节课是徐牧的课，但班主任们都还在开会，就临时改成了自习。等到课时过半的时候，徐牧走了进来。

"大家先停一停手里的事情，我说几句。"徐牧拍了拍手，"学校考虑到大家最近的压力都很大，所以让每个班各自举办一些活动，有的班打算包饺子，有的班是看电影，你们有没有什么想法？"

同学们都窃窃私语起来，出了昨晚那件事，学校有这个决定也不奇怪。每个人都在小声讨论，可就是没有人给出提议。

徐牧看大家迟迟没发表意见，便笑道："怎么？怕别人在你们放松的时候学习，被弯道超车？"

徐牧看了看课表，也在想该准备一个什么样的活动才能让学生们放松。

"江祠，你觉得举行什么活动好？"余顾想了想，但她对学校活动的了解实在是匮乏，根本想不出什么来。

江祠在余顾说话前低头扫了眼题，提笔在选择题旁写了一个潦草的 C。他没有直接回答，而是想到前不久他经常看到余顾的草稿纸上出现"运动会"和"春游"这几个词。

江祠看到余顾还在等着他回答，转着笔，有些漫不经心地说："那小型的运动会怎么样？"

江祠的声音不大不小，前面好几个人听到后都转过头来看着他，余顾听到后更是眼睛瞬间放光："听起来还不错！"

徐牧见江祠这边在议论，不由得问了一句："江祠，你刚刚说什么？"

这下班里的人都安静下来，目光都转向江祠。

江祠姿态闲散地靠着椅背，声音清洌、干净："我说，小型的班内运动会，怎么样？"

话音刚落，教室里其他人就讨论起来。徐牧思考几秒，问大家觉得怎么样，结果出乎意料，竟然大部分人都同意了。

"行，那就举行一个小型运动会！"徐牧拍桌决定，"运动会的项目就由体育委员决定，奖品我会准备好。"

"对了，你们想要吃什么零食，报给班长，我自掏腰包请你们吃。"徐牧在下课铃响的时候十分豪迈地说，惹得同学们都欢呼起来。

这件事冲散了一些压抑的氛围，课间大家也开始讨论有哪些可实行的运动项目，最后由体育委员选出了几个比较热门的项目。

"鉴于我们班女生比男生少，所以在项目人数的设置上女生会比男生要少。项目有这些：八百米跑，男生五人，女生三人；一千五百米跑，男生五人，女生三人；铅球，男女各五人。老徐说跳高、跳远危险系数大，就暂时不设置了，改成跳绳比赛，男女各五人。每人只能参加一项。

"不想参加的就当啦啦队，大家课间可以来我这边报名，名额有限，先到先得！"

"我看到老徐最近在挑奖品，"体育委员有些激动，"绝对不是本子和笔那些，老徐下了血本！"

听到这里，同学们都发出一声惊叹，好奇究竟是什么奖品，不料体育委员合上本子故作神秘道："到时候你们就知道了。"

余顾听了，心里有一个想法跃跃欲试。

江祠在演算题，余顾等他写完答案，才问："江祠，那个运动会你报名吗？"

"嗯。"江祠点了点头，看到余顾眼里犹豫、纠结的样子，心下了然，"你想报什么？"

"咦？"余顾觉得江祠好像会读心术，嘟囔，"你怎么知道我想报名？"

江祠放下笔，整个人靠到椅子上，五月的午后最让人发困，他的声音里透着一股倦意："因为我会读心术。"

"那你猜我想报哪个？"余顾不信。

"八百米跑。"江祠想也不想直接说出口。

余顾眼睛都瞪大了，本来就水汪汪的大眼睛此时瞪得圆圆的，像只兔子，她竖起大拇指："你的读心术确实有点厉害。"

江祠笑得肩膀一抖一抖的，余顾的心思全写在脸上，怎么会不好猜呢？

"但我不敢。"余顾转而又皱起眉头。

江祠心里大概也有了点猜测，手指在桌面轻点，说："怎么了？"

余顾不想让别人听见，挪了挪椅子，凑到江祠身边，轻声说："因为我之前的病啊，平常出门我爸妈他们虽然不管我，但运动这件事他们还是……"

余顾的话没说完，但江祠已经听明白了。

"想去就报名。"江祠揉了下余顾的头，"做你想做的就好。但如果有任何不舒服的感觉，就必须立刻停下。"江祠想到之前余顾在体育课上晕倒，正了正神色。

"知道的，放心吧。"余顾心里还有个疑问，"不过，为什么你知道我的病，却不反对？"

"因为你每晚都会跑步锻炼身体，八百米跑，以你现在的身体素质是可以的。"江祠说，"余顾，你现在可以自己做选择了，你和大家没有不同，你可以自由地做任何事情。"

余顾愣住了，突然觉得眼睛有点酸酸的。

江祠看到余顾微微泛红的眼眶，轻声说："不用担心那么多，医生不是都说了，你已经没事了。"

余顾忽然很想哭，明明也不是多重要的事，可当有人能理解你的为难时，委屈和难过都涌上心头，泪水便在这一瞬间决堤。

她轻轻地擦了一下眼泪，眼泪却越擦越多。

江祠看到余顾的眼泪，心都疼了，又看到她努力忍着把唇瓣咬得发白的样子，叹了口气，语气像哄小朋友："我们去没有人的地方好不好？"

余顾咬着唇点头，说不出话来。

江祠将自己的连帽外套盖到余顾头上，让她先穿上，余顾带着哭腔问："为什么要穿？"

"那边风很大，而且你想让大家看到你哭吗？"

余顾摇了摇头，沉默地把外套穿上。

江祠拿了包纸巾放在裤子口袋里，站起身拉着余顾往外走。他带着余顾到了上次徐牧和他聊天的那个天台。他反手将天台的门一关，轻声说："这里没人了，想哭就哭吧。"

余顾的眼泪本来已经忍回去了，却因为这句话再次溃不成军。

这场突如其来的哭泣好像一场宣泄，十多年来的委屈和最近的压力都在泪水中被发泄出来，如同盛夏倾泻的暴雨。

哭了不知道多久，江祠感受到女孩的哭声渐渐弱下来，便从口袋里拿出纸巾递给她。

余顾接过纸巾，叹了口气："我这样是不是很莫名其妙？"

"不会。"江祠摇了摇头，"想哭不需要理由，发泄情绪很正常。"

余顾哭出来之后，情绪明显好多了。

天台上的风景很好，校园里的湖旁边长了碧绿的新草，也开了很多花，映得整个湖面都是五彩斑斓的。

余顾的脸上扬起明媚、灿烂的笑容，她深吸一口气，又慢慢地吐出来，说："好期待周六的运动会呀！"

"嗯。"

很快就到了周六。

徐牧带着十班的学生来到操场，接着叫了几个男生一起去校门口搬了好多吃的进来，奶茶、薯片多到数不清。大家看着面前一箱又一箱食物，沉默地点头，徐老师确实下了血本。

第一个项目是男子八百米跑，然后是一千五百米跑，男生跑完，再是女生跑。

江祠怕跑步过程中出现抽筋，拉着余顾在一旁做热身运动，边做还边嘱咐："我们班里没有体育生，大家水平都差不多，所以一会儿跑的时候不用特别卖力，如果有不舒服，就立刻停下，知道了吗？"

"嗯嗯。"这话余顾从早上出门的时候就听江祠在她耳边念叨，"你已经说了五六七八九十次啦！"

"还不是怕你不听？"江祠无奈地笑。

"哼，才不会呢。"

虽然是小型运动会，大家却还是认真喊着加油，气氛一点都不输正式运动会。

没一会儿，轮到江祠上场了，上场前他把水瓶递给余顾，让她在终点等着他。

余顾抱着水瓶准备去终点线，却被陈栖勾住了脖子。

"小余顾，你准备去哪儿啊？"

"终点，江祠让我在终点等他，给他送水。"余顾老老实实地回答。

陈栖看着余顾一脸懵懂，便问："问个事，你有没有收到什么礼物？"

余顾："什么礼物？"

"你不知道？！"

"那……那些东西呢？"余顾问。

陈栖摇了摇头，轻轻推了她一下："我不清楚，不过你可以问问你的同桌。去吧，比赛马上开始了。"

陈栖刚说完，就听到一声代替枪声的口哨划破长空。

操场上的少年们像利箭一样冲出去，因为身高腿长，江祠在那群人里遥遥领先，和第二名的距离慢慢拉大。

余顾抱着水走到草地边，和其他人一起为他们加油。最后一圈了，余顾看到江祠从对面的转弯处开始冲刺，欢呼声越来越激烈，她的心也跳得又快又重。

随后，人群中爆发出巨大的喝彩声。

少年在奔跑的时候头发随着风扬起，露出光洁的额头。长腿跨过终点线后他又往前跑了几步，抬起长臂举过头顶，伸出食指指着天。

愣了一瞬，余顾才知道，江祠不是在指天，是在说，他是第一名。

余顾正想朝江祠走去，身边一个人拦住了她。那人的脸她不认识，应该不是十班的。

那人笑嘻嘻地打招呼："余顾，你好啊，我是你们隔壁班的，我叫郁州。"

"你好。"余顾礼貌地点了点头后准备离开，可那人还是拦着她不让她走。

余顾看着那人，有些不解。

"上次我放在你桌上的东西，你收到了吗？"郁州有些紧张，虽然江祠将那些礼物和零食都还给他了，可那封信没还，他就不信邪，还想试试。

"什么东西？"余顾皱了皱眉头，这个人她都不认识，为什么他要给她送东西？关键是现在还不知道东西去哪儿了。

"江祠没和你说吗？"郁州想到可能是江祠擅自将他的信丢掉了，便讪讪地说，"那天江祠把我给你的东西都送回来，信留下了，我以为是你留的呢，他没有和你说这件事吗？他也真是的，怎么能随便翻女生的东西呢？翻了还擅自处理掉，真是没分寸。"

郁州小声说完，又觉得自己说错话了，随后道歉："余顾，不好意思啊，我这人心直口快，想到什么就说什么了，忘了你和江祠是好朋友，不该挑拨你们关系的。"

余顾觉得这个叫郁州的人说话有些阴阳怪气，听了有些不舒服，想随便说几句就走。

"知道是挑拨那就道歉。"

一个清晰的声音在余顾身后响起，随后她感觉怀里一空，水瓶已经被江祠拿在手里。

咔嚓一声，瓶盖被江祠拧开，余顾抬起头，看见江祠喝水时滚动的喉结，仰头时汗珠顺着他的下颌线往下滑。

"你别喝太急。"余顾看水瓶里的水快速减少，说。

江祠慢悠悠地将瓶盖拧上，睨了郁州一眼，又看着余顾，似笑非笑道："放心，呛不死。"

一旁的郁州被余顾无视后，脸色都变了，但还是挂着笑，说："余顾，那你回去找找信，之后我再来找你。"

说完，郁州就转身走了。

现在轮到余顾跑步了，江祠拿着水在终点等她。

八百米不长，最后两百米的时候，余顾感觉腿有些发软，转弯处身边有一个人超过了她，而且已经有人快要跑到终点线。

"余顾，加油！"于婷和陈栖的声音传来，给她传来了源源不断的力量。

加油，余顾，你可以的，况且，江祠也在终点等着你呢。

徐牧走上前准备按下秒表的时候，余顾一咬牙，闭上眼往前冲，冲过终点线的时候，只比第一名慢了几秒。

江祠接住余顾，托住她的手肘，带着她走几步缓缓呼吸："心脏还好吗？"

余顾喘得说不出话，但心脏除了跳得快了点，并没有什么不适。她摇了摇头，额角冒出汗，直往下流。

"慢慢喝水。"江祠将她的水杯打开递到她嘴边。

"江祠，我跑了第二名。"刚跑完有些虚脱，余顾的声音微微带着点哑。

"嗯，你在徐牧那里是第二名。"江祠点了点头，随即目光落在余顾红润的脸颊上，阳光照在她脸上细小的绒毛上，"但在我这里是第一。"

余顾有些不好意思，笑着抬头看着江祠。少年在阳光下格外耀眼，漂亮的眼睛神采奕奕。

"江祠，你怎么这么会说？"

"这是事实，你真的很厉害。"

余顾已经比刚刚好多了，又想起一件事来，问："那个郁州什么时候送我的礼物？我都不知道。"

"你每天早上都会先打热水再去教室，我比你早一点到座位上，就是这个时候。"

"然后你就把东西没收了？"

"不是没收，是代为保管。"

"那为什么不和我说？"

"因为，我不能让这些事情影响我同桌的学习。"江祠在余顾的一通盘问后败下阵来，失笑地看着余顾。

"那信呢？"余顾也没忍住笑起来。

"在我书包里，打算高考结束再给你。"

"不过，我本来就不认识他，收到信肯定也会去说清楚，你说我说不都一样嘛。"

"是啊，那抱歉了。"江祠倒是坦荡。

少年朝气蓬勃，不再厌世，不再冷酷，如初夏的阳光和干净的绿叶。他想，属于他的夏天真的来临了，或许，永远不会再落幕。

这场小型运动会结束得也快，大家都玩得很开心，发完奖品后，徐牧就让他们早点回家。

江祠是第一名，拿到的是一副蓝牙耳机，价格不便宜。余顾作为第二名，拿到的是一支很漂亮的毛笔和一个砚台。其他人收到的礼物也都很精美，没参加比赛的人，每个人都拿到了一个小礼物，徐牧还去寺庙给每个人都求了平安符，送给他们。

有人说，这一堆东西，估计花了徐牧一个月的工资，他是真心想让他的学生都开心。

大家也想为徐牧做点什么，可思来想去，眼下最能让他高兴的大概就是好好学习，高考有个好成绩吧。

江祠在教室等余顾收拾完，因为今天放学比平常要早一点，他便决定带余顾去一个地方。

"我们不回家吗？"余顾问。

"晚点回。"

"那去哪儿啊？"

"去'春游'。"江祠懒散地靠在桌子边沿，说。

余顾怀疑自己听错了，又问了一遍："去什么？？"

"春游。"江祠修长的手指屈起，在她桌上敲了敲，"你之前不是很想去春游吗？"

余顾彻底愣住了，觉得有些不可思议。

所以，江祠提出办运动会，也是因为她想吗？

这一刻的心情很难形容，惊喜和感动交织，心脏怦怦跳，像汽水一样咕嘟咕嘟冒着泡，又有一阵暖意通过血液流遍全身。

"那……那去哪里春游啊？"

走出学校的时候，余顾还是恍惚的，脸上的红晕没有散开过。

"到了你就知道了。"江祠轻笑一声，带着余顾往自己家的方向走去。

虽然是去江祠家的路，但又不完全是。余顾跟着江祠在路上绕来绕去，最后来到了一条老街。这条街很难找，但在地理位置上，是在江祠家后面的不远处。

老街上人不多，开着很多店，有小吃店，也有杂货铺和服装店。

余顾站在街头，有些惊讶："我以前都不知道这边还有这样的一条街！"

"这边很久以前算是镇上的商业中心，不过后来另一边建了商场之后，商业中心就渐渐转移到了那边，而且这里有些偏僻，人气就慢慢降下来了。"

余顾点了点头，问："所以我们是来这儿春游吗？"

"怎么？你不喜欢？"江祠挑眉。

"不是，我以为你会带我去公园之类的地方。"

"这边的小吃味道很不错。"江祠看向街上的店铺，"我小时候来过一次，比现在热闹一点，有几家古玩店的老板也很有趣。"

"是那家吗？"余顾一眼看去，就看到一家店铺前立了一块质朴的木牌，上面用毛笔写了一个飘逸洒脱的字：杂。

店门很小，相比其他能一次走进四五个人的店，它简直小得可怜。

"不是，那几家在街道更里面一点，不知道还在不在。"江祠也看向"杂"，"我很久没来这里了，这家店可能是新开的。"

"那我们先去那家'杂'看看吧。"

"嗯，你先去，我去找一下那几家古玩店。"江祠提议道，他想去古玩店给余顾买小礼物。

"好。"

余顾往店里走去，江祠则前往街巷深处。

余顾掀开店门口的帘子，才发现店内别有洞天，远没有外面看上去那么小。进去左手侧是一面照片墙，上面用夹子夹着很多照片，每张照片下面有一张便笺纸，上面的字迹各不相同，但都是美好的祝愿。

店里装的是复古的灯，泛着莹白如玉的光，靠窗的位置摆了小茶几和躺椅，旁边是一整墙的书。另一边的柜台旁摆了一台咖啡机。柜台上的复古留声机正放着音乐，很缓慢，很悠扬，让人的神经都不自觉地放松下来。再往前走是楼梯，楼梯上铺着地毯，看着很舒适。

与其说这是一家店，倒不如说是一个小家。

余顾站在门口，再次看向照片墙上的便笺。

"希望爸爸妈妈能够身体健康，长命百岁！"

"这次考试一定能行！"

"永远不要被生活打败！"

便笺上的话都不长，余顾一张张看过去，没注意到楼梯上走下来的人。

"你想写吗？"

一个低沉的声音在余顾的身侧响起，她顺着声音转头，看到一个长发男人抱臂看着她。

男人的长发稍稍有些凌乱，但披散在肩上显得很优雅，似乎是长久不晒太阳，男人肤色雪白，一袭衣衫宽松，但整洁、舒适。

"可以吗？"余顾不知道这家店是卖什么的，而且是拍了照才能写吗？

"当然可以。"男人转过身，"你可以过来逛逛。"

"嗯，你这里是卖什么的呀？"

男人笑起来，低沉的声音好似悦耳的大提琴音："我这儿卖快乐。"

想了想，男人大概觉得不贴切，笑着又补了一句："还有杂乱的心情。"

"嗯？"余顾还是头一次听到这样的说法，售卖心情？所以店名叫"杂"吗？

"怎么？觉得很奇怪？"男人好像习惯了来客有这样的反应，笑了一下。

"不是，就是觉得很有趣。所以怎么卖呢？"余顾是真的想了解，如果快乐真的可以购买，她想给江祠买三年的快乐，将过去三年的快乐给他弥补上。

"逗你的。"男人丝毫没觉得欺骗顾客有什么不对，恶作剧得逞一般笑起来。

"果然快乐很难买啊。"余顾叹了口气，脸上没有半点被戏弄的不豫，她又去看那满墙的书，"所以是卖这些书吗？书和快乐，确实也可以画等号。"

"欸，这些书我可不卖。"说到书，男人就急起来，"这些都是我的宝贝，不是一个固定的价格可以定义的。不过，我要是觉得与你有缘，可以送你。"

两人简单地聊了聊，余顾了解到，男人叫贺陵玉，是个摄影师，老家在北城，家中资本雄厚，但他不喜欢严肃、繁华的环境，所以选择来这里避世。

"所以这是摄影店？"余顾好奇地问。

"算是吧。"贺陵玉拿起咖啡喝了一口，修长的手指了指楼上，"我住在楼上，下面是我的店。"

"那过会儿，可以请你给我和我朋友拍张照吗？"余顾问。

"可以。"贺陵玉点了点头，面前的人穿着高中校服，脸上带着蓬勃的朝气，想和自己的朋友拍张照片，这是多么美好的事情，他乐意之至。

"坐下来看吧，站着看多累。"看到余顾一动不动地站在书架前，贺陵玉敲了敲桌子说。

"谢谢。"余顾站得有些累了，坐下来看了一会儿书。

原来的古玩店搬迁了，江祠找了很久才找到那几家古玩店，又挑了好一会儿，才挑出一件满意的礼物，返回来找余顾。

"江祠？"余顾听到声音，回头看到江祠走进来。

"嗯。"江祠点了点头，看到坐在余顾对面的人，目光带着几分探究。

"这就是你的朋友？"

"嗯。他是我同桌，我们今天是一起来这边的。"

"既然人来了，那就拍照吧。"贺陵玉起身去拿相机，又调试设备。

"什么拍照？"江祠问。

"贺老板是摄影师，我想让他给我们拍张合照。"余顾有些不好意思，虽然前不久刚拍了毕业照，但那是很多人的合照，并不是她和江祠两个人的。

"那怎么拍？"江祠了解后也没有不情愿，只是点了点头，走到余顾身边。

"你们就站在书架前面吧，和你们的书包、校服挺搭的。"贺陵玉指了一下书架。

拍之前余顾还挺期待的，可当两人站在一起后，她又浑身不自在起来，掌心冒汗，四肢僵硬。

"余顾，自然一点。"贺陵玉看到余顾的样子没忍住笑起来，"想点开心的，笑一下。"

贺陵玉边找角度边指导余顾，终于在余顾的笑容自然的时候，按下了快门。但按下快门的前一秒，她身旁的少年悄悄往女生那边靠近了一些。

照片里的江祠没有正脸，转头看向余顾，神色温柔，而照片里的女生，笑得灿烂明媚，眼里像是含着万千星辰，只有攥着衣角的手暴露了她的紧张。

"好了，拍好了，之后你们得空了来我这儿取就行。"

"好。"余顾点点头，想到后面要准备高考最后的冲刺，应该分不出什么精力出来逛街了，便和贺陵玉约了高考后来取。

"行，提前祝你们高考顺利，金榜题名。"贺陵玉笑得温和。

两人和贺陵玉道别，便从这家店走了出去。

"好饿啊！"余顾的肚子咕噜叫了一声。

"要不要去吃那边的小吃？"江祠指了下老街前面的一家店，"他们家的鸡蛋灌饼很香。"

"好啊。"余顾小鸡啄米似的点头，看来真的很饿。

两人往那家店走去，余顾因为和江祠拍了照，非常开心，一路上一蹦一跳，江祠跟在她身后慢悠悠地走。这时候太阳还未落下，斜斜地挂在天上，在地上拖出两道长长的影子。

它们相交又错开，又相交，重重叠叠，恰似青春的倒影。

那次休息过后，冲刺高考的紧张感又卷土重来。但有了先前的放松调剂，这次的紧张效果要更好一些。

每个人都在为六月这场战争拼尽全力。高考前的最后一次模拟考，江祠和余顾的排名火速前进，余顾拿到了全校前十的成绩，江祠排名第二。

那场考试结果出来的时候，徐牧神采奕奕，毕竟班里有两个排名前十的学生，尤其江祠还是从来都不被看好的人。

其他班的人也过来找十班其他人了解情况，最后只说了一句"这是黑马啊"。但十班的其他人都清楚，余顾和江祠两人付出了超过他们十倍的努力，那些成堆的试卷、笔记、草稿纸、空笔芯，绝不只是"这是黑马啊"五个字可以概括的。

不过，努力的结果是好的。但余顾瘦了很多，她的短袖校服穿在身上空荡荡的，纤细的手腕仿佛一折就会断，心脏偶尔也会有些不适。但余顾忙着复习，况且这种不适对比起以前生病时的难受，实在微不足道。

余顾没有过多在意这件事，毕竟以她现在的成绩要考上 A 大还是有些悬，她必须再努力一些。

时间仿佛在充实的生活里以三倍速前进，余顾那本厚厚的便笺快写完了，黑板上写的倒计时数字越来越小，桌上做完的试卷越来越多。

倒计时写到"1"的那天，晚霞很灿烂，橙红的落日余晖铺在天边，晚风穿梭在树丛间，将碧绿的树叶吹得沙沙作响，像是提前为高考摇旗呐喊。

徐牧走进教室，拍了拍手，大家纷纷停下复习，听他发言。

"我说几句，明天，就是高考的开始。"徐牧说到这儿的时候，顿了一下，"这场准备了三年的战争终于要打响第一枪。"

"这一路走来很难熬，我知道你们都很疲惫，但我希望你们再坚持一下，这四天考完，你们就会拥有一个很长的暑假，可以好好休息了。

"孩子们，苦尽甘来，期待你们明天书写出属于你们的完美答卷。"

接着，徐牧拿起粉笔在黑板上写上四个大字：金榜题名。

"高考加油！

"今晚好好休息，晚自习快结束的时候，你们都把身份证、准考证、文具放到桌面上，我一个个检查一遍。"

徐牧说完，就让他们去吃饭了。

不知道是心理作用还是学校怕在吃的方面出意外，食堂的饭菜好吃了不少，以前如果是好吃，那今天就称得上美味。

余顾吃完晚饭回到座位上时，发现江祠难得没有做题，而是靠着椅背，出神地看向窗外。

窗外是墨蓝色的天空，偶尔有鸟在枝头跳跃、鸣叫，蝉鸣却从未停歇。

经过几番换座位，余顾又坐回了上学期她刚到学校时坐的位子。那天中午，江祠也是这样，散漫又随性地看向窗外，微风轻轻吹起他的发丝。

好像什么都没变，又好像什么都变了。

"紧不紧张？"看到余顾回来了，江祠转过头问。

"你紧不紧张？"余顾不答反问。

"紧张，但没特别紧张。"江祠转了转手腕，"你也别太紧张，按照你现在的成绩，考上 A 大已经有七八成的把握了。"

"嗯嗯，我不是特别紧张。"余顾点点头，"同桌，你就放心吧。"

"嗯，那就好。"江祠伸出手轻轻揉了一下余顾的头顶，眉眼舒展，"那就提前恭喜我的同桌，成功考上 A 大。"

"嗯哼，"余顾俏皮地歪了歪头，多少也被江祠的轻狂影响到，"预备役校友，A 大见。"

这时，不知道是谁带头，教室里的同学纷纷走到讲台上，拿起粉笔在徐牧写的"金榜题名"旁边写下自己的名字，而另一面黑板上则写着自己的愿望。

"明天决一死战！"

"我必行！！"

"不舍昼夜地拼搏，终于得见天光！"

余顾见了，也上去写，白色粉笔在黑板上写下一行清秀的字：我们都是高飞的鹰。

江祠则拿着粉笔在余顾的字下面写上"高考必胜"，字如其人，狂放骄傲，锋芒毕露。

因为他一定会是高考的赢家。

六月七日，是个晴天。

当天空泛起鱼肚白，公鸡发出江南镇的第一声啼叫，牵牛花吐出第一口气息，树枝上的小鸟开始蹦蹦跳跳，高考就此拉开帷幕。

江祠和余顾两人还是按照平常的生物钟起床，余顾昨晚睡得很好，早上起来的时候活力满满，比初升的太阳还要灿烂。

江祠和余顾下楼时，就看到三位家长坐在餐桌前，顾雨和奶奶都穿了旗袍，余国平穿了一件绿色的 T 恤，这还是余顾第一次看到自己的爸爸穿这么鲜亮的颜色。

"爸爸，你今天好帅！"余顾感叹。

"这衣服的意思啊，是一路绿灯！"余国平挺了挺胸，余顾才发现他衣服的胸口处还印着四个白色大字，正是"一路绿灯"。

"这是你爸特意买的'高考战服'呢。"顾雨打趣道，"看我和你奶奶的旗袍好看不好看？"

"好看！"余顾点了点头，旗袍显得顾雨和木锦非常有气质。

"这啊，叫旗开得胜。"木锦笑起来。

余顾和江祠对视一眼，都有些惊讶于家里的大阵仗，于是出门的时候，原本是他们两个人去学校，现在变成了五人行。

到校门口的时候，已经有其他很多学生的家长站在校门口，有的是送了自己的孩子就走了，有的则是一直站在门口为孩子加油。

这几天学校附近是不允许鸣笛的，外面也都静悄悄的，不多打扰。

"小祠，囡囡，高考加油！"

这是余顾和江祠走进学校前听到的最后一句话。

铃声响起，高考正式开始。整个学校以及周围都归于安静，像平静无澜的海面，可下面又暗流汹涌。

这场战争持续了四天，四天后，伴随着最后一场考试结束的铃声，这三年来的努力和奋斗都宣告结束，所有人都如释重负。

这天下了一场倾盆大雨，不过六月的雨虽然又大又急，但结束得也快，没一会儿太阳就出来了，高高地挂在天上，映出一道彩虹。

余顾回到十班教室的时候，大家都在尖叫着宣泄，有的人抱着一沓试卷丢到了垃圾桶里，抑或甩到天上，看它四散下来，每个人都在尽情发泄。

陈栖拉着于婷冲过来，一把抱住余顾，激动地喊："终于结束了！"

余顾和于婷也很激动，三个女生抱在一起转圈圈，可后来笑着笑着，陈栖突然哽咽起来："怎么办？我又有些舍不得了。"

"还可以常回来的。"于婷拍拍陈栖的肩膀，声音不免也有些低落。

"先不想那么多啦，"余顾笑着说，"至少现在终于不用再熬夜做题啦！我们会有一个很长的假期，可以经常聚呀！"

"嗯嗯！"

三个人一起说了会儿话，徐牧进来了，让大家先安静地坐下，他说几句话。

"恭喜大家，你们的高中生活正式结束了！"徐牧鼓起掌来，教室里也跟着响起一阵掌声，"之后的路希望你们一帆风顺。"

"想要回来看看的时候，学校的大门会永远为你们敞开。

"当然，现在最紧要的，就是好好享受这个漫长又自由的暑假。"

徐牧看到每个人脸上疲惫又兴奋的笑容，心里的不舍蔓延开来，但这种开心的日子不宜提起伤感的话题。他将情绪往下压了压，说："之后学校会有一个毕业典礼，我们班也会有毕业晚会。"

"好了，大家赶紧收拾收拾，你们的爸爸妈妈还在校门口等你们呢。"

可徐牧说完，班上没有一个人行动，只是沉默地看着他。

"怎么了？"徐牧有些摸不着头脑。

于婷走向徐牧，双手拿着一本很厚的黑色本子递给他："徐老师，这是大家一起写给您的信，这一年，您辛苦了！"

于婷说完这句话，大家都站起来，随后一起向他鞠了一躬，一起喊："徐老师，这一年您辛苦了！"

声音震耳欲聋，久久回荡在教学楼走廊上，饶是过了几十年，徐牧走过这条走廊时，仿佛这真诚的话语还回荡在耳边。

徐牧愣在原地，眼眶里有晶莹的泪水在打转，其实已经有几个人在悄悄抹眼泪了，他笑着说："好了，你们每个人都好好的，就是对我最大的回报了。

"以后想回来看看的时候就给我发消息，高三十班永远是你们的家！"

大家一起收拾东西，打扫教室卫生，但那面写满大家名字的黑板一直没有擦。

徐牧是最后一个离开教室的，他对着教室拍了很多张照片，每一个角落都没有落下，最后才关灯锁门。他回到办公室翻开本子，眼泪终于没忍住落了下来。

江祠和余顾走到校门口的时候，看到顾雨怀里抱着鲜花冲他们招手。

"给，这是余顾的，这是小祠的。"顾雨和木锦分别将手上的花递过来。

"毕业快乐！"三位家长对着他们笑笑，彼此之间又拥抱了一下。

"我们今天吃得丰盛一点！"余国平笑起来，"我们三人齐上阵，给你们做大餐，你们回去好好休息。"

"之后有一段很长的休息时间，你们慢慢把身上的肉都给我养回来。"木锦看着余顾和江祠两人都瘦了一圈，格外心疼。

"好。"江祠和余顾两人相视一笑，齐齐应答。

吃完晚饭，江祠去洗碗前悄悄对余顾说："等我洗完碗，我们去散会儿步。"

余顾看着江祠漆黑的眼睛，瞬间意识到江祠可能要对她说一件很重要的事，心不可控地跳了一下。

"好。"余顾点了点头，心里很慌乱。她坐到客厅的沙发上，抱起正躺着休息的福福，对着它的脸好一通揉，才慢慢平复心跳。

江祠洗完碗，余顾从沙发上站起来，对正在看电视的顾雨说："妈妈，我和江祠出去散会儿步。"

"好。"顾雨点了点头，除了之前生病的时候不让余顾出门，她现在几乎不怎么约束余顾，况且高考都结束了，余顾想去哪儿都行。

出门后，余顾问江祠去哪儿，江祠摇摇头，笑着说："随便逛逛。"

"怎么忽然想散步了？"余顾看着江祠，落日的光似乎带着几分偏爱落在他发顶，衬得他整个人俊俏又温柔。

"你猜。"江祠插着兜散漫地走，听到余顾的声音时低头看了她一眼。

"我不知道。"余顾摇了摇头。

现在正是晚饭时间，这时候江南镇家家户户的房子上面都飘过袅袅炊烟，街道上人不太多，晚风吹过来的时候，少了夏日的炎热，凉凉的，很舒服。

两人无言地走着，走得近，又穿着短袖，胳膊难免碰到，炽热的体温时不时传递给彼此。

走到一处巷口的时候，江祠突然停了下来，余顾有些蒙："怎么不走了？"

"还记得这里吗？"江祠开口问。

余顾的目光落在巷口那块锈迹斑斑的铁牌上，上面的字还很清晰。

"姜雨巷？"余顾轻轻念出来，这才反应过来，"去年我们第一次遇到的地方？"

"嗯。"江祠点了点头，转身靠到了墙上，落日橙红的光落下来，将他的头发映成金黄色。

"怎么来这儿了？"

"余顾。"江祠忽然出声，他的眼睛里是暖黄的光，和干净的她。

江祠只喊了一个名字，余顾就好像已经知道接下来要发生什么，她对上江祠的目光，呼吸一滞。

江祠看着余顾水灵灵的眼睛直直地看着他，心里练习过好几遍的话瞬间忘了，脑子里空白一片。

江祠叹了口气，轻轻拉了一下余顾的胳膊，两人的距离拉近，能够感受到彼此的呼吸和剧烈的心跳。

下一秒，一双温热的手就覆盖下来，遮住了余顾的眼睛。少年的温度是灼热的，烫得她眼皮一跳："怎么……"

余顾还没说完，江祠便用修长的食指贴上她的唇："嘘，先听我说。"

"我想了很久，觉得在第一次见面的地方表白比较有意义。"

眼前一片漆黑，使得其他感官更加敏感，余顾感受到江祠俯下身，几乎是半拥她入怀，凑在她耳边说话，将她莹白的耳朵染得绯红。

"我以前从来没想过会参加高考，也从来没想过会和人谈恋爱，从前我觉得自己是累赘，是没人要的疯狗，是被所有人都讨厌、唾骂的人。"

江祠停顿一下，失笑道："虽然这么说有点矫情，但遇到你之后，我就多了一分希望。你将我带出困境，我开始重新学习、生活、准备高考，开始像个正常人，也渐渐被其他同学认可。"

"余顾，每次见到你，你的眼睛都亮晶晶的，仿佛蕴藏着无限希望。

"我不知道是从什么时候开始喜欢你的，但等我发现的时候，我早就已经深陷其中了。"江祠放下食指，转为抚上余顾乌黑的头发。

柔顺如绸缎的发丝从掌心滑过，江祠深吸一口气，说："我喜欢你，余顾，很喜欢很喜欢你。"

说到这儿的时候，江祠有些不好意思，看着怀里女生绯红的耳朵，发现不是自己一个人在害羞。他轻轻捏了一下自己的耳朵，觉得有点热热的、痒痒的。

"所以，你愿意做我的女朋友吗？"

心脏快要跳出胸腔，心跳一下一下，震耳欲聋，江祠喉咙发紧，喉结上下滚动着。

还没等到回应，江祠便感到捂住余顾眼睛的掌心湿了。江祠忙放下手，以为是自己的手让她的眼睛不舒服了："我弄疼你的眼睛了吗？"

余顾没有回答，而是直接环住了江祠的腰，将脸埋到他怀里哭了起来。

"你……你……"江祠被余顾搞得猝不及防，拍了拍余顾的背，"如果你觉得太快也没关系，我之后再慢慢追你，直到你觉得我达到你的男友标准了，我们再谈恋爱。"

余顾还是哭，边哭边摇头，江祠心里更没底了。

"你要是想喜欢别人也行，你开心就行。"江祠见状，只得退步。他哪里还是那个脾气不好的踺哥，分明是为爱放下自尊的胆小鬼。

"江祠，你傻不傻？"余顾听到江祠说的话越来越离谱，终于抬起头瞪了他一眼。

"我怎么会不愿意当你女朋友？！"余顾紧紧地抱住江祠，在他耳边给他吃下一颗定心丸。

"我也很喜欢你，喜欢冷脸看着很凶但其实心地善良的江祠，喜欢会画画的江祠，喜欢意气风发的江祠，也喜欢颓丧地对世界不抱希望和热忱的江祠。"余顾说完也有些不好意思，但想到刚刚江祠退让的样子，心里泛着微微的疼痛，如果不是不相信自己，他又怎么会一再退让？

"江祠，我喜欢你，是因为你很好，你值得我喜欢，哪怕别人再好，也与我无关，我这人最多的就是耐心啦，所以我会喜欢你很久很久的。"

余顾有些生涩地轻轻拍了下江祠的背，说："你自信一点，我只喜欢你，不会喜欢别人的。我刚刚哭是因为感动，"余顾有些不好意思地解释，"才不是什么不想和你在一起！"

"我从不感谢苦难，"江祠的声音有些沉闷，"可是余顾，我感谢命运让我们相遇。"

你如太阳降临在我萧条、荒芜的世界，从此冰锥融化，万恶皆消，雄鹰振翅。

"江祠，我也是一样。"余顾吸了吸鼻子。

是你让我觉得我与正常人并无二致，你让我做自己，坚定地支持我，保护我，让我不要在意别人的眼光。

是你让我更完整，拥有更坚定的灵魂。

余顾的话就像燥热夏天里一阵凉爽的风，严寒冬日的一抹暖阳，抚平了江祠心中的不安。

江祠将余顾抱得更紧，鼻子有些泛酸。他侧过头，在余顾的发丝上，轻轻又郑重地印下一个吻。

"好，我记住了。"

两人抱了很久没有说话，树上的蝉鸣不停，远处能听到小孩的玩闹声和老人的寒暄。

他们在无人的街巷紧紧相拥，感受着杂乱的市井烟火，心跳共振。

回去的时候两人并肩，贴近的手偶尔会碰到。江祠的手握拳又松开，如此反复，他终于深吸一口气，主动握住了余顾的手。

她的手纤细、白嫩，比他的要小很多。

江祠将余顾的手握紧，随后又将手指一根根分开，和她十指紧扣。

余顾感受到掌心的灼热温度，十分脸红，直到手指传来轻微的痛感，她才晃了晃江祠的手，轻轻说："江祠，你抓得太紧了。"

江祠目视前方，听到余顾的声音，手指松了一下，又问："那这样呢？"

"这样刚好。"余顾弯着眼睛笑盈盈地看着他，忽然想到什么，问，"我们什么时候和我爸妈说呀？"

江祠怕余顾害羞，便说："你想什么时候说就什么时候说，我都可以。"

余顾抿嘴偷笑，眼里带着些不怀好意："那我如果一直都不想说呢？"

"那我就只好一直当你的'地下情人'了。"江祠轻笑，捏了一下余顾的手作为回应。

左右他们已经在一起了，只要他是余顾的就行。

到家门口的时候，余顾还是将手从江祠手里抽出来了。她打算过几天再说，毕竟今天刚高考完，要是现在说，未免也太快了点。

之后的几天两人过得很清闲，余顾每天都睡到九点多才起床，下楼的时候会看到江祠正一边逗福福一边给院子里的花浇水。阳光照下来，将他周身镀上一圈莹白的光，看起来干净又青春。

李御时不时还会将他们叫出去玩，但天太热了，过了上午九点，太阳照得树都蔫了，余顾怕中暑，根本不敢出去，只在傍晚的时候和江祠一起出门散散步，或者等天气没那么热了再约李御他们去玩。

这天，余顾下楼的时候发现顾雨和余国平都早早地回来了，江祠正在厨房帮木锦择菜。

"囡囡，过会儿就可以查分了。"顾雨看到自己女儿打着哈欠，提醒道。

"嗯嗯。"余顾知道，下午就可以查高考成绩了。

"你想要爸妈陪着还是自己查？"余国平怕她不喜欢他们看着，问了一句。

"一起查吧，反正都是要知道的。"

吃完午饭，几个人坐到了沙发上，茶几上摆着电脑，等着时间到查分的时间点。

大家都屏息看着时间一点一滴慢慢跳动，终于到了两点整，可以查分了。

"先查小祠的还是先查余顾的？"余国平看向余顾和江祠。

江祠一脸轻松，倒是余顾，背挺得很直，神色严肃，双手抓着抱枕，黑葡萄似的眼珠子一直看着电脑，看上去紧张极了。

"我都可以。"江祠看到余顾正襟危坐的样子，说。

"先查江祠的吧，我……我再做点心理准备。"余顾深吸一口气，手微微颤抖，掌心都是汗。

余顾打开查分网页，将江祠的考号输进去。木锦戴着老花镜，顾雨和余国平在一旁屏息凝神地看着，余顾一动不动地看着屏幕，江祠也神色专注地看着电脑，指尖在桌面轻敲。客厅里安静极了，短短几秒的加载时间却仿佛一个世纪那么长，那么煎熬。

查分网页加载出来了，一行漂亮的成绩映入五个人的眼帘。

江祠

语文 140　数学 150　英语 146

物理 100　化学 100　生物 100

总分 736　位次 1

"啊啊啊！"还未等众人回过神，余顾就先激动地欢呼起来，跳下沙发，也顾不得爸爸、妈妈、奶奶还在，用力抱住了江祠，"是第一！是全省第一！"

这迟来的荣誉，终于在三年后，被江祠凭实力拿在了手中。

余顾相信，等高考成绩被报道出去，肯定不会有人再对江祠有偏见了。他不再是那个街巷里人人都骂的疯狗，而是人人称赞的高考状元！

余顾到后面流了眼泪，江祠手足无措地拍着她的背，拿纸巾给她擦眼泪，三个长辈看到此情景都有些动容。

余顾的眼泪被江祠擦干净，她才后知后觉长辈还在，有些不好意思地松开手。她看到沙发上三个长辈正看着两人笑而不语，脸噌地一下就红了。

"我……我就是太高兴了。"余顾欲盖弥彰地解释，却发现三人脸上的笑意更深了，便干脆把头埋进抱枕。

江祠被余顾的样子逗笑了，他看向三位长辈，礼貌地点了点头，收获了三个人的大拇指。

"江祠，考得真的很棒！"

顾雨毫不吝惜夸奖，一旁的余国平也很高兴："是啊，我今天就去买坛酒来庆祝庆祝！"

木锦一脸欣慰："小祠，你奶奶知道，一定很开心。"

其实这个成绩也出乎江祠的意料，他虽然觉得做题很顺，但没想过能有这么好的成绩。巨大的惊诧和喜悦漫上来，盈满了他的整个胸膛。

"那接下来就查余顾的成绩吧。"顾雨看到自己女儿的耳朵红红的，忍不住笑起来。

"嗯。"余顾看到江祠考得那么好，生怕自己考砸了拖后腿，再次紧张起来。

余顾回到查分界面，输入她的考号，最后点击确认键，闭上了自己的眼睛。

"妈妈，成绩出来了吗？"余顾轻声问。

"嗯，出来了。"顾雨看着上面的分数，声音平静。

"那是好还是坏？"

"囡囡，睁开眼自己看。"

"考得很好，余顾，A大稳了。"江祠坐到余顾身边，轻轻握住她的手，"自己睁开眼看看。"

余顾这才睁开眼，看到了自己的成绩。

余顾

语文 146　　数学 130　　英语 146

物理 99　　化学 95　　生物 90

总分 706　　位次 77

余顾没想到自己竟然考得这么好，比上次模考还要多30分，超常发挥了！

"妈妈，我可以去A大了！"余顾激动地扑到顾雨怀里，心里仿佛有无数烟花在噼里啪啦地绽放。

"是的，我们囡囡最厉害了！"顾雨在她背上拍了拍，又欣慰又心疼。

顾雨知道自己女儿因为生病落下了很多课，所以高考能有这个成绩，付出的努力是她想都不敢想的。本来她只想余顾读个本科就行，可她的女儿不满足于此，给她带来了惊喜。

"好好好。"余国平连说了三声好，脸上的笑藏都藏不住，忙起身说去买酒。

木锦也很高兴，两个孩子的成绩都那么优秀，她也起身去买菜，准备晚上做一桌大餐。

后来余顾和陈栖、李御他们打电话，得知他们考得也很不错，都得到了自己满意的成绩。为了庆祝，几个人还约了之后一起出去玩。

于是，顾雨和余国平出去采买东西，木锦去菜地里摘新鲜的菜，客厅里一时就剩下余顾和江祠。

"江祠，我们真的可以一起去 A 大了！"余顾盘腿坐在沙发上，仍然在兴奋。

"嗯，一起去。"江祠的眼睛漆黑、漂亮，他笑容里的少年意气像夏天的蝉鸣一样热烈。

余顾想，她会永远记得这天，那个受尽苦难的少年终于重新回到了属于他的位置，意气风发，鲜衣怒马，眼中的冰川融化，笑容张扬又热烈。

窗外枝繁叶茂，阳光透过树叶的缝隙洒下来，枝头的鸟鸣婉转动听，偶有麻雀在电线上蹦蹦跳跳。

那是最热的夏天，她身旁坐着最热烈的少年。

随后，江祠给余顾递过来一瓶养乐多，瓶身上还带着冰凉的水珠，接着他也拿起一瓶，和她的碰了碰，干净、清冽的声音仿佛能贯穿一整个盛夏。江祠说："敬高考，敬相遇。还有，"他仰头喝了一口，又举起来和她手中的养乐多相碰，晃荡的不只养乐多，还有他的笑和她的心，"敬太阳。"

之后某天傍晚散步时，余顾回想起这天，再次雀跃。她看向牵着她的手慢慢悠悠走的江祠，问："江祠，你设想过如果我没考好或者你没考好的情况吗？"

"想过。"江祠当然想过这种情况，如果他考砸了，去不了余顾的学校，那就和余顾去同一座城市。如果是余顾考砸了，那他就和她去同一所学校。

"那你会怎么办？"余顾晃着江祠的手问。

"一切以你为准。"江祠抬手揉了揉余顾的头，"你去哪儿我就去哪儿。"

"而且担心这些并没什么用，在我们这个年纪，思虑过度只会犹豫不决，什么都不顾地走下去就好了，车到山前必有路。

"我们的脚下，是康庄道，我们的胸腔，有不死心。"

最后这句话江祠是笑着说出来的，声音里带着豁达、无畏的爽朗，像山涧清泉般明澈。

夏夜舒爽的晚风将他的衣襟吹起，他眉眼锋利，视线望向将落未落的太阳，橙红的落日熠熠生辉。

这是余顾对那天最后的印象，彼时她也笑起来，曾经因为成绩产生过的所有担忧全都化作云烟飘散。

少年心比天高，路在脚下，哪怕是横冲直撞，也会收获烈焰繁花。

酷暑难消，比太阳更热烈的是人们的目光，江南镇鲜少有高考状元，不少人因此认可了江祠，遇见他时还有人想要合影。

江祠每次出门都戴着帽子、口罩，可余顾看着很开心，为他被大家认可而开心。

江祠倒是对别人的目光无所谓，清者自清，他最近也在重新整理当年的证据，但已经过去三年，加上大家一致认为错在他妈妈，所以证据找起来有些棘手。

但余顾在意，她想让大家知道，当初他们讨厌、唾骂的少年，是今年的高考状元，是优秀的少年。

这天，余顾忽然想起贺陵玉那儿洗了的照片还没拿。

"江祠，我们明天去贺叔叔那里拿一下照片吧。"余顾转头看向正在沙发上看书的江祠，"高考完太兴奋了，我都把这件事忘了。"

"好啊，上午去吧，下午太热了。"江祠点了点头。

"好！"余顾点点头。

第二天一早，两人来到贺陵玉店门前，敲了三下，听到了开门的

240

脚步声。

贺陵玉推开门，看到笑意盈盈的余顾，她身边站着一个戴着黑色口罩和黑色帽子的男生。"这么早？"他挑了挑眉，看向两人，有点不明白江祠今天这一身装扮，"你这是……"

"因为会有人拉着他拍照、聊天，所以干脆戴口罩、帽子了。"余顾替江祠回答，笑着说，"我们今天是来拿照片的！"

"照片已经洗好了，进来坐会儿吧。"贺陵玉让两人进去，让他们随便坐，他继续准备他的早点。

贺陵玉端了三杯咖啡到桌上，笑着问："高考已经结束，你们有没有旅游计划？"

"有的。"余顾开心地说，"票都已经订好了，去龙城。"

"多出去逛逛是好事，龙城的风景很不错，确实是个避暑胜地。对了，还没问你们，高考成绩怎么样？"

"超常发挥！"余顾笑容很甜，"他考了全省第一，我是第七十七！"

"嚯。"贺陵玉抬头看了江祠一眼，坐在余顾身边的少年摘了口罩，没有被提到是高考状元的高傲，只是很谦虚地对贺陵玉点了点头。

"这么厉害啊。"贺陵玉惊叹，"是我准备不周了，下次再来找我的时候，我给你们礼物。"

"不不不，不用的。"余顾摆了摆手，"你上次给我们拍照，还没收我们钱呢。"

"是我的一份心意，所以不要推托。"贺陵玉站起来，"我去给你们拿照片。"

贺陵玉转身离开，很快拿了两个封好的牛皮纸袋出来，还有相机。

"你们的照片。"贺陵玉将其中一个牛皮纸袋放到桌上，体贴地说，"我洗了好几份。"

"谢谢！"余顾拆开拿出来看了一下，照片很有氛围感，她看到自己眉眼弯弯地看向镜头，而江祠……转过头在看她。

"你怎么没看镜头？"余顾将照片递给江祠看。

"咳，"江祠握拳抵着下巴轻咳了一下，"我忘了。"

"还有一张照片，是你们走的时候我抓拍的，我觉得很不错。"贺陵玉示意余顾袋子里还有照片。

"哇，这张好好看！"

余顾抽出来，画面上天空湛蓝，两人穿着蓝白色校服，一个单肩背着黑色书包，一个双肩背着粉色书包，并肩走向烟火人群的街巷，干净又有生活气息。

江祠看到，轻轻地"嗯"了一声。

"你们喜欢就好。"贺陵玉笑起来，将相机递过去，"对了，我们也是有缘，相机借你，希望你能有个愉快的龙城之旅。"

同时他又推了另一个牛皮纸袋过去，说："这里面是内存卡，里面是我以前去不同地方旅游拍下的风景，有照片，也有视频，知道你对这些感兴趣，可以看看。因为照片太多了，我没有一一洗出来。"

"不不不，相机太贵重，我怕摔坏了。"

余顾想将相机推回去，可相机被贺陵玉的手摁住。

"没关系，就当是庆祝你们高考大捷，给你玩，而且只是借用一下，问题不是很大的。"

余顾还想拒绝，可面前斯文的男人失笑道："我以为我们算是朋友了，余顾。"

话说到这分上，余顾只能道谢，接过。

"下次见面，我再准备一份礼物给你们。"

不过贺陵玉没想到，第二次见面来得这么快。

木锦早上和人约了去寺庙里，要在庙里禅修几天，顾雨和余国平还没回来，江祠和余顾回到家，随便热了点菜吃饭，下午打算一起看贺陵玉以前拍的照片。

余顾拿过电脑，正准备插入内存卡，桌上的手机突然振动，顾雨打来了电话，提醒余顾明天记得去医院检查。

"怎么了？"江祠从厨房出来，问。

"妈妈说明天要复查，早上你陪我去吧。"余顾说。

"嗯。"江祠揉了揉她的头，"女朋友去哪儿我就去哪儿。"

余顾听到这话，嘴角悄悄勾起："嗯。"

江祠轻笑一声，扭头就看到余顾绯红的脸，他的眸色渐渐加深，屏息靠近，贴上了她柔软的唇瓣。

余顾长睫轻颤，看着江祠慢慢靠近，闭上了眼。

这是他们的初吻。

如果要问初吻是什么味道，应该是早熟的青橘子，入口微微酸涩，心里却是甜滋滋的，让人欢喜。

天气炎热，吃完午饭后江祠去洗了个澡，他下楼时，发现余顾正捧着电脑，看着上面是各种风景照。

"在看照片？"江祠拎着瓶冰水走近。

"嗯。"余顾发现这张内存卡里面大多是视频，回头看江祠的时候顺手点开了一个。

江祠的视线也落到电脑屏幕上，可一看，他的视线就顿住了。

视频里的地方应该是贺陵玉的一个房间，里面的东西精致、华贵，大概是他的藏品。

视频里，贺陵玉走过去拉开窗帘，打开窗透透气，出去的时候，手上拿着的长杆好像撞到了镜头，随后视角一转，拍到了窗外的景象。

这本来没什么问题，但让江祠目光顿住的原因就在于，视频里窗外的景象是江祠的家，有一个穿着西装的人走了进去。

那身西装和那个人，江祠一辈子都不会忘。

那个男人是严致。

江祠走到沙发前拿起电脑，看到视频上显示的时间——二〇一六年八月八日，是一切痛苦开始的日子。

余顾还是第一次看到江祠这么沉重的样子，她顺着他的视线看过去，却在电脑上的视频里看到了江祠的家。

画面里，一个穿着旗袍的女子被拖到房间里，衣服被一个男人暴力撕开。单是从视频里都能感受到当时情况的激烈，里面的女人苦苦挣扎，可换来的不过是男人更暴力的对待，他扇了对方好几巴掌，脸上挂着猥琐的笑。

这段视频应该是监控里的，监控质量很好，所以视频拍得很清晰，将这罪行完完全全记录了下来。

余顾意识到这就是当年发生在江家的事情，画面里的女人就是江祠的妈妈，现在她亲眼看到了当年江祠看到的事情，双手控制不住地颤抖，浑身变得冰冷。

只有亲眼看到，才能真切地感受到江祠当时的痛苦，余顾忍不住抱住了江祠。

"江祠，现在有证据了，是不是可以翻案？"余顾声音颤抖。

"嗯。"江祠的喉咙很干涩，他慢慢移开电脑，闭上眼打算整理一下思路。

翻案没有那么简单，需要的不只是证据，还要钱和关系。当初冯熙雪之所以被冤枉，有一个很重要的原因就是严致有靠山，将黑的说成白的，把这件事情压了下来。

"这个视频是那些内存卡里的？"江祠问。

"嗯。"余顾点了点头。

"我去找他一趟。"

江祠起身，却被余顾拉住了手腕。他听到她说："我和你一起去。"

现在正是太阳最烈的时候，泼到地上的水一分钟不到就干了，但江祠和余顾两人顾不得那么多了，一路冲到贺陵玉那儿，敲响店门的时候两人脸颊绯红，额头上都是汗。

贺陵玉看到两人气喘吁吁的样子，不知道发生了什么事，便让两人进来说。

坐下后，贺陵玉给江祠和余顾倒了水，问："怎么了？"

"贺叔叔，这个里面是你的监控视频吗？"余顾将那张内存卡放到桌上，神色严肃。

"我拿电脑来看看。"贺陵玉回忆了一下，"我是安过监控，内存卡满了之后就换了张卡，加上我相机也多，所以我不确定有没有跟存照片的内存卡混到一起。"

贺陵玉拿了电脑出来，插上后，发现确实是监控的内存卡。

"方便说一下监控安在什么地方吗？"江祠声音很低，神经紧绷着。

"可以，安装监控的那个屋子放了一些我很喜欢的藏品，所以就安装了监控。"贺陵玉以为他们是对那些藏品感兴趣，便说，"要我带你们参观一下吗？"

余顾看向江祠，看到他摇了摇头："我们今天在内存卡里无意间看到了一个视频，发现它是我妈妈当年被侵犯的证据。"

贺陵玉听到，举起杯子准备喝水的手顿了一下，他皱眉问："侵犯？"

江祠闭了一下眼睛，想将眼里浓浓的悲伤和狠戾都掩藏。贺陵玉一眼就看出了他的为难："如果你不想说，可以简单概括。但因为是我的监控，所以我想我需要知道是什么事，这样我才能知道该怎么帮你们。"

店里虽然开着灯，但他们坐着的角落还是有些暗，余晖透过窗户照进来，将他们的位置照亮了几分，像是撕破黑暗的光。

通过这几次的交流，江祠对贺陵玉已经放下了防备，加上是他的监控，他有权利知道。但哪怕江祠只是简单、平静地叙说，也会撕破伤口，流出鲜红的血液。

江祠说完，屋子里就久久陷入了安静。贺陵玉垂着眸，指尖不停地摩挲水杯，让人看不出他在想什么。

"那个严致，可真是个畜生。"贺陵玉沉默许久，开了口。

"不过这件事过去了这么久，加上你的亲人都已经去世，你势单力薄，翻案很困难。"贺陵玉敲了敲桌子，冷静地给江祠分析。

"那怎么办啊？"余顾听到，脑袋耷拉下来，她知道江祠比谁都想翻案。

不料，贺陵玉轻轻勾起嘴角，晃动水杯，说出的话温柔又无情："当初他是怎么让这件事过去的，现在你就怎么让这件事重新翻出来。"

贺陵玉很喜欢这两个孩子，况且严致的行为的确可恶，于情于理，他都该帮。

贺陵玉虽然久居在这儿，但摆平这件事的能力还是有的，贺家那么多年打下来的江山几辈子都挥霍不完。

贺陵玉主动加了江祠的微信，说："我会联系我的律师，这几天你可能会忙一点，需要整理一下当年的事情的资料，我会让他跟你对接一下。"

"好。"江祠点了点头，声音里压着细碎的哽咽，他郑重地站起来鞠躬道谢。

余顾也跟着江祠一起站起来鞠躬。她对贺陵玉有种莫名的信任，大概因为他身上不经意流露出的沉稳的气质，让人觉得有他相助，这件事就稳了。

回到家的时候，余顾和余国平都回来了，两人做了一桌菜。

“囡囡，你尝尝妈妈做的红烧小排怎么样？”顾雨夹起一块往余顾嘴里送，期待地看着她。

“好吃！妈妈你太厉害啦！”余顾竖起大拇指夸奖，但眉眼间的心事还是被顾雨一眼看了出来。

顾雨看看余顾，又看到江祠的表情有些沉郁，便放下筷子，手不自觉地在围裙上蹭了蹭，关心道：“怎么了？发生什么事了？”

“阿姨，我们发现了当年我妈妈被侵犯的视频。”江祠站在客厅，缓慢地吐出这句话。

“什么？！”顾雨惊讶道。

一旁的余国平听到，也是脸色一变。

几个人坐到沙发上，江祠就将今天看到监控视频的事情说了一遍，说到后面，他的语速越来越慢，细听之下声音也带上了些哽咽。

少年白净的脸上，眼尾泛着的那抹红格外明显。

“终于，终于等来了这一天。”顾雨听完，眼眶里蓄满了泪水，也为江祠的母亲惋惜地感慨，“可惜故人已经回不来了。”

“但江祠妈妈的清白可以被证明了。”余顾的眼泪也没忍住掉了下来，这么多年受到的辱骂和委屈，这么多年被曲解和误会，终于……终于要迎来天明了。

“需要我们做什么？”余国平问江祠，想尽可能出一份力。

“我这段时间在整理当年的事情，而且有位朋友也给了我法律援助，暂时不需要您的帮忙了，谢谢叔叔。”江祠礼貌地道谢，又有些为难地说，“但这次出去旅游，我应该没法同行了。”

“这不是什么大事，下次也有机会一起的，眼下这件事最重要。”顾雨笑起来，甚至在想要不要取消这次旅行，但已经交了钱，而且不是小数目。

江祠看出了顾雨的想法，柔声说：“阿姨，等你们回来，我这边就处理好了，不用担心，我为这一天已经准备很久了，我可以处理好的。"

顾雨知道江祠不想他们浪费这些钱陪他，便点了点头："行，如果你结束得快，也可以来找我们，我们带着你再玩一次。"

"好。"

晚上回到房间后，余顾怎么也睡不着，在床上翻来覆去后，决定去找江祠。

余顾轻轻敲开江祠的房门，看到书桌那边还亮着的灯，就知道江祠肯定也还没睡。她悄悄走进去，就撞上了江祠看过来的视线。

"怎么了？"江祠眼眶红红的，声音里藏着湿润的哑。

余顾没回答，心疼地看着江祠，走上前用力地抱住了江祠。她轻轻拍着江祠的背，动作笨拙、生涩，也很温柔："哭吧，江祠，这里只有我们两个了。不要压在心里，哭出来会好一点。"

余顾没听到江祠的声音，但她胸口的衣服湿润了，温热的水渍透过睡衣触到她的肌肤，烫到她的心里。

余顾轻轻地拍着江祠，感受到怀里的人肩膀不再颤抖，她小声询问："江祠，你好点了吗？"

话刚说完，手腕便感受到一股拉力，余顾跌到江祠腿上，她惊呼一声抬头，才发现他的眼角很红。

下一秒，江祠突然吻了上来，很温柔地亲吻她的嘴角。

余顾慢慢闭上眼，伸手在江祠背脊上轻轻地拍了拍。

结束时，江祠抬起头，看到余顾的眼睛里水光潋滟，他亲昵地和余顾贴了贴脸："怎么过来了？睡不着？"

余顾小声说："想陪陪你。"

"余顾，我很激动，又很害怕。"江祠将余顾抱紧了些。

"不会的，江祠，不会的，这次一定会有一个好结果。"余顾搂紧江祠，想要把自己的力量分给他一些。

"嗯，相信你。"江祠蹭了蹭余顾的脸，"明天陪你去医院?"

"好。"

"那快点睡觉，不然影响到检查结果怎么办?"江祠轻轻捏了一下余顾的脸。

"那你也快睡，明天再整理。"

"好。"

第二天一早，江祠陪余顾去医院做检查，检查项目很多，出发前往龙城在即，取检查报告的事情便只能拜托江祠。

"你就安心玩吧，不是说手术后复发的概率很小吗?"江祠牵着余顾的手，"到时候我给医生看检查报告就知道了。"

"好。"余顾乖巧地点了点头，又犹豫着开口，"要不……我还是不去了，留下来陪你好不好?"

"余顾，"江祠将双手放在她的肩膀上，让她和自己面对面，眼睛里满是认真，"相信你的男朋友可以处理好这件事情，等你回来就能看到一个完美的结果了。"

江祠明亮的双眸里没了昨晚的脆弱和痛苦，只剩下自信和坚定。

"而且，这是你第一次和叔叔阿姨出去旅游，多陪陪叔叔阿姨。"江祠又劝道。

"也是。"余顾点了点头，自己还没有和爸爸妈妈一起出去旅游过，眼下有这个机会，那是再好不过。况且，以后时间那么长，她有的是机会和江祠出去旅游。

"那好吧，那就期待我男朋友的好消息啦!"余顾笑盈盈地说，"我会给你拍很多好看的照片的!"

"好。"江祠重新牵起余顾的手，和她继续并肩往前走。

因为视频发现得突然，所以下午的野餐余顾和江祠就没有去，余顾在家收拾行李，江祠在整理证据，并和贺陵玉的律师对接江家那件事。

第二天，余顾早早地和顾雨及余国平出门了，木锦临时决定在寺庙多住几天，家里便只剩下江祠一个人。

江祠坐在书桌前，在纸上奋笔疾书，不知道写了多久。树上的鸟偶尔在窗前停留又飞走，太阳的光影从窗的边沿慢慢移到了书桌中间，照亮纸上的某一行字。

女性从来不是任人凌辱的对象。

有了贺陵玉的帮助，一切都变得简单起来。江祠很快和贺陵玉的律师正式见面，开始聊翻案的事情。

"这件事不难办，虽然严致死了，他的事业都交到了他儿子手里，但那些都是严致自己打拼出来的，很多人并不服从他儿子的管理，而且他们公司已经在走下坡路。所以贺先生稍稍打压之后，他们公司很多人都同意让严储出来公开道歉。"何律师喝了一口咖啡，继续说，"不过严储是块难啃的骨头，他宁愿他爸留下来的事业毁于一旦，也不肯道歉。但我们重新提交证据之后，在法律面前，他也不得不道歉。"

"严储现在在哪儿？"江祠摇了摇头，"我想让他真心地道歉。"

"江南镇，今天刚到的。"何律师有些担忧，"他应该是想来找你吧？你要不要和我去住酒店？万一他想鱼死网破……"

"不用，你能查到他现在住在哪家酒店吗？"江祠神色坚定，"我去找他。"

"可以，我查到后发给你。"

"谢谢。"

两人告别后，江祠没一会儿就收到了严储的地址，是在一个比较偏僻的地方。江祠回家拿了一趟东西后，便找了过去。

江祠到的时候，太阳还未完全落下，天边橘红的晚霞如飘逸的丝带。

严储的房子旁边，有一个女生在水池旁洗衣服，粉色的盆，水哗哗流下去，将她浅色的长裙打湿。

女生身形很瘦，长发垂下来，正是孙昭。

江祠看了一眼，对孙昭并不在意。他直接走向严储的房子，发现里面的门也没关。

江祠敲了敲门，听到里面传出一个沙哑的声音。

"谁？"

"江祠。"

严储来这儿一来是想看看孙昭，想知道她过得怎么样；二来是他也不想公司那群人一天到晚缠着他，让他去跟江家道歉。当初江祠的奶奶死了之后江祠给了他们一张卡，那些赔偿的钱算是给清了，他就没想过再找江祠，不承想江祠先找上门来了。

严储从沙发上起身，咬着烟，烦躁地打开门，目光又凶又冷："你也有脸来？"

"给你送个东西。"江祠同样冷着脸，他不会忘记当初严储是怎么骂冯熙雪的，如果不是他不想节外生枝，他只想朝着严储一拳打过去。

严储哼了一声，说："我已经说过了，我是不可能道歉的，你妈勾引我爸，你爸打死我爸，该道歉的是你。"

江祠的眼神骤然变冷，身侧的拳头握紧："你看完视频就知道该道歉的是谁了。"

"什么视频？"严储眉毛一横，不知道江祠又要耍什么花样。

"呵，"江祠讽刺地笑了下，冷眼看向严储，"视频证据在这里，这事你必须道歉！"

江祠脸色铁青，丢下一个 U 盘，说："明天中午，我在我家等你。我也会让所有人知道，我妈和我爸没有错！"

　　说完，江祠便转身离开。

　　墨蓝色的天沉沉地压下来，远处连绵的山像夜里蛰伏的猛兽，一不小心就要将这儿吞噬、包围。

　　严储蹲下身，拿起那个 U 盘，让梁雾给他送一台电脑来。这个房子是他之前买下来的，只是为了能够看一眼孙昭，所以配置的东西不多。

　　梁雾接了电话，火急火燎地就把电脑送来了。

　　严储打开电脑，将 U 盘插了进去。他打开视频，看到视频里熟悉的脸，手开始颤抖，心里有股火蹿上来，在他身体里横冲直撞。

　　二十多年的信仰崩塌，那座伟岸的名为父亲的山彻底在他心里崩塌，化成一片废墟。

　　一直是他的父亲有错在先。

　　多可笑啊，当初他妈妈在乡下等了那么久都没等到严致，最后因病离世，死前还想着再见严致一面，可严致呢？严致在干吗呢？

　　电脑上的照片和视频给出了答案。

　　严储放下电脑，急切地点燃了一根烟，狠狠地吸了两口后又将烟拿下，握拳捶向了玻璃茶几。

　　这一拳力道不小，玻璃随之裂开。严致眼眶通红，不敢相信他崇拜了那么久的父亲能干出那种事。他又朝墙一拳拳捶过去，眼里的泪转了好几圈还是流了下来。

　　严储蹲下身，捂着脸哭出来，声音嘶哑。

　　孙昭正坐在庭院里休息，夏天的夜晚，天上的星星都很亮。她最近很喜欢洗完碗出来在庭院里坐一会儿，享受这种独处又悠闲的时刻。

　　哐当一声，玻璃碎裂的声音从隔壁传过来。孙昭不知道隔壁住的是谁，他们家搬到这边的时候隔壁的房子就一直是空着的，但有时候她又能看到旁边的房间亮着灯，她只当是房子的主人不常回来住。

不过现在隔壁忽然传出声音，是发生什么事了吗？

孙昭微微蹙眉，决定起身去看看。

隔壁房子的大门没有关，孙昭走进去，却看到了在捶墙的严储，他手背上满是血，房子里有丝丝烟雾缭绕，一看他就是抽了不少烟。严储肩膀耸动，像是在哭。

孙昭没想到隔壁住的是严储，此时见到他，脑子一片空白。

孙昭已经很久没有见过严储了，高考结束后她也不是没想过找严储，可是找他干吗呢？她经常反问自己。就算找了他，他们之间也无话可说。

孙昭压下心里的情绪，那双清冷的眼眸恢复平静，她决定转身离开。

就在孙昭转身的下一秒，严储看到了门口的一抹杏色，那是孙昭最喜欢的颜色。

"孙昭。"严储开口。

孙昭闭了闭眼，轻轻吐出一口气，她知道自己走不掉了，因为严储叫住了她。她转身冷漠地看着坐在地上的人，语气也冷漠："干什么？"

"陪陪我吧。"严储放下手，手上的血迹蹭到了脸上，看起来狼狈又脆弱。

"半小时。"孙昭皱起眉，点开手机看了眼，"我没那么多时间陪你浪费。"

"嗯，知道了。"严储缓缓地笑了，笑意很浅，"够了。"

严储走到洗手间冲掉手上的血迹，又拿了两个小板凳出来。

"陪我看会儿星星吧。"严储抬头看了看天，好多星星散布在黑色天幕上，一闪一闪的。

孙昭觉得严储莫名其妙，但还是坐下了，不过她没有出声回应严储，对方便不再开口。两人很安静地坐在院子里，抬头看着天上的星星，心思各异。

孙昭不知道严储发生了什么，但能让向来骄傲的他弯下腰低声哭泣的，不会是小事。可她没资格知道，也没必要。

两人不走在同一条路上，也不是一个世界的人。

"半个小时到了，"严储苦涩地勾了下唇角，"你回去吧，记得关好门。"

"嗯。"孙昭只看了严储一眼，便起身离开。

"晚安，孙昭。"严储放轻了声音，想让自己的声音听着温柔些。

"晚安。"孙昭没回头，但还是心软地回应了严储。

半个小时里，严储想了很多，这几年他一直误会了江祠，带着所有人孤立、欺凌江祠，也出言侮辱江祠及其父母，甚至，江祠的奶奶去世也和他有关。

犯下的罪孽就应该偿还。严致死了，那就严储来还。

当晚，严储一夜没睡，清点家里的资产，又联系了律师。

第二天，江祠推开江家的门，将屋子里里外外都打扫了一遍，又将他的爸妈和奶奶的遗照拿出来，摆在客厅的桌上。

江祠轻轻擦拭这三个相框，哽咽道："爸，妈，奶奶，严储要来道歉了。之后，我要让所有人知道，我们江家没错。"

严储如约上门，一夜没睡的他双眼猩红，进来后就自觉地跪在了那三张遗照前。他一边磕头，一边说着"对不起"，一下又一下，一声又一声。

江祠没有阻拦，也没有说停，严储也就没有停下。他的头磕在光洁的瓷砖上，发出咚咚咚的声音，到后来额头都磕破了。

"行了。"江祠闭上眼，还是喊了停。

"我会配合你们公开道歉，"严储顿了下，低下头，"你想怎样，我都会配合。"

江祠吐出一口气，这件事情终于快要结束了。

次日早上，江祠和何律师一起，将三年前这件事的真相公之于众，法院将重新进行判决。

因为贺陵玉的帮忙，以及严储承认了事情并道歉，法院的判决结果出得很快，也定了严致的罪。

庭审结束出去的时候，安排好采访的记者都围了上来。

"我是严储，我代替我父亲严致，为当年强奸、凌辱江祠母亲而道歉，对不起，这件事是他的错，罪不可恕。"

严储说完，又对着江祠深深鞠了一躬，随后便转身离开了。大家都没拦，因为他们关心的重点都在江祠这个高考状元身上。

"大家好，我是江祠。"江祠今天穿得很正式，衬衫搭配西装。

"很抱歉这个采访耽搁了很久，又是在这样一个特殊的地方进行。"他站在法院前的长阶上开口，"但我等这一天等了三年。我的母亲冯熙雪曾在三年前被我父亲的上司凌辱，并因此流产，事情发生得猝不及防，我们未能第一时间留下证据，我的妈妈在第二天崩溃自杀。"江祠清俊的面容含着冷意，"可即便如此，严致仍说是我的妈妈勾引他。"

"就这样，流言四起，我们家也遭人唾骂，很多人说我是疯狗，我的爸爸是杀人犯，咒骂我们一家都不该活着。

"这些话我听了三年，也终于在今天等来了那句道歉。

"我今天选择站在这里，不仅仅是因为我的母亲，我还想为有过同样经历的女性发声。

"这种对女性不公的事情从不在少数，我的母亲不是第一个，也绝不是最后一个。有人鼓起勇气闹大，却不了了之，有人只能打碎牙往肚子里咽。我不愿看到再有人经历我的母亲所承受的痛苦，所以我想站在这里，为她们发声。"

少年的脸在太阳下泛着光，他对着那么多话筒也没有害怕，而是认真坚定，掷地有声。

"三年前我深知自己力量弱小，无法揭露恶行，因此选择自暴自弃。后来，我的朋友和老师告诉我，只有自己强大了，资源天平才会向我倾斜，社会的目光才会落在我身上，我才有说话的资本，才能为我母亲争得一个道歉。所以我花了一年，用自己的努力争得了站在镜头前为我母亲讨回道歉的机会。"江祠说完，朝着镜头和记者深深鞠了一躬，"希望类似我母亲的悲剧不再发生，社会越来越好。"

话音落下，现场一片安静，两秒后，掌声雷动，几个女记者眼里都闪着泪花，为江祠的发言而动容，几个男记者眼中也有着很深的思考和敬佩。

这天的掌声经久不息，金灿灿的阳光落下来，仿佛将小镇上的大街小巷都照耀得不留一丝黑暗。

采访结束后，贺陵玉赞许地看向江祠，拍了拍他的肩膀："做得很好，不愧是高考状元。"

"贺叔叔，如果以后有用得到我的地方，我一定义不容辞。今天这个结果，如果没有你的帮助，肯定不会那么容易达成。"江祠对贺陵玉鞠了一躬，很郑重，带着他真诚的感谢。

"没事，举手之劳。"贺陵玉轻笑，"你要知道，有时候缘分也是一种实力。当你想要做成某件事的时候，整个宇宙都会来帮忙。"

没多久，这段采访视频便火遍网络，讨论热度居高不下。女性话题敏感，这番言论引起了多方议论，但还是支持者居多。

越来越多的网络博主转发，也有人开始发表自己的观点和经历，引起了许多人的共鸣。大家都对江祠母亲的经历感到悲伤，但当看到严家的判决信息和道歉后，又道一句大快人心。

采访完，江祠便去医院拿余顾的检查报告给医生看。路上他还和余顾打了个视频，看到余顾比他还开心真相大白，眼里的笑意又加深了。

医生看了检查报告，脸色有些沉。

江祠眉头紧蹙："医生，有问题吗？"

"她这几个月是不是没有好好休息？很劳累？"

"嗯，在备战高考。"

医生叹了口气："本来这个手术做了之后，复发的可能性很小，但她太累，增加了复发的概率，当然也不一定会复发，只是时不时会不舒服，所以要多注意休息。"

"好，谢谢医生。"

听了医生的话，江祠打算等晚上余顾回民宿后给她打电话，让她玩的时候也注意休息。

晚上回家，江祠刚打开手机，就看到手机刚刚推送了一则消息。

龙城发生七级地震，多处景点被毁，被困游客多达千人，目前正在紧急搜救中。

江祠看着前面几个字，瞳孔一缩。

Chapter 05

在明天和意外来临之前，请抓紧相爱

　　余顾在龙城这几天玩得很开心，一家三口逛着景区，看山川叠嶂，水流湍急，湖边的景色更甚，在特殊地貌里，湖水像大自然的蓝宝石。

　　他们还打卡了龙城有名的一个瀑布，银白色的水飞泻而下，像是天上的仙池。余顾站在附近，飞溅的水珠扑面而来，衬得她眼睛更清更亮。

　　这一路上余顾拍了不少照片，拍完就发给江祠看，也不在意他能不能及时回复，只是单纯想把自己喜欢的景色分享给喜欢的人。

　　况且，余顾知道江祠还在处理他妈妈的事情，所以白天也不怎么找他，倒是江祠会在饭点问她吃了吗，玩得开不开心。

　　这次龙城的旅行已经到了最后一天，中午三人回到民宿稍稍休息了一下，准备下午去最后一个景点，然后次日早上回家。

　　中午休息的时候，余顾看到了江祠的消息，立马拨了一个视频电话过去。

　　视频里江祠西装革履，大概因为天气比较热，衬衫领口的纽扣被解开了两颗，精致的锁骨若隐若现，头发有些凌乱，嘴角挂着一抹淡淡的笑。穿着西装的江祠看起来成熟了一些，隔着屏幕都能感受到他的荷尔蒙，让她心跳加速。

看到江祠的神情，余顾便知道江家的事情有结果了，果然，下一秒便听到江祠的声音响起。

"余顾，事情解决了，严储跟我们道歉了，法院也对严致的罪行进行判决了。"说到这里，江祠自己也有些恍惚，"是真的解决了啊。"

"啊啊啊！"余顾跳起来，捧着手机凑近屏幕，精致漂亮的小脸占满整个屏幕，"我就说，一定会很顺利的！

"江祠，等我回去，我们一起庆祝！"

江祠被余顾的声音感染，神色也变得轻松起来，他看到屏幕里余顾开心的表情，回应道："嗯，等你回来！"

咚咚咚，余顾的房间响起了敲门声，顾雨在门外叫她："囡囡，我们要准备出发去下一个景点啦！"

江祠听到手机里传来顾雨的声音，轻笑一声，说："快去玩吧，我等你回来。"

"马上就来啦！"余顾回应门外的顾雨，又凑近手机屏幕，"亲亲你，拜拜！"

余顾说完就快速地把电话挂了，江祠坐着愣了一会儿，不自觉地摸了摸脸颊，嘴角弧度慢慢变大，愉悦蔓延到全身。

"发生什么事了？这么开心？"顾雨看着一蹦一跳走出来的余顾，问。

"妈妈，江祠的事情解决啦！"余顾声音里的喜悦藏都藏不住，连顾雨和余国平都被她的情绪感染到露出几分笑意。

"小祠真棒！"余国平笑起来，揽着妻女往前走。

"是啊，江祠这一路走来实在是太不容易了，终于走出头了。"顾雨的语气里带着深深的感慨。

到了永崖洞，游客都为这处的风景惊叹。

一群人在外面走了一圈才走到洞口，刚走进去就感受到了扑面而来的凉气，以及独属于大自然的鬼斧神工。

里面钟乳石林立，上面还有水滴往下落，啪嗒啪嗒的声音在山洞里显得格外清晰，是自然的乐曲。

余顾看到洞内岩壁上的景观胜似敦煌壁画，绚烂艳丽的色彩让她惊叹。

这个洞很大，但可通行的路只有一条，游客们慢慢地往前走，余顾看得慢，落到了后面，顾雨和余国平走在前面。二人本想停下来等等余顾，但游客有些多，他们不得不往前走，左右不过一条道，到时候在出口等她就好了。

余顾边走边看，看到有一块钟乳石很奇特，像是手捧着一个爱心，她不由得多看了几眼。

因为游客多，余顾驻足的时候不小心被挤了一下，一个站不稳快要摔倒。

这时，余顾的手肘被扶了一下，一个清脆的女声传来："小心。"

"谢谢。"余顾转头，看到一个比她稍稍矮一些、面容清秀的长发女生站在她旁边，一只眼睛被黑色的布蒙住，另一只眼睛圆圆的，像小鹿的眼睛。

"你也在看这块钟乳石吗？"女生先开口。

"是啊，我觉得这块石头好美，像……奇迹。"余顾眨了眨眼，想了一下，觉得"奇迹"这个词更适合它。

"我也觉得！很浪漫！"女生颇为赞同。

女孩子的友情建立得很快，聊了没一会儿，两人就手挽手一起跟着人群往前走了，都觉得彼此特别投缘。

"我叫梁安，十七岁，过完暑假就上高二啦。"女生兴奋地介绍起自己来，怕余顾以为她是一个人来的不安全，又说，"和我叔叔一起来的，不过他走得快，在前面，我赶不上，就落单了。"

"我叫余顾，十八岁，刚参加完高考。"余顾和梁安边走边说，"我和爸妈一起来的，他们也走在前面。"

"今天永崖洞的人实在是太多了，我们都落单了。"梁安看着乌泱泱的人头，小声吐槽。

"人少了可能我们就遇不到啦。"

"你说得有道理，那有这么多人还挺好的。"梁安挽住余顾的手。

余顾觉得梁安很率真、可爱，小嘴说个不停，可又不会让人觉得厌烦，相反，她很喜欢听梁安说话。

"余顾姐姐，你嘴唇好像有点白，是太累了吗？"梁安转头盯着余顾发白的唇色看了两秒，又观察她的面色，倒是还好。

"可能有点，感觉在山洞里走久了有些闷闷的，可能人太多了。"余顾揉了揉胸口处，应该是最近玩得有些累，又碰上山洞人多，空气不太流通。

因为走得慢，两人已经处于游客队伍的后面，永崖洞有开放和关闭的时间，入口已经关闭，她们后面基本没什么人了。

游客少了一些后，余顾感觉胸口舒服多了，和梁安慢慢地往出口走去。

忽然，余顾皱眉，抓紧了梁安的手腕："梁安，你有没有感觉地好像晃了一下？"

"啊，没有吧？"梁安正在欣赏钟乳石，没有注意到地面有什么动静。

"那可能是我的幻觉吧。"余顾呢喃，和梁安继续往前走。

两人走得慢，跟前面的队伍拉开一大段距离。洞内幽暗，余顾总有种不太好的预感，便说："梁安，我们走快些，跟上队伍吧，这后面就剩我们两个了。"

"好。"梁安点了点头。

洞内的路有些崎岖、湿滑，加上是上坡，两人走得颇有些吃力。

"余顾姐姐，地好像真的在晃。"梁安此时也感受到了，声音颤抖起来。她紧紧握住余顾的手，示意她往水池看。

水池晃动出明显的波纹，甚至隐隐有晃得越来越剧烈的趋势，连一旁的钟乳石都晃动起来，脚下的地这时也出现了强烈的晃动。

"不好，是地震！"余顾反应迅速，大喊了一声，前面的游客几乎都快走到洞口了，听到她的声音瞬间往外跑去。

余顾看了看前面，她和梁安两人距离洞口还有些距离，眼下冲出去已经不可能了，且山洞上方垂挂下来的钟乳石是不可预测的危险因素，她们现在只能找一个坚固的角落躲起来等救援。

可震感越来越强烈，两人根本站不稳，都摔倒在地上。

余顾皱了皱眉头，在这种紧急情况下强迫自己保持冷静。她在山洞内巡视了一圈又一圈，终于找到了一个钟乳石不多比较安全的角落。

"我们去那里！"余顾从地上爬起来，拉着梁安弓着身往那个角落跑去。

"好。"梁安点点头，但因为她只有一只眼睛能看到，跑得急，还摔了好几跤，手掌也擦破了皮。

余顾也好不到哪里去，因为牵着手，两人几乎是一起摔倒的，山洞顶部的钟乳石已经掉了一些下来，整个山洞都回荡着石头砸落、相撞的声音。余顾的腿踝就被一小块钟乳石砸了一下，钻心的剧痛瞬间蔓延开来。

余顾咬着牙起来，拽着梁安到了那个角落。

下一秒，震感更加强烈，山洞里回荡着轰隆隆的声音，不断有钟乳石掉下来，砸在地上，抑或砸到水池中。

"余顾姐姐，我们是不是出不去了？"梁安小鹿般的眼里蓄满了眼泪，焦急地问。

"不会，救援队马上……就会来救我们的。"余顾的脚踝疼得她冷汗直冒，说话都得急促地喘气，"我们待在这个角落会安全点。"

"余顾姐姐，你受伤了？伤到哪里了？"梁安听到余顾不寻常的喘气声，带着哭腔问。

到底是第一次经历地震，说不慌是假的，可余顾看到比她还要小的梁安被泪水淹没，只能拍拍她的手，安慰道："我没事，你别担心。不要大喊大叫，保存体力，等待救援队来。"余顾靠在岩壁上，更真切地体会到了强烈的震感。

"好。"梁安点了点头，紧紧抱着余顾的手臂啜泣。

永崖洞外面。

顾雨和余国平早早就出来了，一直在门口等着余顾，可一批批游客都出来了，还是没见到余顾。

"囡囡怎么还没出来啊？"顾雨靠在余国平身上，心里有点惴惴不安。

"应该快了，我看大家都出来得差不多了。"

余国平刚说完，地面就强烈地震动了起来，外面有些人没留神，都摔到了地上。

"是地震了吗？"

"地震了！"

"救命啊！我们不会命丧于此吧！"

"别说这种晦气话！"

一旁的游客们都慌了起来，观察着周围的情况。

"老公，看到我们女儿出来了吗？"顾雨感受到了地震，神色焦急。

余国平四处看了看，游客们基本上都出来了，但就是没有看到余顾的身影，她今天穿的是一条嫩黄色的裙子，颜色很显眼的，他绝不会注意不到。

"怎么会呢？怎么会呢……"余国平喃喃，这个一向沉稳的男人头一次止不住地颤抖着，带着妻子，四处寻找自己的女儿。

"余顾！"余国平大喊着，可就是没有回应，四周只有其他游客因为强烈震感发出的惊呼。

几乎所有人都想往远处跑，只有三个人不一样。

有两个人是余国平和顾雨，他们走进洞口，可强烈的地震让山洞里巨大的钟乳石砸了下来，他们仅仅冲进去一段距离就被那些坍塌的钟乳石逼退。

"余顾！"

顾雨想直接冲进山洞，余国平要理智些，知道现在这里危险重重，他们盲目寻找只会给之后的救援带来更大的麻烦。

余国平拉住顾雨，说："会没事的，我们女儿那么聪明，肯定找到地方躲起来了。"

另一个看上去有些憨厚的男人也在洞口不停地喊："梁安！"

这次的地震打了所有人一个措手不及，救援队收到消息后就在第一时间赶来，但外面景区也都坍塌损毁严重，来到山洞这边的时候属实费了一番劲。

一波波直升机将游客往外送，到最后，只剩下洞口的三个人。

顾雨脸上全是泪，担忧地往里面张望，余国平搂着顾雨不让她贸然前进，唯恐还有石头落下来，很不安全。另一个男人则在不断地搬开洞口的石头，身上的白色夹克早就已经变得灰扑扑的，手上都是被石头蹭破的伤痕，他边搬着石头边喊着"梁安"。

地面强烈的晃动让他们摔倒，可他们的目光不曾离开洞口半分，如果不是洞口被封，他们一定会毫不犹豫地冲进去，救他们的至亲。

余国平看到搜救人员赶来，沾了灰的脸上流下泪水，忙说："同志，我女儿被困在里面了，你们快救救她。"

"里面还有人？！"领队的人听到后，看着被堵住的洞口，里面还能听到不断塌陷的声音。

这就棘手了。

"你们先跟着其他救援队出去，这边由我们来搜救。"领队让队员将这三人带出去。

"队长，我求求你，我侄女也还在里面！"

在洞口处搬石头的男人一脸痛苦地跪在地上，他身上也被石头砸到了，虽然是碎石，但额角还是渗出了血。

"会的，叔叔。"队长看到男人伤痕累累，便让人拿来担架，"我们会把她找到的，这边太危险，你先出去，等我们的消息，好吗？"

男人被抬上担架的时候还在哭，手往洞口方向伸，最后因为筋疲力尽晕了过去。

搜救人员拿出仪器探测，又和基地的人联系，报告这边的情况，制定搜救方案。

永崖洞里。

坍塌的声音终于停了下来，余顾和梁安两人靠在角落，因为洞口被封，里面彻底暗了下来。

余顾拿出手机，果然没信号。借着手机屏幕微弱的光，她看到梁安正睁着眼睛看她，眼里尽是惊慌和害怕。

"你有没有伤到哪里？"余顾露出一个安慰的笑。

"还好，就是有些地方擦破皮了。"梁安摇了摇头，也问余顾，"余顾姐姐，你有伤到哪里吗？"

"我也没有，就是手擦破了。"余顾摇摇头，咬着牙将被砸到的那条腿往旁边轻轻挪了下。

可只是这么轻轻动一下，钻心的痛就袭来，让她直掉眼泪。

余顾忙不迭地关掉了手机屏幕，偷偷抹了下眼泪，想转移梁安的注意力："你手机还有多少电？"

梁安从包里摸出自己的手机，打开屏幕看了眼："百分之八十。"

"那有信号吗？"

"没有。"

虽然早就知道会没信号，可余顾的心还是凉了一截。她叮嘱道："手机开省电模式，不要频繁打开，等到之后救援来了，我们没有力气的时候，可以用手机的声音让他们发现我们。"

"你包里有吃的吗？"余顾本来打算逛完这个景点就去吃饭，而且为了减轻包里的负担，她并没有带吃的。

不料梁安也一样，吃的全部放在了她叔叔的包里。

余顾将头往墙壁上靠，轻声说："梁安，这里应该只有我们两个被困了，山洞坍塌严重，救援队进来需要时间，所以我们要努力撑到救援队找到我们。"

"好。"梁安点点头，和余顾紧紧靠在一起，不断地在心里安慰自己，会没事的。

时间嘀嘀嗒嗒慢慢流逝，余顾和梁安都没有再说话，而是靠着岩壁休息。

山洞的坍塌连带着上面的山体都往下坠，还有许多碎石往下滚，时不时发出砰砰砰的声音，从外面看，这里完完全全是一处废墟。

余顾的脚踝一阵阵疼起来，她察觉梁安好像睡着了，才用手机的灯光照了一下自己的脚踝，白嫩的脚踝上全是血渍，肿得很高。嫩黄的长裙此时也满是污渍，紧紧贴在腿上。

余顾不敢再乱动，只能在疼得难受时掐自己，胳膊上留下了好几个指甲印，安静的山洞中响起她吸冷气的声音。

梁安睡了没一会儿就醒过来了，因为地面又开始晃动，幅度大到让她撞到了一旁的石柱上，把头磕破了，温热的液体从头上流出来。

"余顾姐姐，地震又开始了！"梁安转身，想问余顾怎么办，可余顾还是闭着眼没有回应。

"余顾姐姐！余顾姐姐！"梁安见余顾没有反应，顿时心慌起来，眼泪夺眶而出，"余顾姐姐，你怎么了？"

山洞塌陷得更厉害了，石块不断往下砸，还落下不少沙子，她们的可移动范围越来越小了。

梁安不停地喊余顾，好在最后，余顾终于有了回应。

余顾疼到后面晕了过去，迷迷糊糊间她听到了梁安的哭声，强迫自己睁开眼，轻轻握住梁安放在她身侧的手，虚弱地问："怎么了？"

"余顾姐姐，你醒了？"梁安的声音透出几分惊喜，可哭腔还是很明显，"刚刚吓死我了。"

"我没事。"余顾摇了摇头，她现在身体极度不舒服，已经没有太多力气讲话了，"梁安，我们会没事的，我们一定会被救出去的，别怕。"

"好，余顾姐姐，你先休息，我刚刚看我们这边有好多石柱撑着，堆在一起，应该暂时不会塌。"

"你也休息会儿。"

可两人都知道，现在休息是不可能的。山体塌陷下来，尘土飞扬，她们已经被呛了好几下，石块大量堆叠积压，上面隐隐也有倾斜坍塌的趋势。

两人费力爬到一个更小的角落，抓住石头趴着，等着这一波地震结束。

洞里不分昼夜，梁安累极了，趴着没一会儿就睡着了。

余顾听到她平缓的呼吸声，却不敢放松。永崖洞并不好走，进来救援需要时间，虽然她安慰梁安她们都会被救，但她知道，自己撑不了太久，腿上的疼痛牵扯着她的神经，心脏不舒服的感觉放大，胸口喘不过气，一阵阵头晕眼花。

她还能撑多久呢？她还能再见到爸爸、妈妈和奶奶，她还能再见到江祠吗？

地震救援中心。

"永崖洞那里已知还困着两名女孩，能探测到吗？"救援队队长对探测人员急切地说。

"能，但需要一定时间，因为山体塌陷太严重了。"

"不放弃任何一丝希望，山洞中应该会有几处比较适合躲避的地方，就看她们能不能找到了。"队长皱着眉头，"我过会儿再带着警犬去探探。"

这已经是第二天，一夜过去，在一片废墟中寻找两人如同大海捞针。

"等等！"探测技术人员突然叫住队长，"找到了！"

"在哪里？"队长冲到探测仪屏幕前看。

"中间，靠近另一座山的右侧。但是……"技术人员神情凝重，"这个位置很难进去，你们得从塌陷的废墟里清出一条路，还得保证上面的山体石块不会再掉落，伤害到她们。"

他们深知塌陷的山体废墟清理起来的危险性有多大，一不小心可能就会伤害到被困人员，增加救援难度。

队长拧眉，问："还有没有别的办法？"

"有，从旁边这座山打出一条通道。"技术人员指着屏幕，可看着探测回来的数据又沉声说，"但这座山因为地震也有些危险，到时候你们可能也会被困在山中。"

左右为难，生死都在瞬息。

"先清理废墟上较大的石块，再由另一部分人勘测那边的地形，找出一条适合开辟通道的路径。"队长当机立断，并将任务分配下去。

临时医疗站内，顾雨和余国平忧心忡忡，他们等不到余顾的消息就仿佛头顶悬挂着一把刀，只能对着上天祈祷，并帮忙分发物资。

江南镇。

江祠当晚看到地震的新闻时，立马去联系余顾，可不论是打电话还是视频，抑或发消息，都没有回应。他又打电话给顾雨和余国平，也一样没有回应。

可能是地震引发了那边信号中断，人都没事的。江祠安慰自己。

江祠打开手机里订机票的软件，可因为地震，飞去龙城的航班都停了，他只能先买邻市的票，之后再转车过去。

于是江祠匆匆留了字条，放在客厅的桌上，当晚便登机飞往邻市。

到了邻市已经是第二天，江祠找了好多车，才有一个准备送抗震救灾物资的司机愿意带着他一起去。

车程有些长，加上很多路段因为地震而损坏，司机不停换路，弯弯绕绕，开了七八个小时，才终于在傍晚的时候开到了龙城。

司机从车上将抗震救灾的物资往下搬，江祠也过去帮他一起搬。

"小伙子，谢谢你啊，放在地上就好，过会儿会有人过来拿的。"

"好。"江祠一路没喝水，声音有些干哑。

物资都搬下车后，看到有人来清点物资，司机便开车离开，江祠站在物资旁边没有动。

穿着志愿者红色马甲的人走过来，看到江祠，问："你是运送物资的吗？这边已经收到并登记了，你可以离开了。这里很危险，不要久待。"

"不，我是来当志愿者的，但和大部队走散了。"江祠认真地说。

红马甲志愿者抬头打量了一下江祠。

志愿者忙着登记物资，清点人数，核查失联人员，正是缺人手的时候。之前也有志愿者和部队走散，后来跟着运送物资的人过来的情况，看着面前的人一脸的诚恳，志愿者顾不得那么多了，点点头："行，那你穿上马甲就来帮忙吧。

"居民区还好，最严重的是景区那边，游客太多了，人数一直清点不齐，你跟着我负责去核对景区的受灾人员。"

"好。"江祠点了点头，求之不得。

只是在看到这满目疮痍之后，江祠更担心和害怕了，这种感觉就像火一样灼烧着他的五脏六腑。

余顾，你在哪里呢？叔叔阿姨，你们又是否安全？

永崖洞外。

"队长，这边的大石头已经尽量清理掉了，接下来怎么做？"

"小心点用手搬，接下来不要用任何机器，如果听到什么声音，立刻停止手中的事情，因为那很有可能是被困人员的求救信号！"

说完，队长便去看另一处通道打通的情况。这边的进展要比清理废墟慢，花了一天才勉强找出一条较为保险安全的通道。

"加把劲，再撑一撑，今晚之前必须找到那两个女生，在没有受伤的前提下她们的身体都快要到达极限了。"

钻洞的声音响起，每个人都在为拯救两条生命而争分夺秒，和死神赛跑。

永崖洞内。

余顾感受到余震过去，又不知不觉地陷入了昏迷，等再醒来时，鬓角的冷汗已经将头发都打湿，身上的连衣裙也被汗和洞里的水濡湿，黏在身上很不舒服。

余顾轻轻喘着气，有些难以呼吸。一旁梁安已经睡着，她用手轻轻贴着梁安的额头，温度正常。

余顾点开手机看了眼时间，凌晨三点，原来已经过去那么久了，她感觉到自己越来越力不从心，不知道自己还能撑多久。

可是，她还有好多事情没做，好多话没说呢。

余顾闭眼休息了会儿，打开了手机的备忘录，可发现自己现在的状态根本打不了几个字，便只能作罢。她打开语音备忘录，给她的爸爸妈妈、奶奶，还有江祠分别录了三条语音。

随着手机屏幕熄灭，洞里又陷入了黑暗。余顾已是强弩之末，撑不住晕了过去。

梁安受惊过度，昏睡了很久才醒，醒了之后摸到手机，用手机屏幕的灯光照了一下，发现余顾还在睡，只是脸色苍白，嘴唇发紫。

她一惊，叫了几声"余顾姐姐"，没有听到回应，便试探着将手伸到余顾的鼻子边上，感受到了微弱的温热的气息。

太好了，余顾姐姐还活着。

因为休息了很久，梁安除了饿得有些头晕外，精神倒是比之前好了些。她重新趴回去闭着眼睛养精蓄锐，却隐约听到了机器的声音。

是有人来救他们了吗？一定……一定是的！

梁安等啊等，等到后面又昏睡过去。再醒来时，她终于听到外面有搬运东西和人们交谈的声音。

梁安试着喊了一声，却因为虚弱、疲惫，发不出太大声音。

对了！手机！余顾姐姐说到时候可以用手机发出声音求救！

梁安打开手机，编辑了一段文字，随后将手机音量调至最大，试图让外面搜救的人听到。

此时，永崖洞外，搜救人员正小心翼翼地搬着石块，又将许多土块铲除。

"你有没有听到声音？"一位正弯腰搬石头的搜救人员问身旁的队友。

"是吗？我听听。"两人面色凝重起来，同时趴到地上，听到了断断续续的机械女音。

"真的有！"两人大叫起来。其中一个说："我站在这里尝试跟里面的人联系，你通知队长！"

"好！"那人站起来，小心地走到一旁，拿出对讲机，"队长，找到被困者了！她们从里面传出声音了！"

收到消息的队长立刻让其他人停止打通通道。他来到洞口处，问："什么情况？"

"里面的两个女生很聪明，她们用手机发出了语音信息，说躲到了一个比较坚固的角落，上面有东西撑着，她们趴在地上，头朝洞口这边。"

队长听完，甫一沉思，便制订了安全完善的救援计划。

既然她们所在的角落很安全，那就从斜上方清出一条道将两人救出来。

队长布置完任务便开始行动。没一会儿，梁安便隐约看到了几丝光线，从斜前方照过来。上面有些泥土滚落下来，她听到了更为清晰的声音。

"有没有大的石块滚落？"

梁安连忙用手机回答："没有，前面都是叠在一起的柱状钟乳石，有一道比较大的缝隙，缝隙上面是泥土块。"

梁安打开手机的手电筒功能，给他们展示自己和余顾的位置，接着便去叫醒余顾。

梁安用力拽了拽余顾的衣服，又一遍遍叫她。可不论梁安怎么叫，余顾都没有反应，手抵在余顾的鼻子前面，又还能感受到余顾微弱的呼吸。梁安便用手捏余顾的手指，企图用痛觉唤醒她，好在这时余顾醒了过来。

余顾已经虚弱至极，心脏难受到快要遏制住她的呼吸。她用气音问："怎么了？"

"余顾姐姐，他们……他们找到我们了，我们马上就要获救了。"大概因为马上要获救，梁安的眼泪不自觉地滑落。

余顾用力地抬头，看到上面有光线照进来，那光越来越明亮，一条绳子也甩了下来。

真好啊。

搜救人员让余顾和梁安两人一个个来，抓住绳子后他们把人往上拉。

"余顾姐姐，你先上去吧。"梁安看到余顾脸色苍白，准备将绳子系到她身上。

余顾摆了摆手，说："你先上去，我缓一缓再上去。"

"你拿着我的手机上去，我没地方放，容易摔碎。"余顾将手机递给梁安，虚弱地对她扬起一个笑，"等上去之后，将手机给我父母，记得让他们听手机的录音。"

"那好吧。"梁安也没多想，抓住绳子，轻轻扯了一下，示意洞口上方的搜救人员。

搜救人员收到指示，便开始往上拉，没一会儿，梁安就看到了昏黄的天，还有亮如白昼的灯光，及许许多多搜救人员，还有医护人员的面孔。

梁安瞬间泪如雨下，接着她被抬到了担架上。

余顾坐在洞内，感受到自己身体的温度在慢慢流逝。她已经很累很累，疲惫到眼睛马上就要合上。

余顾抬头再次看了一眼上方的光线，恍惚之间好像看到了江祠的身影。

江祠，爸爸，妈妈，奶奶，我们有缘再会。

这个温柔美好的世界啊，我下次还来。

江祠，我永远爱你。

余顾看到放下来的绳索，用尽最后一丝力气伸出手，抓住了绳子。

感受到往上的拉力，余顾还是不自觉地闭上了眼，最终，手上的力气瞬间消失，她又回到了原地。

"队长！下面那个女生没抓稳，掉下去了！"搜救人员大喊。

"应该是体力不支，晕倒了。"队长皱起眉头，环顾四周，"现在需要一个身体瘦小的人下去，用绳子绑住她之后由我们拉上来。"

"可这里都是五大三粗的汉子啊。"

"我来。"此时救援队里站出一个小护士，她脱下身上的白衣，让他们给她绑上安全绳。

"行，你们给她绑好绳子。"队长立刻做出决定，让他们绑好绳子，把小护士送了下去。

小护士用手在余顾的脖颈处摁了一下，快速在她的手腕上绑好绳子，对洞口上方大喊："快拉上去进行抢救！"

这天的黄昏看上去很苍凉，灯光亮如白昼，顾雨和余国平一直在医疗站苦苦地等待着，忽然，外面传来了医护人员的声音："快！在洞内的女生被救出来了！"

余国平、顾雨及梁安的叔叔三人，听到这个声音都站了起来，往外冲去。

从远处被抬过来的是梁安，她闭着眼虚弱地躺在担架上，梁安的叔叔看到了，带着哭腔问："小安，你还好吗？"

顾雨和余国平看到后，神色更着急了，抓着医护人员的手，颇有些失态："我女儿呢？我女儿也被困在里面了，你们有找到吗？！"

"有，他们在后面，还没过来。"医护人员急着检查梁安，说完便匆匆离开了。

"我们的女儿终于被救出来了……"余国平眼眶湿润了，他搂住了顾雨的肩。

此时江祠跟着志愿者走访受灾人员，核对名单，有医护人员过来说永崖洞被困的两个人救出来了，身旁的志愿者听了，便翻到本子的上一页，手在一连串人名中往下滑，停在两个名字前，一边打勾，一边小声念叨："梁安、余顾，已被找到。"

江祠愣在了原地。

"你刚刚说，有一个人叫余顾？"江祠没发现自己的声音带着颤抖，"余是余生的余吗？顾是照顾的顾？"

"对啊，是这两个字。"志愿者不明所以地点了点头。

"医疗站在哪里？"江祠又问，语气急切。

志愿者指了指前面："就往前走，再走一段距离就……"他的话还没说完，戴着黑色鸭舌帽的少年就已经没影了，只留一阵风从他侧脸拂过。

顾雨和余国平在门口等余顾，终于，几个医护人员抬着一副担架朝他们走来。

只是，为什么上面会盖着一层白布？

"你们好，请问这是你们的孩子吗？"小护士用平静的语气询问，边说边轻轻地拉下了盖住余顾头部的白布。

顾雨和余国平看到余顾的脸，她苍白的脸上有泥泞和灰尘，合着眼，神态安详。

顾雨死死咬住自己的手指，点了点头。身后的余国平眼泪落了下来，他深吸一口气，颤抖着说："是的……是我们的女儿……"

江祠跑到医疗站的时候，看到有人抬着担架停在门口，担架上的人被一层白布盖着，他走上前，瞳孔一缩，不敢相信自己看到的，其他人说了什么他听不太清，只听到了最冰冷的两个字。

医护人员和搜救队队长都站在门口，他们齐齐低下了头，说："节哀。"

顾雨崩溃地喊了一声，晕倒在余国平怀里。余国平浑身都在颤抖，脸上也挂满了泪水。

江祠走到担架前，脑子里一片空白，心口已经泛疼，喉咙里爆发出声嘶力竭的两个字："余顾——"

可无人再应，唯余节哀。

江南镇。

木锦回到家的时候，发现家里空无一人。

"欸，不是说今天回来吗？"木锦嘟囔着开灯，看到桌上有一张字条，上面写着龙飞凤舞的一行大字。

奶奶，突发急事，我去龙城了。——江祠留

"奇怪，小祠不是和我们囡囡一起去的吗？"

木锦将字条放下，转身进厨房做饭。但不知道怎么回事，她总是心不在焉，眼皮一直跳，切菜都差点切到手。

木锦简单做了点饭菜吃，打开电视看会儿新闻。电视里主持人正在报道："近日，龙城的地震受到社会各界的广泛关注，大家的抗震救灾物资也都纷纷运往龙城……"

哐当一声，木锦手里的水杯掉到地上，玻璃碎裂，地上溅起水花。

"阿弥陀佛，岁岁平安，他们会平平安安的。"木锦安慰着自己，试图给余国平他们几个人拨电话，可怎么都拨不通。

"干着急也没用。"木锦摇了摇头，让自己不要多想，可她的手就是止不住地发抖，心里也慌得厉害。

龙城。

顾雨晕倒后，因为一直精神高度焦虑，加上悲伤过度，她过了整整两日才醒，醒来就哭着说要找余顾，边说边流泪。

余国平在妻子晕过去后，便一直在她身旁照顾，只在她深夜熟睡后才敢悄悄去看余顾。粗糙又宽厚的手小心翼翼地抚过余顾的头发，他陪她说话，等到悲痛难耐时，便匆匆走到角落抽支烟，抽一口，擦一下眼泪。

这两天，顾雨和余国平像是苍老了十岁，头上长出了很多白发。

江祠的脑子里也很混乱，没有获得半点平静。他坐在楼梯上的一个角落，恍惚觉得自己是在做噩梦。

谁能认清这个事实呢？

顾雨不能，余国平不能，江祠也不能。

明明，明明他们才在一起没多久，明明他们刚填报完志愿，明明他们前不久还打了视频电话，明明……

那么多"明明"，都敌不过两个字——意外。

后来梁安醒过来，得知余顾去世的消息，也承受不住哭了，一双小鹿眼里蓄满了泪水，崩溃地想，如果她坚持让余顾姐姐先上去，是不是就不会这样，一时间又晕了过去。后来她再醒来，便整日以泪洗面，直到医生过来将余顾去世的原因一条条分析给她听，她才慢慢从自责中走出来，想到余顾的手机和嘱托，连忙去找余顾的爸爸妈妈。

几天后，顾雨渐渐地缓和了心神，只是时不时会发呆，然后眼泪忽然就掉下来了——这还是在听了余顾的录音之后。

　　顾雨和余国平将余顾的录音用自己的手机录下来，听了成百上千遍，最后相拥而泣："老公，女儿叫我们开心点。"

　　"嗯，她还要我们健健康康的。"余国平埋在顾雨肩上抽泣，两人都感受到了对方湿热的眼泪。

　　"她说，当我们的女儿很快乐。"顾雨哭得停不下来，"可我们没把她照顾好。"

　　"女儿说快乐，那就是快乐的，听女儿的话。"余国平拍着顾雨的背，声音哽咽。

　　江祠也听了余顾的录音，他这几天当志愿者在这儿帮忙，休息时间就一个人坐在角落里。

　　余国平和顾雨找到江祠的时候，他正对着一大块长了野草的空地发呆，他周围那一圈草都被他薅没了。他神色落寞，哪还有考了高考状元时的意气风发。

　　顾雨看到江祠这个样子就心疼，他还这么年轻，身边亲密的人却都去世了。

　　"小祠，这里有余顾留给你的录音。"顾雨说完，江祠沉寂如死水的眼睛便亮了几分，她将手机递给他，"等会儿我们走了你可以慢慢听。我们是想来和你商量另一件事的。"顾雨坐到台阶上，柔声说，"因为是夏天，余顾的身体没法再保存下去了，带回去处理会比较麻烦，所以得在这里火化，火化完，我们就带她回家了。"

　　"叔叔阿姨，我就不和你们回去了。"江祠终于说了第一句话，最近他都是只做事不说话，现在开口时，声音嘶哑得不行，"我也会尽快搬出你们家的，这段时间打扰了。"

　　"为什么要搬走？"顾雨皱着眉头问。

278

"因为……我怕影响你们的安全。"在温柔的顾雨面前，江祠主动蜕下了身上的最后一层壳，他低着头，声音很沉，"和我待在一起的，最后都……我妈妈、我爸爸、我奶奶，最后连余顾……"

顾雨听到江祠的话，眼泪瞬间流了下来："小祠，你不能把这些都归到你自己身上。你爸爸妈妈去世是严致的错，奶奶和余顾是意外，这些都和你没有关系，你不可以这么想。"顾雨哭起来，她早就将江祠当成了自己的孩子，"你绝对不能这么想。"

余国平看到江祠这样，上前拍了拍他的肩膀，说："是啊，小祠，你如果这么想，囡囡会很难过的。"

"等你听完余顾给你的录音，再做决定好吗？"顾雨轻柔地拍了拍江祠的背，"我们没听过她给你的录音，但我想她一定会让你变得有力量。如果听完之后你还想离开，我们也尊重你的决定。其实，我们早就把你当成一家人了。"

"好，谢谢叔叔阿姨。"

等顾雨和余国平离开后，江祠点开了余顾留给他的录音。

录音文件里熟悉的独属于余顾的带着点哭腔和委屈的声音传了出来，轻轻柔柔的，踩到了江祠的心上。

"江祠，我可能快要坚持不下去了，我的……脚踝被一块石头砸了，好痛好痛，心脏也好难受，胸口闷闷的，我快要无法呼吸了。

"江祠，怎么办呢？我是不是真的坚持不下去了？可我好想坚持下去，我想见你，江祠，我想见你。

"我让爸爸妈妈天天开心，让奶奶照顾好自己的身体，可我不知道该和你说什么，因为我想和你一起完成好多的事情，未来我们……我们一起开心，一起体验。

"可是……可是好像不行了，我真的好难受。

"江祠，小祠，男朋友。

"江祠，我好喜欢你啊，很喜欢你，喜欢你冷脸厌世的样子，也喜欢你意气风发的样子。这个世界对我男朋友太不友好啦，我替你去和上帝说一声，或者，我去拜拜菩萨，让他们保佑我男朋友以后都顺顺利利的。

"我的江祠以后啊……一定一定……会顺风顺水……

"江祠，我之前看到一句话，说'只有被遗忘才是真正的死亡'，所以从另一种角度看，我还会在你身边，我还没有完全死去。

"我会永远想念你，那在我这里，我们就永远没有分别。

"江祠，我希望你开开心心、健健康康的，我会永远想你。你想我的话呢，就看看天上的星星，我会一直在你身边。如果你方便的话，帮我照顾一下爸爸、妈妈和奶奶吧。

"好啦，手机好像快没电了，我就先说到这里啦。"

江祠将帽子摘下来，盖在脸上，仰头让眼泪肆意地流下来，悲伤的声音藏在了帽子里。

"余顾，你就是个小骗子。"

如果余顾在旁边，肯定会哼哼唧唧地说："我们小骗子也聪明着呢。"

是啊，小骗子最聪明了。

她知道顾雨和余国平会自责觉得没有照顾好她，便告诉他们，她当他们的女儿很开心。

她知道奶奶肯定会难过得吃不下饭，会生病，就说她很想奶奶，希望奶奶一定要吃饭，照顾好自己的身体。

她知道江祠会自厌自弃，甚至会有轻生的想法，就让他帮忙照看自己的亲人，和他说她从未离开，她一直都会陪在他左右。

小骗子最聪明了，哪怕在离开的最后一刻，也给他们找到了面对生活继续活下去的勇气和力量，将他们因为她绷坏的那根绳子重新绑上。

那天晚上，江祠去见了余顾。他这几天不敢进去，只敢在门口遥望。床上躺着的他心心念念的人没有了生命，他每看一眼，就如同被刀凌迟。

江祠走到余顾床边，看到她安静地躺着，双眼紧闭，长睫如同再也不会翻飞的蝶翼，苍白的脸上嘴唇微微发紫，好似正在微笑。

"余顾，我来了。"江祠声音嘶哑，他轻轻地握住余顾的手，真实地感受到了她的离开。

"对不起，我来晚了。你给我留的录音，我听了……听了很多遍。"江祠闭了闭眼，想到余顾对他说害怕，对他说疼，他的喉咙就泛疼。

"不哭了，以后我陪着你。"江祠的眼里闪着晶莹的泪花，"以后你去哪儿，我就去哪儿，和你寸步不离，好不好？"

江祠的眼睛变得很红，泪水落了下来。他把脸贴在余顾掌心，轻声说："现在志愿已经定了，之后我会转专业，我去学医好不好？"

我学了医，是不是就能救你了呢？是不是就能在意外来临的时候抓住你了呢？

"宝宝，余顾，女朋友，我好爱你，很爱你。"江祠的声音在漆黑的夜里像温柔的呢喃，只说给余顾听的呢喃。

"你放心，我会照顾好奶奶和叔叔阿姨的，也不会忘了你，我会永远记得我有一个小太阳女朋友。"

我的脚步会继续往前走，但我的心会永远停在这一年，停在一个叫余顾的人身上。

江祠低头失笑："你再等我几十年，等我去找你，和你说很多的小故事。"

"余顾，你一定要等我，不许说话不算话。"

这晚，江祠和余顾说了一夜的话，在第二天天边刚刚泛鱼肚白的时候，他轻轻俯身，亲了亲余顾干净而苍白的脸。

从额头开始，江祠一下下温柔地啄吻，往下流连到脸颊、鼻尖、耳侧。最后他闭上眼，嘴唇微微颤抖，印上了余顾有些发紫的嘴角。

一滴泪随之落下，砸到了余顾眼睛上，往下滑落，如同两人拥吻而泣。

这个吻不叫吻别，是两人永恒的相爱，以此吻为证。

江祠他们又耗费了很多天，终于回到了江南镇。木锦听到敲门声，从佛像前起身，下楼开门。

门打开的那一瞬间，木锦看到江祠捧着一个盒子站在门前，顾雨和余国平一人手上拿着余顾的照片，一人拿着她的包和手机。三人都穿着一身黑，面色悲痛，眼含泪水。

木锦下意识地后退一步，眼睛微微放大，就要向后仰去。

"妈！"余国平手疾眼快地扶住了木锦，将她扶到沙发上坐下。

等木锦再开口时，眼里已经蓄满泪水，她不可置信地哽咽道："这是什么意思？"

"我的囡囡呢？我的囡囡去哪里了？！"木锦哭起来，眼泪顺着皱纹往下流。

"囡囡，被困在坍塌的山洞里，去世了。"顾雨也哭起来。

江祠嘴抿得平直，眼泪顺着眼角滑落，最后只能由余国平来说明事情经过。

"啊——"木锦哭喊，"造孽啊——"

"我们囡囡还那么年轻，怎么会……怎么会这样呢？"木锦小心翼翼地接过余顾的骨灰盒，轻轻抱住。

"妈，囡囡给你留了一段录音。"顾雨轻轻拍着木锦的背，一只手擦着自己的眼泪。

木锦听了后，还是很伤心。很久，整个余家都笼罩在悲伤的气氛中，经常吃着吃着饭，三人就沉默下来，或者看着电视，有人说了句"囡囡"，气氛又很快沉寂下来。

到了余顾十九岁生日那天，他们买了个蛋糕，关了灯点蜡烛，将余顾的照片放一边，每个人给她唱《生日歌》，由江祠代为吹蜡烛。

烛火摇曳，每个人的眼里都有水光。

贺陵玉知道余顾去世的消息后，沉默了很久，最后拍了拍江祠的肩膀，让他往前看。贺陵玉又将自己准备的给余顾和江祠两人的礼物全都给了江祠，并说只要江祠以后有事，都可以来找他。江祠表达感谢后，让贺陵玉给了他和余顾的电子版照片，又将照片打印成几张一寸的，放在了他的钱夹里。

不过能够真正让江祠往前看，是在他看到余顾的日记后。

在余顾的房间整理东西时，江祠偶然发现了她的日记本。

从遇见江祠的那天开始，余顾的日记本上便开始频繁出现江祠的名字，上面写着她对他的好奇，又写着她想让江祠重新振作，变回意气风发的样子。

明明余顾写下那些文字时的情境和现在大不相同，可又阴错阳差地治愈了现在的江祠。

江祠开始准备入学的事情，提前学习大学的知识，空了也会练练字，跟着余奶奶在佛像前跪上许久，让自己心情平静起来。

在这段时间，江祠还听到了另一位故人去世的消息。

严储死了，是轻生。死后他的律师找到江祠，说严储将严致剩下的财产都转换成人民币，全赠送给了江祠，作为补偿。但江祠没要，那笔钱不是一个小数目，江祠委托贺陵玉成立了一个基金会，专门给被凌辱的女性提供帮助。

同样收到遗产的还有孙昭，她看着眼前穿着黑色西装、戴着眼镜的陌生人，后退了半步。

"你是谁？"

"我是严储的律师，来找您处理他生前留下的遗产。"

哐当一声，孙昭手里的盆掉到地上，她一脸不可置信。

"生前？严储呢？"

"严先生已经去世了。"

"不可能！"孙昭不信，瞪了律师一眼，砰的一声关上门，转身却蹲到地上，眼神空洞，泪一滴滴落在地上。

那天晚上，孙昭悄悄去了隔壁的房子，她在客厅的沙发上看到了一封信，上面是严储的字迹。

她走上前颤颤巍巍地拿起信打开，瞬间泪如雨下。

致孙昭：

　　我走了。

　　当初江祠他妈妈那件事是我爸的错，可我怎么都没想到，我爸会做这种事。我不敢相信，事到如今，所有的道歉都已经没用，我欠了江家太多条命，连他奶奶去世，都是因为我。我没法再心安理得地活下去，父债子偿，天经地义。

　　给你的钱是我自己挣的，不是我爸的，很干净，你也别嫌弃，这笔钱你存着，以备不时之需。这座房子是当初我偷偷买的，也给你，房子保值，多一套挺好的。我爸的资产我全都折换成钱给了江祠，虽然无济于事，但也是我的一片忏悔心意。

　　上次你陪我看星星，我很开心，希望你以后能找到属于你的星星，也能找到陪你看星星的人。

　　我没什么别的要说的了，你若是记得我，那我就是你异父异母的哥哥；你若是打算忘了我，那我就是你曾经看过的一颗星星。

照顾好自己。

这天天幕上的星星依旧璀璨亮眼，它们听到，在一座被装修得精致完美的房子里，清冷、孤傲的天鹅将自己的头低到地面，后悔到失声痛哭。

余顾出殡那天，李御、刘岑，还有陈栖和于婷他们都来了，贺陵玉和徐牧也到场了，每个人都带了鲜花和水果，走到山上正好下起雨，大家也都哭了。

这是他们最好的朋友，最乖巧的孩子，最可爱的学生，最喜欢的女朋友，而她将长眠于此，在她十八岁的花季。

后来尽管他们各奔东西，但还是会在回到江南镇的时候，来余顾的墓碑前坐一坐，看着上面笑容灿烂，眼里藏着太阳的女生，和她聊一聊生活的酸甜苦辣，又从她的笑容里汲取到力量离开。

他们都在往前走，可谁都没有让余顾退出他们的生活，他们在用自己的方式思念着她。

彻底接受一个人的死亡并将其渐渐剔出生活，这需要一段很长的时间和巨大的勇气，后来他们都慢慢做到了，慢慢能够平静地说余顾的事情，除了江祠。

他十年如一日，固执地将余顾和自己留在了那个夏天，那个十八岁的夏天，从未变过。

江祠进入 A 大后，在第二年转入医学系。入学第一天，他就因为样貌英俊在表白墙被不断提及，只有江祠的舍友知道，江祠心里不会再有别人了。

江祠的衣服口袋里永远都放着一张他和一个女生的合照，那女生看上去阳光明媚，笑起来很甜，江祠的手机壁纸和电脑壁纸也全是她。

舍友们都以为两人是异地恋，但大学几年都不见江祠去找那个女生，他只会没日没夜地待在教室、图书馆和实验室，不要命一样地学习，唯一的放松时间也在写日记。

某次江祠的舍友们灌醉他，好奇地问："你和你那个女朋友是不是分手了？"

喝得脸红的江祠瞬间红了眼眶，摇着头说："没有，我们永远不会分手。"

"那怎么没见过你们见面？"

"她，去世了，在高考结束后的夏天。"江祠一个字一个字地说，声音哽咽，说完，他伸手盖住了眼睛。那几个舍友都清晰地看见，他的眼角流下了两行泪。

之后他们便没有再问过一句江祠感情上的事，也会帮江祠挡住他那些送上门的桃花。

江祠有天赋，又肯努力，学校的老师很喜欢他。他凭实力争取到了去国外交换的机会，交换回来后，便在有名的医院入职，成了最年轻的主治医生。

那时江祠的桃花比大学时还要多，外貌、学历和工作都优质的男性可不好找，但谁也没有拨动江祠的心。

江祠问诊的态度是温和的，对待同事是友善的，可无论对谁都是疏离的。渐渐地，没人再去搭讪江祠，因为有人看到，江医生从他白大褂胸前的口袋里，拿出了一张他和一个女生的合照。

看到那张照片的人都死心了。谁都没见过江医生那么温柔地注视一个人，笑得那么开心。当然也还是有人不死心地去问江祠胸口口袋里放的是什么照片，彼时他们就看到，那个疏离有礼的江医生头一次露出亲昵又温柔的笑。

他说："我炽热的太阳。"

再说回江南镇，江祠每个月都会抽出时间回江南镇一趟，陪陪顾雨和余国平他们，出国的时候便是半年回去一趟。

木锦在江祠读大四时去世，她人老了，摔了一跤后身体一直不好，后来在某个下雨的深夜悄无声息地走了。

之后顾雨和余国平也都退休在家，养花、逗福福，福福也在几年后去世。江祠怕他们不习惯，又买了一只猫给他们养着。

顾雨看着面前穿着儒雅斯文，一双眼睛笑起来明亮的江祠，暗叹时间真的可以改变一个人，她越看越觉得，江祠身上有余顾当年的影子。

江祠那双被誉为"外科第一刀"的手正拿着剪刀修剪花枝，他时不时逗一下身边的小猫，他身上还有着曾经的少年气，又多了几分进入社会后的从容。

"阿姨，怎么了？"江祠注意到顾雨的欲言又止，出声询问。

"小祠，你有成家的打算吗？"顾雨的头发白了不少，她依旧如从前般温和，"没别的意思，我和你叔叔把你当自己的孩子，看你这么多年都是一个人，心疼你。"

"阿姨，你们这里就是我的家，我不是一个人，这不是还有你和叔叔吗？"江祠将话题转移，看着他们笑道。

顾雨看了江祠一会儿，叹了口气："你和囡囡啊，也不知道谁是谁的福气。"

"她是我这辈子最大的福气。"江祠很认真地看向顾雨，又说，"阿姨，余顾没和我分手，我就不会分手，既然没分手，我又怎么能找别人谈恋爱？"

顾雨张张口，最后却什么话都没说出口，红着眼眶离开了。晚上，他们做了一桌菜，对江祠说："小祠啊，既然你把我们当家人，那就不要再叫叔叔阿姨了，叫爸妈就好。"

江祠愣了一下，拿起酒杯，对着两位长辈喊："嗯。爸，妈。"

随后，江祠很开心地笑起来，觉得自己这也算是和余顾结婚了，虽然有些草率。

因为她的爸爸妈妈，也是他的爸妈了。

那晚，江祠坐在余顾的书桌前写日记。

自从找出余顾的日记本后，他也养成了写日记的习惯，代替她继续写下去。

他带着笑落笔：

> 余顾，我们结婚了。今天爸妈承认我了。
>
> 婚纱和戒指我很早就准备了，不知道你喜不喜欢。
>
> 我等这一天实在是太久了，不过好在也不晚。
>
> 老婆，重新认识一下吧，我叫江祠，是你的老公。
>
> 我终于可以对你喊出这个称呼，也算是圆满了。

时光飞逝，后来顾雨和余国平双双去世了，江祠在江南镇彻底没有家人了。那时江祠也已经年迈，他早早当上院长，退休后回到江南镇，住在余顾的房间。

江祠一直坚持写日记，也喜欢上了写日记，余顾那本日记本早就被他写完，后来他又陆陆续续地写完了好几本。

江祠颤颤巍巍地用布满皱纹的手摩挲着平整的纸张，拿起笔写下这几十年的体悟。写完放下笔，他走到床边躺下，盖上当年余顾喜欢的粉色碎花被子，掌心放着两人的照片，缓缓地闭上了眼睛。

在闭眼的最后一瞬间，江祠恍惚看见窗外的树和那年夏天遇见余顾时的一样绿，穿着连衣裙洁白如姜花的余顾笑起来和太阳一样灿烂，背后两根松散的麻花辫散发着果香的味道。她朝他伸出手，一如初见。

她坚定地说："肯定会有人站出来说的，肯定会有人说的话不是他们想听的。"

之后的每一天，她都践行着这句话，坚定不移地站在了他的身边。

窗外夏夜的晚风吹进来，混着刚下过雨的潮湿泥泞味，吹过床上闭上眼，唇角带笑安然离去的老人，吹到了书桌上摊开的日记本上。

最新那页日记上面的字遒劲有力，隐约还能看到些当初的少年意气。

在明天和意外来临之前，请抓紧相爱。

Extra

如果重新回到过去

如果你有一次回到过去的机会，你最想做的是什么？

——去爱，去弥补那段遗憾，去阻止厄运的开始，和命运赛跑，去重逢。

垂垂老矣的江祠在走到生命尽头的前一秒，恍惚看到了那个像姜花一般纯净、甜美的女孩，风吹过他的日记本，最后那页上的字迹苍遒有力，写着一行字：在明天和意外来临之前，请抓紧相爱。

他苍老的眼眸彻底合上。

白光一闪，江祠再次睁开眼，入目是白色的天花板，只是和余顾房间的天花板略有不同。

这个天花板要更白，目光稍稍下移，他看到了天蓝色的窗帘。

江祠的动作一僵，他眨了下眼睛，感觉有些不可思议。这个场景怎么和他自己家的房间那么相似？

江祠坐起来看了一圈，心如同古钟被重重撞击了一下，发出了阵阵回响，在胸间震荡。

他的手下意识地攥紧被子，目光又被这双手吸引过去。他把手举到眼前，难以置信地看了又看，上面的疤痕、皱纹全都没了，取而代之的是一双少年的手，修长且骨节分明，手背上还能看到青色的脉络。

江祠慌忙下床，进入洗手间，照了下镜子，镜子里的他乌发浓密，但因为刚睡醒，发型显得有些潦草，双眸狭长、锋利，瞳仁清亮，鼻梁高挺，皮肤上没有一丝皱纹和瑕疵。

他现在是十几岁的少年，可是具体是多少岁呢？

江祠跑出房间，冲下楼直奔客厅。何莲念会在电视机旁放一本日历，那种古早的厚厚的日历，每页纸很薄，上面印着节气、节日、每日凶吉。

江祠看着日历上面的日期，二〇一六年八月一日。

他的瞳孔不可避免地放大，心脏在胸腔里狂烈地跳动起来。

现在是初中结束的那个夏天，那个噩梦即将开始的夏天。

可现在这一切都还未开始，噩梦的乌云刚要聚集，他完全有能力将它打散。

他要救下爸爸妈妈，和奶奶一起好好生活，等安置好一切，他要去找那个被困在阁楼的"太阳"。

阳光悠悠地照进来，江祠直起身，走到大门口，阳光彻底将他包裹，暖洋洋的，带着尘封的时光的味道。

不一会儿，江祠看到冯熙雪穿着一身天青色旗袍从外面婷婷窈窕地走来，青石板路还是不怎么好走，总有一些青石板踩上去会摇晃，但冯熙雪走的时候总是很优雅，青石板在她脚下都会乖乖不动，小高跟踩上去发出嗒嗒的响声，清脆又悦耳。

这是他们隔了多久的再次见面？

江祠不知道，也不敢细想，只知道看到眼前的冯熙雪时，他用力地眨了眨眼睛，眼眶泛酸。直到冯熙雪的手贴到了他的额头上，他才回过神，将眼泪憋了回去。

"小祠？"冯熙雪清亮、悦耳的声音在耳边响起，和从前一样优雅、温柔。

"妈。"江祠伸出手，握住了贴在他额头上的那双手，和小时候摸到的一样，触感温热，指腹带着薄茧——这一切是真实的。

"怎么了？"冯熙雪有些纳闷地问，"发烧了，还是偷喝你爸的烧酒了？"说完她又凑上来闻江祠身上有没有酒味。

江祠扑哧一声笑出来，接过冯熙雪手上的包，斟酌了一下措辞，说："我做了个噩梦。"

冯熙雪听到这个却没有笑江祠，而是拍拍他的肩膀，轻柔地安抚："梦和现实都是相反的，你做了什么噩梦？方便和妈妈说吗？说出来就让噩梦从你脑子里流走了。"

"好。"

江祠将冯熙雪手里的包放到沙发上，拿起桌上的苹果给冯熙雪削。

他已经很久很久没有给冯熙雪削苹果了。

曾经冯熙雪特别爱吃苹果，但又不想削皮，就会让江祠来削。但江祠小时候想出去打篮球，想和朋友打游戏，想做题，想参加竞赛，就是不想削一个小小的苹果，这大概算是他那个年纪为数不多的叛逆。

其实这个苹果也不是非削不可，可冯熙雪就想逗逗自己的儿子，她每次都说："你这样的话，以后你媳妇想吃苹果，你也不削？"

"让她自己削。"

那个时候的江祠生着气闷声来了这么一句，结果被冯熙雪敲了下头："要爱护女孩子，你要多主动点，包括削苹果这种小事。"

江祠回忆起当初心不甘情不愿削苹果的自己，鼻子像吸了一大团冷空气一样，控制不住开始泛酸。他低下头，避免冯熙雪看出自己的不对劲。

"今天这么难得，你竟然主动给你妈削苹果？"冯熙雪打开桌上的养生壶准备泡茶，看到江祠的动作，眼里划过一丝惊讶。

"就是想削苹果了。"江祠动作很慢，轻轻开口。

"妈妈，我做了一个很恐怖的梦。我梦到我们家遇到了坏人，他欺负了你，害死了爸爸，后来奶奶也因为他儿子走了。"江祠说的时候，曾经那些事情仿佛历历在目，每说一句心脏就抽痛一次。

冯熙雪的动作停顿了一下，她听着江祠痛苦的声音，心中也不可避免地难受起来。她拿出玫瑰花放到壶里，想了解更多："那你有没有遇到什么转机呢？有句老话叫，大难过后必有大福。"

"有。"江祠拿着削皮刀的手在颤抖，他沉默了一会儿，说，"我遇到了一个很好的女生，她像太阳一样。"

"她帮了你？"冯熙雪原本还在想自己和家人的离开对江祠造成的影响，担心梦里的那个他因此走不出来，听到他这句话倒是庆幸了些。

"嗯。"江祠削苹果的手用力了不少，连果肉都被削去好多，"她陪我度过了一段特别难过的日子，我们一起在学校学习，一起准备高考，她是个很努力的人，永远都充满希望。"

"看来她是一个很好的人。"冯熙雪听着江祠的描述，唇瓣轻轻抿起，自己的儿子什么时候这么夸过一个女孩子，她一下就听出了不对劲，"你是不是喜欢她？"

江祠没有否认，但换了一个更认真、郑重的说法："妈妈，我很难不喜欢她，她像个小太阳一样会发光。"

"那你在梦里追到她了吗？"

"追到了。"江祠沉默了一会儿，等鼻腔里的酸涩如潮水般慢慢退下去了才开口。

只是冯熙雪还没来得及高兴，就听到自己的儿子又开口了，只是这次他的声音很平静，像一潭死水："但是她在高考结束后就去世了，因为在地震中心脏病复发。"

"然后你醒了？"

"不，没有。"江祠摇了摇头，一滴眼泪掉到扔苹果皮的盘子上，他压下喉咙里的哽咽，努力让自己的声音听上去正常，但声音还是有细微的颤抖，"我继续长大、学习、工作，照顾她的家人，也就是我的家人，直到一个人老去。"

"没有再遇见让你心动的？"

"没有。"

"放下她了吗？"

"没有。"江祠吸了下鼻子，深吸一口气，说，"妈妈，从喜欢上她开始，我就不会再对别人有感觉了。没有人会比她更好。"

她是我唯一的太阳。

冯熙雪感受到了江祠的难过，她看着养生壶里的水因为温度升高慢慢生出气泡，咕嘟咕嘟，张口想要稍稍打破这种压抑的气氛，说："那看来我和你爸的痴情全都遗传到你身上了。"

江祠扯了扯唇，很浅地笑了下，这算什么痴情呢，他只是想和余顾有个余生。

"她叫什么名字？"

"余顾，余生的余，照顾的顾。"

冯熙雪一时愣住了，有些不确定地说："我们镇上老余家的姑娘好像就叫余顾，但因为心脏病，一直在家。"

江祠的呼吸一滞，他说："梦里的余顾，就是这个余顾。"

"你的梦太逼真了。"冯熙雪柔声安抚，"但是都是假的，你看，现在妈妈在你身边，奶奶在厨房，爸爸还在上班，别怕，梦都是反的。"

"嗯。"江祠把削好的苹果递给冯熙雪，"都是假的。"

"妈，我想到朋友约我打游戏，我先上楼了。"

冯熙雪哪里看不出来这是自己儿子的借口，知道他还没完全从那个噩梦里缓过神，但只有他自己平复下来才能过去，不然旁人怎么安慰都没有多大用。

江祠回到房间，看着和快要模糊的记忆里一样的陈设，空调呼呼地送出凉风，像是要帮他冷静。

他看到床边的手机，好像才想起还有手机这回事，打开一看，时间也是二〇一六年八月一日，和楼下奶奶的日历一样。

其实对于这段时间的记忆江祠已经有些模糊，只记得那几个重要的节点，比如八号是严致闯进家里的日子。

江祠看着窗外炽热、明媚的太阳，蝉鸣穿透玻璃和空调唱起二重奏，既然有了这个机会，那他一定要阻止所有事情的发生。

江祠将一个小小的相机塞到工装裤的口袋里，又拿了一个黑色口罩，便下楼出门。

"儿子，你去哪儿？"冯熙雪看到江祠从楼上下来，风一般蹿了出去，喊了一声。

江祠头也不回地跑出去，少年清亮的声音从门口传来："和朋友去游戏厅！"

冯熙雪摇头笑了笑，还真是个孩子，刚才还因为噩梦难受，现在就风风火火地去游戏厅了。

也挺好的，这个年纪就不应该被那些消极的情绪困住，这样的风风火火才适合他。

江祠当初整理过严致违法犯罪的那些证据，现在再找起来也不难，只是谁能处理这件事，让严致的真面目彻底暴露，却有点困难。

这几天江祠几乎都是早出晚归，有时候半夜还会悄悄跑出去，就是为了拍下严致违法犯罪的证据。他看到被严致弄得衣不蔽体无声落泪的女孩，拿起自己的外套，别过头递了过去。

让他意外的是，那个女孩轻声问他："你能为我做证吗？"

"什么？"

"我要去告他，我还未成年。"女孩的声音很轻，却很坚定，"我要让他付出代价。"

江祠想到之前冯熙雪因此背上的非议和难以入耳的谣言，沉默了一会儿，心里的天平在不断摇摆着。

客观来看，受害者本人的指证加上严致留在她身上的证据，完全能让严致坐牢，但是从人情和世俗来说……

江祠抿着唇，看着女生清瘦的下巴和含着泪水的眼睛，轻声提醒："你知道这件事公开后对你的影响会有多大吗？"

"在这个地方，在现在这个年代，女性是大家不断批判的对象，哪怕所有证据都证明是严致的错，哪怕严致坐牢，还是会有很多人，会用他们刨根究底的方式将罪名落到你身上。"

"什么意思？"女生声音哽咽。

江祠蹲在地上，平静又残忍地说出事实："他们会说，是你行为举止不当，才导致严致犯罪。"

"你的穿着打扮，甚至只是因为你是女性，你就要被钉上这样的罪名，总有人为他们的罪恶找理由，而这些理由往往都是女性来承受。"

江祠再次说出这些残酷的事实时，还是忍不住为这样压抑的世俗语言感到心痛。当初他说女性从来不是任人凌辱的对象，可是几年后都还有女生受到骚扰或猥亵后被质疑是受害者自身的问题，更别提现在了。

听了江祠的话后，女生沉默了很久，久到江祠以为她要放弃了，正准备安慰她，却听到她用比刚刚更坚定的声音说："我必须让他付出代价。"

江祠惊讶地抬头："你不怕公开后这件事会伴随你一辈子？"

"难道我沉默了这件事就不会伴随我一辈子吗？"女生反问，又说，"它会成为伴随我一辈子的阴影，我不知道我现在活着的意义是什么，如果没有让他坐牢的目的支撑我，我下一秒就会选择去死。"

女生指缝里都是污泥，她抓着青石板间长出的草，带着恨意说："不知道严致这样害过多少女孩子了，如果没有人站出来，他还要嚣张到什么时候呢？"

"我有收集的证据。"江祠说。

"但肯定没有比我本人站出来更有力的证据，不是吗？"

江祠沉默了。

女生吸了吸鼻子，继续说："如果他们要说是我的错就说好了，清者自清，只要严致能够进监狱，只要能少点人受到伤害就够了。而且我相信，肯定会有人支持我的。"

江祠看着女生带着污泥的脸，恍惚想到了余顾，她曾经也这么说过。

"不会的，肯定会有人站出来的。"记忆中少女的声音清脆，她怀着无限的希望这样说。

"好，如果你确定了，那我帮你。"江祠扶起她，轻声说，"我们现在去报案。"

后来事情的解决顺利了很多，因为女生不肯私了，报案后住到了余家，被余家保护起来。余国平和其他警察一起调查，几天后江祠把自己的证据提交上去，又和家里说了这件事，冯熙雪和江洲给那个女孩请了律师，请律师的那些费用全部由他们来出。

严致入狱的时候电视上都在报道，有人说严致是畜生，但也有人说是女生的问题，在那个年代的小镇，谣言总是满天飞，但事实在这儿，大部分人还是愿意相信法律的判决。

"最近很多人关注的严致性侵女性事件在今天终于有了结果，严致在今早被捕入狱……"

江祠看到电视里的报道，彻底放下心来。

"小祠，你什么时候收集的那些证据？"江洲在给冯熙雪剥花生，问。

江祠握着遥控器的手顿了一下，解释说："当时碰到那个女生时，她告诉我哪些地方有证据，我就帮她去找了。"

"下次这些事可别一个人做，好歹得和我们说一声。"何莲念在沙发上织着毛衣和手套，听到江祠说的话叮嘱了一句，但最后还是不忘夸奖，"但我们小祠这件事做得真棒！"

蝉鸣伴着记者播报的声音，江祠心里的那块石头终于落地，现在只剩下一件事，他要在这个世界提早两年和自己朝思暮想了几十年的爱人见面。

窗外的银杏树慢悠悠地掉下一片树叶，江祠想，他终于可以以意气风发的少年模样去见她了。

余家。

余顾断断续续地看完了《你当像鸟飞往你的山》，接着将自己的书摘本和书放到书桌的右上角。

她拿着杯子走出去，楼下客厅正在放新闻，木锦将煮好的甜酒酿递给那个寄住在他们家的女孩，说："小笙，老余查过了，没找到你的父母，你先住在我们家吧。"

小笙受宠若惊地摇了摇头："那太麻烦了。"

"难道你还要再回那个酒吧打工？招童工是犯法的。"木锦安慰道，"这个年纪还是应该学习，只有学习才能让你走到更光明的路上去。"

小笙鼻子泛酸："可是那太麻烦了。"

"哪里麻烦了？你和我们余顾一起吃，一起住，一起学，不懂的就让她教，家里空的房间也有，就是多一双筷子的事，家里那么多筷子，不差这一双。"

"谢谢奶奶。"小笙的眼泪晶莹剔透，落到了装着甜酒酿的碗里。她拿勺子吃了一口，甜的，夹杂着一丝咸，这是善良的味道。

余顾下楼的时候木锦也给她盛了一碗甜酒酿，刚刚听到小笙要留下来，她也很开心。

世间的很多苦难，余顾只在书上见过，那些都是寥寥几笔、轻描淡写的文字。但和小笙睡在一起安慰她的那些夜晚，余顾真实感受到了苦难落在人的生命中的重量，那是一个女孩在夜晚摆脱不了的蜷缩和颤抖。所以她希望小笙留下来，好在他们一家人都有这样的想法。

每个人都想用自己的一份力量，试着治愈这个小女孩。

"奶奶，我可以出门吗？"余顾吃着甜酒酿，看着窗外被太阳晒得发烫的水泥地和蔫了的花，已经好几年没有问过这个问题的她今天破天荒又问了一次。

"还不行哦。"木锦哄着余顾，"得之后做了手术再决定。"

"怎么忽然想出去？"木锦问。

余顾摇了摇头，冲木锦露出一个笑："就是问一下。"

其实没什么特别的理由，这段时间余顾陪着小笙，总是听她说起一个人，她很想去看一眼那个如风中利剑的少年，虽然她连对方的名字是哪两个字都不知道。

阁楼上，余顾带着小笙来到自己的秘密基地。这边和她房间的阳台离得近，也能窥到不远处的霞栖湖一角。

现在是日落时分，整个湖面就是一幅橘红色的油画。

余顾给小笙一个靠枕，指着霞栖湖说："你看，这里的风景是不是很漂亮？"

"嗯嗯。"小笙点了点头，"好漂亮。"

"你以后要是不开心了，可以来这儿，看看风景，看会儿书，心情就会好很多啦。"余顾将自己对抗坏情绪的方法分享给小笙。

"谢谢你，余顾姐姐。"小笙抱住余顾，她知道余顾的用意，所以眼眶一下就湿润了。

"你最近是不是听到了一些不好的话？"余顾拍了拍小笙的背，小声问。

小笙的背脊瞬间就变得僵硬了，她沉默了，闻着余顾身上清爽的皂角香，委屈地"嗯"了一声。

小笙有时候在门口浇花，在后院洗菜时，都会听到路过的人说一些闲言碎语，严致这件事闹得很大，小镇上几乎没人不知道。有些男人在经过余家门口的时候会朝里面看小笙一眼，怪异地笑几声，说："难怪严哥把持不住，这么清纯的小妞看着确实不错。"

"也就是看着清纯，内里不知道怎么样呢。"

小笙听到这些话，心像被强行灌了一口脏水一样难受。她直接干哕起来，跑回了屋子里。

这个时候她才真正明白江祠说的那些话的含义，瞬间生出一股恶寒，而且这些话听得多了，她就会下意识地怀疑，是不是真的是自己的问题。

余顾像是知道小笙是怎么想的，一下一下地、温柔地抚摸着她的背，说："小笙，你千万不要被那些话影响了。这件事你从始至终都没有错，你是受害者，错的是他们，是这个社会对女性的偏见和恶意。"

余顾的语速不快，她轻声说："你一定不要想自己有什么问题，你很好，你的人生才刚刚开始，我们都会有一个广阔的人生。"

"好。"小笙吸了吸鼻子，抬起手抹掉眼泪，声音却还是止不住地哽咽，"江祠也说过类似的话。"

余顾借势转移话题："你和我说过他好几次，我现在对他真的很好奇。你能跟我形容一下他长什么样吗？"

小笙回忆了一下，说："漂亮。"

"漂亮？"余顾有些惊讶。

"嗯。"小笙点点头，说，"他长得也很白，和你一样白，眼神看着有点锋利，眼睛很黑，鼻子很挺，有些碎发落在额前，整个人看着特别有精神。他是那种，一眼看去就觉得很有力量的男生。"

余顾听了，脑子里对江祠有了大概的轮廓，对他也更好奇了。

江祠究竟是一个怎么样的人呢？

"余顾姐姐，你看，好像有人在湖上玩水上漂！"小笙松开余顾，指着霞栖湖说。

余顾的思绪被拉回来，她顺着小笙指的方向看去，只见霞栖湖旁边蹲着一个穿黑色衣服的人，在丢石头。对方转过身的时候，余顾的心跳忽然漏了几拍，那种类似生病但又不完全像的不适感涌上来，她没忍住揉了揉胸口。

余顾觉得那就是江祠，但因为有些远，她和小笙都没看清他的脸。

过了几天，奶奶突然说家里有客人要来，让余顾不要穿着睡衣在家里乱跑。余顾便穿了一条长袖连衣裙，裙子很好看，是妈妈送她的六一儿童节礼物。

那天余顾早早地下楼，和小笙坐在沙发上，听小笙和她说最近打探到的江祠的信息。

"他是天才，成绩特别好，没参加中考，是保送的，而且听说有一个很厉害的物理竞赛，他年纪最小，但拿了第一呢！"

余顾低垂着头，小口喝着木锦煮的酸梅汁。她听到小笙的话，长睫一颤，感叹道："真的好厉害啊。"

可谁知，下一秒话题的主人公带着一小束姜花和向日葵敲响了余家的门。

木锦系着围裙出来开门，看到江祠他们一家，将他们迎进来，让他们随意坐。

余顾听到江祠的名字时，心脏重重地一跳。她从沙发后悄悄地探头，却看到了同样在寻找什么的江祠，和他对上了视线。

他很高，看起来清瘦又有力，头发乌黑，刘海垂在额前，浓眉，瞳仁漆黑、清亮，唇色微红。

原来他真的很漂亮。

不过，余顾觉得江祠不只是漂亮，江祠站在那儿，像夏天郁郁葱葱的银杏树，代表着炙热和青春。

江祠一转头就找到了余顾，她比当初遇见时更瘦小一些，但一双杏眼还是很大。她从沙发那儿探出头来的时候眼睛水灵灵的，像一只充满好奇心的小鹿。

他终于再次见到了余顾。

他的心脏停跳一秒后开始疯狂跳动。

"你好，我……我叫江祠。"

"你好，我叫……余顾。"

天才少年和小太阳少女终于重逢，在隔了数不清的春秋后。

后记

　　写完这篇番外又是深夜啦，想到余顾和江祠再相见的时候，我还是不争气地哭了。这篇出版番外其实我想了很久都不知道写什么，后来灵光一现，就有了这个弥补遗憾再相见的故事。写这篇番外的时候速度很快，我一点都没有太久没写他们的生疏感，更像是重新走进那个江南小镇，看着他们的生活，然后开始给里面的小屋子添砖加瓦。·

　　整本书我想写的就是关于明天和意外、关于彼此的救赎、关于力量、关于"太阳"的故事，再回想起当初连载的日子，那时候经历的很多不开心已经记不清了，只记得几个大的转折点，还有零零碎碎的小幸福。我还记得当时读了好些读者的留言和书评，每一条都看得很感动，都给了我很大的鼓励。

　　每本书都有每本书的缘分，感谢《留白》带给我和很多可爱的人相识的缘分，也感谢余顾和江祠带给我不要气馁往前走的力量。生活总是一阵暴雨一阵彩虹，希望我们都可以遇见我们的彩虹，哪怕被暴雨浇成落汤鸡也没关系，阳光一晒，我们就又是暖洋洋的青草，抬头就能看见彩虹。

　　感谢大家的支持和鼓励，以后的路还很长很长，我们有缘再见！

图书在版编目（CIP）数据

留白 / 妗酒著. -- 南京：江苏凤凰文艺出版社，
2025. 1. -- ISBN 978-7-5594-8996-8

I. I247.5

中国国家版本馆CIP数据核字第2024NX8662号

留白

妗酒 著

责任编辑	白　涵	
策划编辑	潇　潇	
特约编辑	潇　潇	
封面设计	沐　沐	
责任印制	杨　丹	
出版发行	江苏凤凰文艺出版社	
	南京市中央路 165 号，邮编：210009	
网　　址	http://www.jswenyi.com	
印　　刷	三河市九洲财鑫印刷有限公司	
开　　本	880 毫米 × 1230 毫米　1/32	
印　　张	9.75	
字　　数	250 千字	
版　　次	2025 年 1 月第 1 版	
印　　次	2025 年 1 月第 1 次印刷	
标准书号	ISBN 978-7-5594-8996-8	
定　　价	49.80 元	

江苏凤凰文艺版图书凡印刷、装订错误，可向出版社调换，联系电话 025-83280257